플루타르코스
영웅전 1

플루타르코스 영웅전 1

플루타르코스 지음 | 이다희 옮김 | 이윤기 감수

1판 1쇄 발행 | 2010. 10. 23

발행처 | **Human & Books**
발행인 | 하응백
출판등록 | 2002년 6월 5일 제2002-113호
서울특별시 종로구 경운동 88 수운회관 1009호
기획 홍보부 | 02-6327-3535, 편집부 | 02-6327-3537, 팩시밀리 | 02-6327-5353
이메일 | hbooks@empal.com

값은 뒤표지에 있습니다.
ISBN 978-89-6078-102-3 04890
ISBN 978-89-6078-101-6 04890 (세트)

플루타르코스 영웅전 1

플루타르코스 지음 — 이다희 옮김 — 이윤기 감수

Human & Books

들어가는 말

소설가이자 번역가 이윤기는 나의 아버지이기도 하고 『플루타르코스 영웅전』의 번역을 기획한 장본인이기도 하다. 아버지가 처음 번역을 제안했을 때 나의 반응은 시큰둥했다. 읽어볼 것도 없이, 주인공들의 면모를 보아 전쟁과 정치 이야기로 가득 차 있을 것이 뻔하다고 생각했기 때문이다. 입 밖으로 꺼내지는 않았지만 '결국 수컷 제국주의자들에 대한 찬양 아닌가' 하고 참으로 불경한 생각도 했다. 고대 그리스어를 옮기는 원전 번역이 아닌 바에야 얼마나 의미가 있을지 회의도 있었다. 의무감으로 번역을 시작했다. 이윤기 번역 대학원의 유일한 학생으로서 번역 공부를 한다고 생각했다. 읽고 번역할수록 생각이 전혀 달라지지 않은 것은 아니나, 애초의 회의와 편견을 일소할 정도는 아니었다. 나는 남편에게 심술이 난 아내처럼 팔짱을 끼고 '어디 어떻게 나오는지 보자' 하는 기분으로 플루타르코스를 읽곤 했다.

세 번째 권의 번역을 넘기고 며칠 뒤 아버지가 세상을 떠났다. 번역을 읽고 수정할 사항을 제안하는 식으로 감수를 해주기로 하고 적절한 위치에 적절한 사진과 그림을 넣는 것을 책임지기로 약속했던, 이윤기 번역 대학원의 유일한 스승이 제자를 놔두고 떠나 버렸다. 슬프고 아팠던 것은 물론 원망스러운 마음까지 누를 길이 없어 손 하나 까딱하기 싫은 상황이었다. 그러나 어쩔 수 없이 몸을 일으켜 스승의 몫까지 하지 않을 수 없었다. 내가 번역한 원고를 스승의 눈으로 보고 다시 고치는 한편, 스승의 서재를 뒤져 사진과 그림을 찾아내야 했다. 그런데 기대하지 않았던 일이 일어났다. 번역할 때 보이지 않던 주인공들의 아픔이 보이고 실패가 보였다. 아들이 죽었다는 거짓 소식을 듣고 제 머리를 때리며 슬퍼하는 솔론이 그렇게 안타까울 수가 없었고 아들의 목을 들고 온 적들 앞에서 오히려 군의 사기가 떨어질 것을 걱정한 크랏수스의 의연함이 예사롭게 보이지 않았다. 어머니의 간곡한 청에 마음을 바꾸는 코리올라누스의 효심이 애틋하게 다가왔다.

토머스 노스 경이 번역한 『플루타르코스 영웅전』의 서문에서 에밀 루트비히는 이렇게 말하고 있다. "플루타르코스의 가장 큰 관심거리는 인물이 숙명과 마주했을 때 어떻게 그 자신을 입증했는가를 보여주는 것이었다." 실로 『플루타르코스 영웅전』에 나오는 인물들은 실패를 모르지 않고 패배를 겪어본 이들이며 배신을 당해 보았고 슬픔을 아는 사람들이다. 그런데 피할 수 없는 고난이라는 숙명은 그리스와 로마의 사람들에게만 주어진 것이 아니라 우리 모두에게 주어져 있다.

그래서 그런지 『플루타르코스 영웅전』은 여러 예술가들의 영감의 원천이 되었다. 요즘에도 베토벤 교향곡과 함께 곧잘 연주되는 베토벤의 「코리올란 서곡」은 콜린의 희곡 「코리올란」에 영감을 받아 작곡되었는데, 거슬러 올라가자면 이 희곡은 플루타르코스의 「코리올라누스」 편을 바탕으로 쓴 셰익스피어의 「코리올라누스」에서 영감을 받았다. 셰익스피어는 「코리올라누스」 말고도 노스 경이 번역한 『플루타르코스 영웅전』을 참고하여 「안토니우스와 클레오파트라」, 「율리우스 카이사르」를 썼다. 푸생과 루벤스의 명화 중에도 플루타르코스의 이야기에 영감을 받고 그린 작품들이 적지 않다.

예술을 하는 사람이 아니더라도 친절하지 않은 운명과 마주하는 데에는 영감이 필요하다. 위대한 업적을 본받기 위해서가 아니라 삶의 어려움 앞에서 가져야 할 숭고한 정신을 본받기 위해서 플루타르코스는 유용하다. 나는 생애 처음으로 느껴보는 커다란 슬픔을 겪고 나서야 이를 깨달았지만 슬픔을 겪어본 사람만이 플루타르코스의 진가를 알 수 있다는 말을 하는 것은 아니다. 물론 영웅전이라는 이름에 대한 반감이 있다면 독자 여러분도 마찬가지로 그것을 뛰어넘기가 쉽지 않을 것이다. 그러나 내가 이 글을 쓰는 것은 여러분이 나의 경험을 바탕으로 그 벽을 좀 더 쉽게 뛰어넘기를 바라는 마음에서다. 번역에 임할 때도 여러분과 손을 잡고 그 벽을 넘는 심정으로 했다. 이로써 '고리타분할 것이다', '설교적일 것이다' 등의 편견에 사로잡혀 귀중한 가르침을 얻지 못하는 사태가 줄어들기를 바란다.

작품에 관하여 좀 더 이야기하자면, 1세기 무렵 헬라스에 살았던 역사가 플루타르코스는 이 작품에서 위대한 헬라스 사람 한 명과 위대한 로마 사람 한 명을 붙여 차례로 그들의 생애를 서술하는 방식으로 총 스물두 쌍, 그러니까 마흔네 명의 생애를 이야기했으며, 추가로 네 명의 생애가 독립적으로 전해진다. 스물두 쌍 가운데 열여덟 쌍의 경우 별도로 두 사람을 비교하는 글이 붙어 있는 반면 나머지 네 쌍의 경우는 그렇지 않은데, 이것은 애초에 없었거나 유실되었을 것이다. 그 밖에도 유실된 작품이 있을 것으로 추정되는데, 대 스키피오와 에파미논다스의 생애도 여기 속한다.

이 번역은 페린(Bernadotte Perrin)의 영어 번역을 바탕으로 하고 있다. 인물들을 배치한 순서 역시 페린의 순서를 따르는데 이는 붙어 있는 두 사람 중 헬라스 사람을 기준으로 연대순으로 나열한 것이다. 1권에서는 세 쌍을 다루고 있다. 역사적 인물이라기보다 신화적 인물에 가까운, 아테나이를 세운 테세우스와 로마를 세운 로물루스가 첫머리에 온다. 두 번째로 스파르테(스파르타)의 입법자 뤼쿠르고스와 로마의 입법자 누마가 온다. 마지막으로 아테나이에서 민주주의의 기반을 만든 솔론과 로마에서 공화국의 기틀을 다진 푸블리콜라의 이야기가 들어 있다.

테세우스와 로물루스의 '믿거나 말거나' 같은 이야기들은 독자 여러분이 뒤에 올 인물들에 대해 관심을 갖게 되는데 아주 유용할 것으로 보이고 플루타르코스도 이를 알았던 것 같다. 이 번역에서는 독자들이 이야기에 더욱 빠져들 수 있도록 추가로 머리를 썼다.

먼저, 각주를 많이 달지 않았다. 각주를 달려면 여러 2차 문헌을 참고해야 하는데 그 2차 문헌의 바탕이 되는 1차 문헌에 속하는 것이 바로 이 『플루타르코스 영웅전』이다. 2차 문헌을 빌려 1차 문헌에 각주를 단다는 것이 부자연스럽게 느껴졌다.

둘째, 페린의 번역에서 과감히 생략한 부분이 있다. 앞서 말했듯이 나는 독자들이 이 책을 읽고 숙명의 면전에서 용기를 잃지 않을 영감을 가져가는 데 관심이 있다. 따라서 이야기 속에 몰입할 수 있도록, 관습의 '기원', 말의 '어원' 등 여러 현상의 '원인'과 '이유'를 다룬 부분들을 생략했다. 기원을 설명한 그 관습이나 말이 특별한 학문적 관심이 없는 독자들에게 큰 의미가 없을 것 같은 한에서 그렇게 했다. 그리고 이설이나 부수적인 이야기를 다룬 부분들도 생략했다. 다만 생략한 부분은 독자가 추후 찾아 읽을 수 있도록 표시를 해두었다.

한편 첫 세 권의 원고 가운데 첫 권은 감수를 받을 수 있었다. 그러나 아버지 역시 일에 쫓기던 터라 둘째 권부터 감수를 받지 못했으며 셋째 권의 경우 받은 편지함에 그대로 담겨 있는 것을 뒤늦게 발견했다. 그런데도 이 번역을 기획하고 첫 권이나마 감수한 사람은 아버지이니 제목이나 표지에 아버지의 이름을 넣기도, 넣지 않기도 고민스러운 상황이 되었다. 스승의 이름을 넣자니 공연히 스승의 이름을 등에 업고 한몫 챙기려는 것으로 보일까 염려스러웠고 넣지 않자니 스승의 공을 무시하는 것으로 비칠까 두려웠기 때문이다. 그래서 직접 물었다. 아버지가 남긴 편지를 다시 한 번 샅샅이 뒤져본 것이다. 결론은 독자 여러분이 보는 것과 같다. 예상치 못한 상황에 적지 않게 당황했을 것이나 인내심을 잃지 않은 하응백 대표와 편집부 직원 여러분에게도 감사를 표한다.

마지막으로 덧붙이자면 『플루타르코스 영웅전』에는 독자들이 이미 알고 있을, 특히 정치인들이 곧잘 써먹는 격언이나 일화들이 많이 담겨 있다. 아니, 그 격언과 일화들이 바로 이곳에서 나온 것이다. 이 작품을 읽고 나면 그 격언이나 일화들을, 귀에 걸면 귀걸이 코에 걸면 코걸이 식으로, 왜 아무 곳에나 갖다 붙이면 안 되는지, 진정으로 고귀한 가치들은 무엇인지 짐작하게 될 것이다. 그 가치들은 오늘날에도 유효하고, 유효해야 마땅하다.

— 이다희

들어가는 말　　　　　　4

테세우스　　　　　　II
로물루스　　　　　　53
테세우스와 로물루스 비교　　94

뤼쿠르고스　　　　　　IOI
누마　　　　　　I53
뤼쿠르고스와 누마 비교　　I88

솔론　　　　　　I97
푸블리콜라　　　　　　24I
솔론과 푸블리콜라 비교　　270

일러두기

I. 이 책은 1914년 출간된 페린(Bernadotte Perrin)의 영역본 『PLUTARCH LIVES』(Havard University Press)를 바탕으로 번역하였다. 페린의 영역본은 영미권에서 가장 권위 있는 플루타르코스 영웅전 번역본으로 알려져 있다. 이 영역본은 그리스어와 영어가 원전 대비 형태로 편집되어 있다. 따라서 이 책의 번역도 영역을 기준으로 하되, 애매한 부분은 그리스어 표현을 참고하였다.

II. * 표시가 된 부분은 책의 가독성을 위해 생략한 부분을 표시한 것이다. 대부분 언어의 기원, 관습의 유래 등을 설명하는 내용들로 이야기의 흐름에 크게 지장을 주지 않을 부분만 생략했다.

III. 그리스 인명과 신의 이름은 그리스식으로, 로마 인명과 신의 이름은 로마식으로 표기하였다. 지명도 고대식으로 표기하였으며, 설명이 필요한 곳에서는 현대식 표기를 덧붙여 두었다.
　ex. 이집트 → 아이귑토스, 아테네 → 아테나이, 피타고라스 → 퓌타고라스

테세우스

테세우스

I.

　소시우스 세네키오여, 지리학자들은 자기들이 알지 못하는 세상을 지도의 변두리에 구겨 넣고 설명하기를 이 변두리에는 날짐승으로 가득한, 바싹 마른 모래사막과 깊이를 알 수 없는 수렁과 스퀴티아*의 추위와 얼어붙은 바다밖에 없다고 한다. 나 역시 여러 인물들의 생애를 서로 비교하는 이 작품을 쓰면서 개연적인 논리로 접근할 수 있는 시대, 사실만을 다루는 역사에 논거를 제공하는 시대를 거슬러 여기까지 이른 지금, 그 이전 시대에 대해 이렇게 말해 본다.

　"저 변두리에는 불가사의한 것과 꾸며낸 것이 가득하며 그곳에는 시인과 이야기꾼이 살고 있다. 믿을 만한 것도, 명백한 것도 없다."

　그럼에도 입법자 뤼쿠르고스와 누마 왕의 생애를 펴낸 뒤, 이제 로물루스의 시대로까지 거슬러 올라왔으니 그에 대해 논하는 것이 불합리하지 않다고 생각하기에, 아이스퀼로스처럼 스스로에게 묻는다.

• 스퀴티아는 스퀴타이 족이 사는 지방을 의미하며 그들은 북부 유럽의 동쪽 절반, 그리고 서아시아와 중앙아시아에 살았다고 한다.

"그런 자를 상대할 사람이 누가 있을까?"

"누굴 붙여야 할까? 누가 감당해낼 수 있을까?"

그러자 아름답고 이름 높은 아테나이를 세운 테세우스를, 무적이며 영광스러운 로마의 아버지 로물루스와 붙여놓는 것이 좋겠다는 생각이 든다. 부디 내가 전설의 영역에 있는 이야기들을 정화하여 이성을 따르게 하고, 겉모습만이라도 역사 이야기처럼 보이도록 만들 수 있기를.

그러나 그 내용이 아무리 읽어도 믿음이 가지 않고 있을 법하지 않은 부분에 대해서는, 너그러운 독자 여러분들께서 고대의 이야기임을 염두에 두시고 슬그머니 넘어가 주시기를 빈다.

II.

테세우스와 로물루스는 공통점이 많아서 비교하기 적절할 듯하다. 두 사람 모두 부모가 누구인지 분명하지 않으며 신의 자손이라는 점에서 그렇다.

"두 사람 모두 전사戰士였고 이것은 세상이 다 안다."*

두 사람 모두 힘과 지혜를 겸비하기도 했다. 세상에서 가장 찬란한 도시 로마와 아테나이. 로물루스는 로마를 세웠고 테세우스는 아테나이를 대도시로 키웠다. 또 두 사람 모두 여자들을 겁탈했다. 게다가 두 사람 모두 불행한 가족사를 가졌고, 친척들의 미움과 분노를 피하지 못했으며, 말년까지도 시민들과 충돌하곤 했다. 시적詩的 과장이 가장 적을 것 같은 이야기로 진실을 미루어 짐작해 보자면 그렇다.

• 호메로스의 『일리아드』에 나오는 구절로, 여기서 두 사람은 아이아스와 헥토르를 말한다.

III.

테세우스의 아버지 쪽 혈통은 에렉테우스*와 흙에서 태어난 사람들까지 거슬러 올라간다. 어머니 쪽에는 펠롭스가 있다. 펠롭스는 펠로폰네소스의 왕들 가운데 가장 힘 있는 왕이었다. 그것은 재물이 많기 때문이기도 했지만 자식들이 많기 때문이기도 했다. 펠롭스는 여러 신분이 고귀한 자들에게 딸들을 주었고 수많은 아들들은 흩어져 여러 도시의 지배자가 되었다. 그 가운데 핏테우스라는 아들은 테세우스의 외할아버지로 트로이젠이라는 크지 않은 도시를 세웠으며 당대에 가장 유식하고 지혜로운 사람으로 널리 알려져 있었다.

당대의 지혜는 간략한 형식에 강한 설득력을 갖추고 있었는데, 『일과 나날』**의 간결한 교훈에서 볼 수 있듯 헤시오도스가 이것으로 유명했다. 『일과 나날』의 교훈들 가운데 핏테우스에 관한 교훈도 있는데 바로 이것이다.

"아끼는 사람에게 약속한 대가는 충분하고 확실해야 한다."

어쨌든 이것은 철학자 아리스토텔레스의 말이기도 하다.*

한편 자식이 없던 아테나이의 왕 아이게우스는 자식을 얻고자 델포이 아폴론 신전의 여사제로부터 신탁을 받았다. 그 내용은 잘 알려져 있듯 아테나이로 돌아갈 때까지 어떤 여자와도 잠자리를 해서는 안 된다는 것이었다. 그러나 아이게우스는 신탁의 내용이 모호하다고 생각했기에 발길을 돌려 트로이젠으로 가서 핏테우스에게 신의 말씀을 전했다.

신탁의 내용은 이랬다.

• 아테나이의 왕. 대지의 여신 가이아와 대장장이 신 헤파이스토스의 아들로 아테나 여신에게 양육되었다고 한다.
•• 헤시오도스의 『Erga kai Hemerai』, 『일과 나날』 혹은 『일들과 날들』, 영어로는 흔히 『Works and Days』라고 일컫는 작품.

위대한 지도자여, 포도주 자루의 끝을 풀지 말라.
다시 아테나이에 이르기 전에는.*

핏테우스는 이 모호한 신
탁을 정확히 이해했다. 그래
서 아이게우스에게 자신의
딸 아이트라와 잠자리를 갖
도록 설득했다. 아니 속임수
를 썼다. 아이게우스는 술
에 취해 아이트라와 동침을
했고, 깨어난 뒤 잠자리를
함께한 여인이 핏테우스의
딸인 것을 알았다.

· 델포이에 있는 아폴론 신전의 여사제 퓌티아로부터 신탁을 받고 있는
아이게우스. 술잔, 기원전 440~430년.

그는 아이트라가 자신의 아이를 가졌을 거라 짐작하고 칼과 가죽신을
거대한 바위 아래 숨겨놓았다. 바위 밑은 마침 이 물건들이 들어갈 만한
크기로 움푹 패여 있었다. 아이게우스는 아이트라에게만 이 사실을 알
려주며, 만약 아들이 태어나 성인이 되어 바위를 들고 그 밑에 남겨진 물
건을 되찾을 수 있게 되면, 아들을 그 징표와 함께 자신에게 보내라고
하였다. 다만 그 사실을 비밀에 붙일 것을 당부했다. 팔라스의 아들들이
심히 두려웠기 때문이다.

팔라스의 아들들은 늘 아이게우스를 해치려는 음모를 꾸미곤 했고,
아이게우스에게 자식이 없다는 이유로 그를 가벼이 여겼다. 이들은 모두
50명이었고 하나같이 팔라스의 아들이었다. 아이게우스는 이렇게 해두

• 당시에는 통 양가죽에 포도주를 보관했다. 때문에 이 신탁은 술에 취하지 말라는 뜻이다.

고 아이트라를 떠났다.

IV.

아이트라가 아들을 낳자마자 테세우스라는 이름이 붙여졌다고 전해진다. 태생의 징표가 바위 밑에 '놓여졌다테신'고 해서 붙여진 이름이라고 하는 사람들이 있는가 하면, 아테나이에서 아이게우스가 그를 아들로 '인정테메누'한 뒤 테세우스라 불렀다고 주장하기도 한다. 아이는 핏테우스가 길렀다고 전해진다. 그리고 콘니다스라는 자의 보살핌과 가르침을 받았다.※

VI.

그동안 아이트라는 테세우스에게 태생의 비밀을 알리지 않았고, 핏테우스는 테세우스가 포세이돈의 아들이라는 소문을 널리 퍼뜨렸다. 포세이돈은 트로이젠 사람들이 드높여 숭배하는 트로이젠의 수호신이기도 했다. 트로이젠 사람들은 포세이돈에게 한 해의 첫 수확물을 바치고 동전에도 포세이돈의 삼지창을 새겼다.

갓 성인이 된 청년 테세우스가 건강한 몸과 용기, 그리고 지성과 현명함을 겸비한 곧은 정신을 드러내자, 아이트라는 테세우스를 바위로 데려가 출생의 진실을 알려주었다. 그리고는 아버지가 남긴 징표를 가지고 뱃길을 이용해 아테나이로 떠나라고 일렀다.

테세우스는 바위에 어깨를 대고 가뿐히 들어 올렸다.

· 『테세우스와 아이트라』, 로랑 드 라 이르.
·· 바위를 들어 올리는 테세우스. 돌을새김, 기원전 1세기~
   서기 1세기경, 대영박물관.
··· 『아버지의 칼을 찾는 테세우스』, 푸생.

그러나 뱃길로 가는 것은 거부했다. 뱃길이 안전한 데다 어머니와 할아버지가 그렇게 하라고 신신당부했음에도 뜻을 굽히지 않았다. 걸어서 아테나이까지 가는 것은 어려운 일이었다. 도처의 길목에 강도나 악당들이 도사리고 있었기 때문이다.

실로 당대에는 손의 힘이나 발의 빠르기, 몸의 기운이 비범해서 도무지 지칠 줄 모르는 사람들이 많았지만, 바르고 쓸모 있는 일에 그런 재능을 쓰는 자들은 아주 적었다. 대체로 그들은 무지막지하고 오만불손하게도, 힘이라는 땅에서 잔학무도라는 곡식을 거두어들였다. 말하자면 앞길을 가로막는 모든 것들을 제압하고 파괴한 것이다.

이들은 사람들이 예의와 정직, 그리고 정의와 인정이라는 가치를 높이 사는 것은, 타인에게 해를 입힐 용기가 없고 스스로 해를 입을까 두려워하기 때문이라고 생각했다. 그러한 가치는 남들보다 힘이 센 사람에게는 상관없다고 생각했던 것이다.

　이 가운데 어떤 자들은 헤라클레스가 돌아다니면서 베어 없애고 죽였지만, 어떤 자들은 헤라클레스가 지나갈 때 수그리거나 뒤로 처져 그의 눈에 띄지 않았고 비굴하게 굴어 화를 면했다. 또 헤라클레스가 불행*을 만났을 때, 그리고 이피토스를 죽이고 뤼디아로 들어가 한동안 옴팔레의 집에서 노예로 살았을 때, 뤼디아는 매우 평화롭고 안전했지만 헬라스그리스 지역에는 악인들이 다시금 몰려나와 판을 쳤고 그들을 혼쭐내고 제압할 사람은 아무도 없었다.

　그만큼 펠로폰네소스에서 아테나이로 가는 육로는 나그네들에게 위험한 길이었다. 핏테우스는 각각의 악인들이 얼마나 극악한지, 나그네에게 어떤 짓을 했는지 장황하게 설명하면서 테세우스가 뱃길로 가도록 설득하려고 했다. 하지만 테세우스는 오래전부터 마음속으로 헤라클레스의 용맹함에 열광해 왔고 그를 최고의 용사로 여기고 있었다. 헤라클레스가 어떤 영웅인지 그 행적에 관한 이야기라면 열심히 귀를 기울였다. 무엇보다도 헤라클레스를 본 사람이나, 그가 어떤 업적을 이루거나 말을 할 때 그 자리에 있었던 사람에게는 더욱 귀를 기울였다.

　그러니 테세우스가 경험한 것은 후세에 테미스토클레스가 밀티아데스 장군의 승전비로 인해 잠을 이룰 수 없었던 것**과 다르지 않았다. 그와 같이 테세우스도 헤라클레스의 용기를 우러러보았고, 밤에는 그의 업적을 꿈으로 꾸었으며 낮에는 그와 같은 업적을 자신도 이루어 내고야 말겠다는 열정이 그를 이끌고 자극했다.

• 헤라클레스는 테바이에서 전공(戰功)을 세워 테바이의 공주 메가라와 결혼해 자식들을 낳았지만 그를 미워하는 여신 헤리의 지주로 정신착란을 일으켜, 메기리외의 사이에 낳은 자식들을 죽여버렸다. 여기서 불행한 일이린 비로 이것을 말한다. 제정신으로 돌아온 헤라클레스는 테바이를 떠나 자신이 범한 죄를 씻고자 델포이의 신탁(神託)을 청했다. 이후 헤라클레스는 티륀스의 왕 에우뤼스테우스를 12년 동안 섬기면서 이른바 열두 가지 난사(難事)를 치렀다.
•• 『플루타르코스 영웅전』 2권 「테미스토클레스」 편 Ⅲ.

VII.

게다가 둘은 혈연관계였다. 두 사람의 어머니는 사촌지간이었다. 아이트라는 핏테우스의 딸이었고 알크메네는 뤼시디케의 딸이었는데, 핏테우스와 뤼시디케는 남매로 힙포다메이아와 펠롭스의 자식이었다.

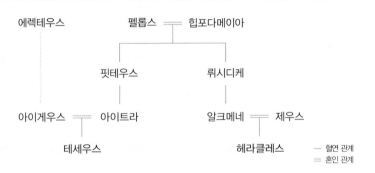

테세우스와 헤라클레스의 계보도

따라서 이름난 재종형이 온 사방의 땅과 바다에서 악한들을 물리치는데 자신은 앞길에 도사린 수난들로부터 꽁무니를 뺀다는 것, 그리고 도망자처럼 바닷길로 여행함으로써 아버지라고 소문난 분을 모욕하고, 친아버지에게는 아들이라는 징표로 겨우 가죽신 한 켤레와 피 묻지 않은 칼 한 자루를 바친다는 것은 끔찍하고 참을 수 없는 일이라고 생각했다. 그는 뛰어난 업적과 공을 세워 고귀한 신분이 저절로 드러나도록 하고 싶었다. 이런 생각을 가지고 테세우스는 길을 떠났다. 먼저 힘을 자랑하는 자는 혼내주되 그 밖의 사람들에게는 아무런 해가 되지 않기로 작정하고 떠난 길이었다.

VIII.

그래서 처음으로 당도한 에피다우리아에서, 몽둥이를 무기로 쓰는 까닭에 '코뤼네테스몽둥이를 든 자'라고 불리기도 하는 페리페테스가 테세우스의 앞길을 막자 테세우스는 드잡이 끝에 그를 죽였다. 그리고 몽둥이가 마음에 들었는지 그 몽둥이를 빼앗아 자신의 무기로 삼아 항상 사용하곤 했다. 헤라클레스가 사자 가죽을 뒤집어쓰고 다닌 것과 같았다. 헤라클레스는 자신이 얼마나 거대한 짐승을 제압했는지 증명해 보이기 위해 사자 가죽을 입었고 그와 같이 테세우스도, 비록 자신에게 정복당했지만 자신의 손에 있는 한 그 몽둥이는 무적의 것임을 보여주기 위해 늘들고 다녔다.

 테세우스의 다양한 업적을 담은 술잔. 기원전 440~430년경.
 자신이 죽인 사자 가죽을 쓰고 다닌 헤라클레스.

이스트모스에서도 테세우스는 소나무를 굽히는 자 시니스를 처치했는데 시니스가 수많은 사람들을 죽인 바로 그 방법*으로 그를 죽였다.

---

* 시니스는 소나무 두 그루를 팽팽하게 당겨 그 사이에 사람을 묶고 소나무를 놓는 방법으로 사람을 죽였다.

연습한 것도 아니었고, 시니스의 소나무가 어떻게 작동하여 사람을 해치는지 알아내기도 전이었다. 이로써 테세우스는 그 어떤 연습이나 작동 원리의 이해보다 용맹스러움이 앞선다는 것을 보여주었다.

• 테세우스와 시니스. 술잔, 기원전 490년경.

그런데 마침 시니스에게는 자태가 매우 아름답고 당당한 페리구네라는 딸이 있었다. 아버지가 죽임을 당하자 그 자리를 피한 페리구네를 테세우스가 찾아 나섰다. 페리구네가 도망친 곳은 잡목과 골풀과 야생 아스파라거스가 있는 땅이었다. 페리구네는 넘치는 순수함과 천진난만함으로 마치 수풀이 자신의 말을 알아듣기라도 하듯 간청했다. 만약 자신을 숨기고 도와준다면 절대로 수풀을 밟거나 태우지 않겠다고 약속했다. 그러나 테세우스가 페리구네를 부르며 해치지 않고 존중해 주겠다고 약속하자 페리구네는 밖으로 나왔고, 테세우스와 잠자리를 한 뒤 멜라닙포스라는 아들을 낳았다.*

IX.

한편 크롬뮈온에는 파이아라는 암퇘지가 있었다. 이 암퇘지는 허투루 보아 넘길 괴수가 아니었다. 그만큼 사납고 제멋대로였다. 테세우스는 이 암퇘지를 처치하기 위해 일부러 가던 길을 멈추었다. 자신의 업적이 모두 충동에 의해 이루어진 것이 아니라는 것을 보여주고 싶었기 때문이다. 그는, 용맹한 사람은 자기 방어가 필요할 때만 악당들을 공격하는 것이 옳지만, 잔악무도한 괴수는 목숨까지도 걸고 싸워야 한다고 생각했다.

• 크롬뮈온의 암퇘지와 테세우스.

• 테세우스와 스케이론. 술잔, 기원전 500~450년경.

그러나 파이아가 크롬뮈온에 사는, 성질이 흉악하고 방자한 여강도라고 말하는 사람들도 있었다. 그들에 의하면 파이아는 생활방식이 암퇘지 같아서 그렇게 불렸으며 이후 테세우스에게 죽임을 당했다고 한다.

X.

테세우스는 메가라의 경계에서 스케이론을 절벽 아래로 떨어뜨려 죽이기도 했다. 널리 알려진 이야기에 따르면 스케이론은 지나가는 사람들을 약탈했다고 한다. 뻔뻔하고 무자비하게도 나그네들에게 발을 내밀고 닦아달라고 했다고 전하는 사람들도 있다. 나그네들이 발을 닦아주면 발로 차 바닷물에 빠뜨렸다는 것이다.

하지만 메가라의 역사가들에 따르면 이야기는 달라진다. 시모니데스는 스케이론이 난폭한 자도, 강도도 아니었으며 오히려 강도들을 혼내주는 자였고, 선하고 정의로운 자들을 친척과 친구로 두고 있었다고 주장한다.* 그의 말에 따르면 테세우스가 스케이론을 죽인 것은 처음 아테나이로 가던 길이 아니라, 나중에 메가라의 지배자 디오클레스를 교묘히 피해 메가라 사람들로부터 엘레우시스를 빼앗고 난 뒤이다.* 어쨌든 이 문제에 관해서는 위와 같은 반대 주장이 있다는 것을 밝혀둔다.

• 아테나이의 북서쪽 약 20킬로미터 지점에 엘레우시스가 있다. 즉 엘레우시스는 아테나이의 관문에 해당하며 원래 이 지역은 메가라 왕국의 소유였지만 아테나이가 성장하기 위해 반드시 필요한 전략 요충지였다.

XI.

이어서 엘레우시스에서 테세우스는 아르카디아 사람 케르퀴온과 씨름해 그를 이기고 목숨을 빼앗았다. 그리고 조금 더 전진하여 에리네우스에서 성이 프로크루스테스인 다마스테스를 죽였는데 다마스테스가 나

• 프로크루스테스를 죽이는 테세우스.

그네들에게 그랬듯 그의 침대에 몸을 맞추는 방법으로 죽였다. 헤라클레스를 모방해서 그렇게 한 것이다.

헤라클레스 역시 자신을 해하려는 자가 있으면 그자가 헤라클레스 자신을 해하려고 의도한 방식을 고스란히 되돌려 주었다. 그래서 부시리스를 제물로 바쳤고, 안타이오스와 씨름을 한 끝에 그를 죽였으며, 단칼에 퀴크노스를 쳤고, 박치기로 테르메로스의 머리를 박살내 죽인 것이다.*

테세우스도 이와 같은 방식으로 악한 자들을 벌하며 길을 갔다. 악당들은 다른 사람들에게 저지른 악행을 그대로 돌려받았으며 스스로 저지른 부당한 행위에 대해 정당한 벌을 받았다.

XII.

여정을 계속하다가 케피소스 강에 이르렀을 때, 테세우스는 퓌탈로스의 자손들을 만났다. 그들은 먼저 테세우스에게 예를 갖추었다. 테세우스가 손에 피를 묻혔으니 정화를 받고 싶다고 하자 그들은 관습대로 그를 위해 정화 의식을 치르고 속죄의 제물을 바친 다음, 테세우스에게 푸

짐한 식사를 대접했다. 이것은 테세우스가 길을 떠난 뒤 처음으로 받은 따뜻한 대접이었다.

지금은 '헤카톰바이온'이라고 불리는 크로니오스 달째 여드레 날, 테세우스는 아테나이에 도착했다. 테세우스가 도시로 들어섰을 당시 나랏일은 혼란과 분쟁에 빠져 있었고 아이게우스 집안의 사생활 또한 안쓰러울 지경에 있었다. 코린토스에서 도망 온 메데이아가 마법으로 자식을 갖게 해주겠다며 아이게우스와 함께 살고 있었기 때문이다.*

메데이아는 이미 테세우스에 대해 알고 있었지만 아이게우스는 까맣게 모르고 있었다. 게다가 나이도 들고 도시국가 간의 파벌 싸움에 지칠 대로 지쳐 부쩍 겁이 많아져 있었다. 그래서 메데이아는 나그네 테세우스를 위해 잔치를 연 뒤 그를 독살하라고 아이게우스를 부추겼다.

* 테세우스에게 독이 든 술잔을 건네는 메데이아. 테세우스 옆자리에 나이 든 아이게우스가 보인다. 윌리엄 러셀 플린트.

잔치에 참석하게 된 테세우스는 자신의 신분을 당장 밝히는 것은 좋지 않다고 생각했다. 하지만 아버지가 자신을 알아볼 수 있는 실마리는 던져주고 싶었다. 그래서 고기가 나오자 마치 자기가 썰 것처럼 칼을 뽑아 아버지의 주의를 끌었다. 한눈에 그 칼을 알아본 아이게우스는 독이 든 술잔을 내팽개치고는 이것저것 물은 뒤 아들을 얼싸안았다. 그리고 시민들이 모인 곳에서 정식으로 그를 아들로 인정했다. 시민들은 그의 남자다운 용맹을 보고 기꺼이 그를 받아들였다.※

· 트로이젠에서 아테나이까지의 테세우스의 여정. 괄호 안의 이름은 테세우스가 그 장소에서 물리친 악당들이다.

• 메데이아는 금양 모피(황금양의 털가죽)를 찾으러 온 영웅 이아손에 반해 남동생을 죽이고 코린토스로 피신했다. 코린토스 왕 크레온의 배려로 편히 지냈지만 남편 이아손이 코린토스의 공주 글라우케와 결혼하자 분노하여 글라우케와 크레온을 죽음으로 몰아넣었고 자신의 아이들 또한 죽게 했다. 그 후 메데이아는 아테나이로 와서 아이게우스와 결혼했다.

XIII.

이 일이 있기 전부터 팔라스의 아들들은 아이게우스가 자식 없이 죽으면 왕국을 차지하려고 했다. 그러나 테세우스가 왕위 계승자임이 공언되자 전쟁을 선포했다. 판디온의 양자로서 에렉테우스 집안과 아무런 혈연관계가 없는 아이게우스가 왕 노릇을 하는 것도 모자라, 이방의 이민자인 테세우스가 왕위를 잇다니 격분할 수밖에 없었던 것이다.

팔라스의 아들들은 두 무리로 갈라져 한 무리는 아버지와 함께 스페토스로부터 아테나이를 향해 드러내 놓고 행진했고, 다른 한 무리는 가르겟토스로 숨어 들어가 매복했다. 적을 양쪽에서 공격할 의도였던 것이다. 그러나 그들 중에 아그누스 사람 레오스라는 전령이 있었는데, 이자가 팔라스의 아들들의 계략을 테세우스에게 귀뜸했다. 그것을 들은 테세우스가 매복하고 있던 무리를 순식간에 덮쳐 하나도 남김없이 죽였다. 그러자 팔라스와 함께 있던 아들들도 뿔뿔이 흩어졌다.*

XIV.

한편, 업적도 세우고 싶고 시민들의 마음도 얻고 싶어 몸이 근질거리던 테세우스는 마라톤의 황소를 상대하러 나섰다. 이 황소는 테트라폴리스*의 주민들에게 적지 않은 피해를 끼치고 있었다. 황소를 굴복시킨 테세우스는 그 황소를 산 채로 몰고 시내로 들어와 과시한 후 델포이의 아폴론에게 제물로 바쳤다.

그나저나 헤칼레가 황소잡이 원정에 나선 테세우스를 맞아 식사를 대

---

* 마라톤을 비롯하여 인접한 마을 세 곳을 포함한 지역.

접했다는 이야기가 아주 거짓은 아닌 듯하다. 다음과 같은 이유에서다. 그 지역에서는 다 함께 헤칼레이오스 제우스에게 제물 헤칼레시아를 바치고 헤칼레에게 경의를 표하고는 했다. 이때 그들이 헤칼레를 '헤칼리네'라는 애칭으로 부른 것은, 헤칼레 역시 테세우스를 대접할 때 그가 보통 젊은이가 아니었음에도, 노인들이 곧잘 하듯 그를 쓰다듬으며 애칭으로 상냥하게 불러주었기 때문이다. 또 헤칼레는 황소를 잡으러 떠나는 테세우스에게, 그가 무사히 돌아오면 제우스에게 제물을 바치겠다고 약속했으나 테세우스가 돌아오기 전에 죽었기 때문에, 테세우스는 헤칼레의 환대에 대한 보답으로 위에서 말한 대로 경의를 표하도록 명한 것이다. 이것은 필로코로스의 이야기이다.

• 마라톤의 황소를 다스리는 테세우스.

XV.

이후 오래지 않아 크레테로부터 조공을 징수하기 위한 사람들이 왔다. 이 조공에 대해서는 대부분의 역사가들이 한목소리를 내고 있다. 안드로게오스가 앗티케 어느 지방에서 함정에 빠져 죽은 것으로 여겨진 뒤*, 크레테의 왕 미노스가 전쟁을 일으킨 데다 하늘마저 이 지방을 황폐하게 만들었다. 메마름과 질병이 땅을 덮쳤고 강물도 말랐다. 그런데 그들이 모시는 신이 그들을 안심시키며 명했다.

• 안드로게오스는 미노스의 아들이다. 안드로게오스의 죽음에 대해서는 서로 다른 이야기가 전한다. 아테나이에서 열린 운동경기에서 전 종목을 석권하여 명성을 떨쳤으나 이를 시기한 다른 참가자들의 손에 암살되었다고도 하고, 미노스가 아테나이와 전쟁을 벌일 때 전사했다고도 한다. 또는 마라톤에서 날뛰던 황소에게 죽었다고도 한다. 때문에 플루타르코스도 안드로게오스의 죽음을 애매하게 표현해 놓았다.

미노스를 달래고 미노스와 화해하면 하늘의 분노가 잦아들 것이며 고통이 끝날 것이다.

앗티케 사람들은 미노스에게 전령을 보내 탄원하며 9년마다 청년 일곱과 같은 수의 처녀들을 보내기로 약속했다. 이 사건에 관한 가장 비극적인 설명에 따르면, 이 젊은 남녀들은 크레테에 도착하자마자 라뷔린토스미로에서 미노타우로스에게 죽임을 당하거나, 미로 안에서 헤매다 출구를 찾지 못해 죽었다고 한다. 에우리피데스에 의하면 미노타우로스는 형태가 뒤섞인 잡종 태생으로 괴이한 모습을 하고 있었으며, 인간과 황소의 두 가지 서로 다른 본성이 그 안에 뒤섞여 있었다.

XVI

그러나 필로코로스에 의하면 라뷔린토스는 감시가 엄한 지하 감옥일 뿐이었다. 크레테 사람들은 인정하지 않지만 말이다. 또한 미노스는 안드로게오스에게 경의를 표하기 위한 장례 경기를 개최했으며 이 경기의 승자에게는 라뷔린토스에 감금되어 있던 아테나이의 젊은이들을 주었다고 한다. 첫 경기의 승자는 당시 미노스 왕 다음으로 큰 권력을 누리고 있었던 타우로스 장군이었는데 그는 합리적이지도 온화하지도 않은 성격이었으며, 아테나이 젊은이들에게 거만하고 잔인하게 굴었다고 한다.

아리스토텔레스 역시 『보티아이아의 나라 체제』에서 말하고 있듯, 이 젊은이들이 죽임을 당하지 않았고 크레테에서 평생 노예로 살았다고 생각한 것이 분명하다. 아리스토텔레스는 크레테 사람들이 한때 오래된 약속을 지키기 위해 첫 아이를 델포이에 바친 적이 있으며, 그 가운데 아테나이에서 온 노예들의 자손이 섞여 갔다고 한다. 그러나 델포이에서 생

28

계를 이어갈 수 없었던 그들은 이탈리아로 넘어가 이아퓌기아 근처에서 살았고 그곳에서 다시 트라케로 들어가 보티아이아 사람들이라고 불리게 되었다고 한다. 보티아이아의 처녀들이 제사 중에 아테나이로 가자며 노래하는 것도 이런 이유에서다.

실로 언어와 문학이 있는 도시국가와 적대 관계에 있다는 것은 매우 괴로운 일인 듯 보인다. 미노스는 늘 앗티케 연극 속에서 공격당하고 매도되었기 때문이다. 헤시오도스가 그를 '가장 고귀한 왕족'이라고 했다거나 호메로스가 그를 '제우스의 절친한 친구'라고 묘사했다고 한들 소용없었다. 승리는 비극 시인들의 것이었고, 연단과 무대에서는 그에게 욕설을 퍼부으며 그를 잔인하고 폭력적인 사람으로 몰아갔다.

그럼에도 사람들은 미노스가 왕이자 입법자였으며, 라다만토스는 미노스를 모시는 판사이자 미노스가 세워놓은 정의 원칙의 수호자였다고 말한다.

XVII.

그리하여 세 번째 조공을 바칠 때가 왔을 때, 그리고 젊은 아들을 둔 아버지들이 아들들을 데리고 제비뽑기에 응해야 했을 때, 일부 사람들 사이에서 아이게우스에 대한 새로운 비난이 터져 나왔다. 애통하고 또 원통했던 이들은 아이게우스가 그들에게 불행의 원인을 제공해 놓고도 처벌은 나누어 받고 있지 않다고 비난했으며, 바깥 나라에서 서자를 데려와서는 왕국을 맡기고 자신들로부터는 적자를 빼앗아 빈털터리로 만들었다고 주장했다.

이와 같은 상황은 테세우스를 괴롭게 만들었다. 그는 시민들의 운명으로부터 고개를 돌릴 것이 아니라 그것을 함께 나누는 것이 옳다고 생각하여 제비뽑기와 상관없이 자신도 가겠다고 나섰다. 시민들은 그의 용기를 칭찬했고 공익을 위하는 정신을 칭송했다. 아이게우스는 기도를 하고 간청을 한들 아들이 설득을 당하거나 단념하지 않을 것을 알고, 나머지 젊은이들에 대한 제비뽑기를 진행했다.

그러나 헬라니코스에 따르면, 나라에서 젊은 남녀들을 제비뽑기로 뽑아서 보낸 것이 아니라 미노스 자신이 아테나이로 건너와 협약에 따라 직접 젊은이들을 골랐는데, 그가 가장 먼저 뽑은 이가 테세우스였다고 한다. 헬라니코스가 말하는 협약이란 아테나이가 배를 제공하고 젊은이들은 무장을 하지 않은 상태로 미노스와 함께 그 배를 타고 간다는 내용이었다. 그리고 만약 미노타우로스가 죽임을 당한다면 더 이상 조공을 바칠 필요가 없다는 내용이었다.

첫 번째와 두 번째 조공 때는 무사히 돌아오리라는 희망을 조금도 갖고 있지 않았기에, 아테나이 사람들은 젊은이들이 죽음을 맞을 운명임을 확신하고 배에 검은 돛을 달아 보냈다. 그러나 테세우스는 아버지를 다독이며 미노타우로스를 해치우겠다고 큰소리를 쳤다. 아이게우스는 배의 키잡이에게 여분의 돛, 즉 흰 돛을 주고는 만약 테세우스와 함께 무사히 돌아온다면 흰 돛을 올리고, 그러지 못하면 검은 돛을 달고 와 불행을 알리라고 사전에 명령해 두었다.＊

XVIII.

테세우스는 제비뽑기를 통해 선택된 젊은이들을 프뤼타네이온＊으로부터 데리고 나와 델피니온으로 갔다. 거기서 테세우스는 젊은이들을 대신

• 오늘날의 시청 같은 곳으로 도시국가의 중대사가 행해지던 곳.

해 아폴론에게 탄원자의 징표를 바쳤다. 흰 양털로 감싼 신성한 올리브 가지였다. 서약과 기도를 마친 후 테세우스는 무뉘키온 달 엿새째 되는 날 바다로 내려갔다.

XIX.

대부분의 역사가들과 시인들이 전하는 바에 따르면, 테세우스가 크레테에 다다랐을 때 그에게 반한 아리아드네가 그 유명한 실타래를 주었으며 라뷔린토스의 복잡한 내부에서 어떻게 해야 하는지 가르쳐 주었다. 테세우스는 그 가르침 덕분에 미노타우로스를 죽일 수 있었고 아리아드네, 그리고 다른 젊은이들과 함께 배를 띄웠다. 또 페레퀴데스의 말에 따르면 테세우스는 크레테 배들의 바닥에 구멍을 내어 추격할 힘을 빼앗았다. 데몬에 따르면 미노스 밑에 있던 타우로스 장군은 배를 몰고 바다로 나가려던 테세우스와 항구에서 해전을 치르다가 죽었다고 한다. 그러나 필로코로스의 이야기에 따르면 다음과 같다.

• 아리아드네.
•• 아리아드네가 준 실타래를 들고 미궁으로 들어가려는 테세우스.
••• 미노타우로스를 죽이는 테세우스. 모자이크.

미노스는 장례 경기를 개최하고 있던 중이었고 타우로스는 예전과 다름없이 모든 경쟁자를 물리칠 것으로 예상되었으므로 미노스는 그의 예정된 승리를 시샘하기 시작했다. 타우로스의 성격과 태도는 그가 가진 권력을 증오스럽게 만들었고, 그는 파시파에(미노스의 왕비)와 지나치게 가깝다는 의심도 받고 있었다. 따라서 테세우스가 경기에 출전하는 영광을 누리고 싶다고 하자 미노스는 이를 기꺼이 승낙했다.

크레테에서는 여자들도 경기를 관전하는 관습이 있었기 때문에 아리아드네 역시 그 자리에 있었고, 테세우스의 모습을 보고 마음을 빼앗겼다. 경쟁자들을 모두 물리치는 그의 강건함에 반한 것은 물론이다. 미노스 또한 그를 매우 마음에 들어 했는데 무엇보다도 씨름에서 타우로스를 이겨 불명예를 안겨 주었기 때문이다. 따라서 미노스는 테세우스에게 젊은이들을 돌려주고, 크레테에 조공을 바칠 의무도 제해 주었다.

반면 클레이데모스는 이 사건과 관련해 다소 독특하고 거창한 이야기를 들려준다. 이야기는 아주 옛날로 거슬러 올라간다. 당시 헬레네 전역에는 그 어떤 트리에레스*도 다섯 명 이상의 선원을 태우고 항구를 빠져나갈 수 없다는 법이 있었다. 유일한 예외는 이아손이었는데, 아르고호

· 트리에레스. 돌을새김, 기원전 410~400년.
·· 그리스의 유로화 1센트 동전에 그려진 트리에레스.

• 노가 3단으로 달린 배.

32

의 지휘자였던 그는 바다에 무수히 출몰하는 해적들을 소탕하러 다니곤 했다.

그런데 다이달로스가 상선을 타고 크레테에서 아테나이로 도망갈 때, 미노스는 법을 어기고 군함을 풀어 그를 추격했고, 결국 폭풍을 만나 뱃길을 잃고 시켈리아로 밀려가 그곳에서 생을 마감했다고 한다.* 그리하여 아테나이 사람들과 사이가 나빠진, 미노스의 아들 데우칼리온은 아테나이 사람들에게 다이달로스를 돌려보낼 것을 요구했다. 그리고 만약 거부한다면 아버지가 인질로 데리고 있던 아테나이의 젊은이들을 죽이겠노라고 협박했다.

테세우스는 차분한 태도로 대응하며 다이달로스를 넘기는 것을 거절했다. 다이달로스는 그의 동족일 뿐 아니라 에렉테우스의 딸 메로페가 낳은 그의 사촌이었기 때문이다. 그러면서도 그는 남몰래 함대를 구축하기 시작했다. 자신의 의도를 들키지 않기 위해 일부는 튀모이타다이의 사람들이 다니는 길에서 멀리 떨어진 위치에서 만들었으며, 다른 일부는 핏테우스의 지휘 아래 트로이젠에서 만들었다.

테세우스는 함대가 준비되자 배를 띄우고, 다이달로스와 크레테에서 망명한 자들을 길잡이로 삼아 길을 떠났다. 크레테 사람들은 아무도 테세우스의 계략을 알지 못했다. 다가오는 배들이 좋은 의도에서 오는 것으로만 알았기 때문에, 테세우스는 항구를 손에 넣은 뒤 부하들을 하선시켜 적들이 그가 오고 있다는 것을 알기도 전에 크노소스에 도착했다. 그리고 라뷔린토스의 대문 앞에서 전투를 치른 끝에 데우칼리온과 그의 호위병을 죽였다.

---

* 신화에서는 다이달로스가 미궁에 갇힌 뒤 밀랍으로 날개를 만들어 아들 이카루스와 함께 미궁을 탈출했다고 한다. 아들은 다이달로스의 충고를 무시하고 너무 높이 날아 태양에 날개가 녹아 떨어져 죽었고 다이달로스는 시켈리아에 도착했다고 한다. 하지만 여기에서는 날개로 탈출한 것이 아니라 해상으로 탈출한 것으로 되어 있다. 신화와 역사 사이에서 가급적 역사적 진실을 추구하려는 플루타르코스의 의도가 읽혀지는 대목이다.

그렇게 모든 것이 아리아드네의 손으로 넘어가자 테세우스는 아리아드네와 평화 협정을 맺은 뒤 젊은 인질들을 돌려받았고, 아테나이와 크레테 사람들 사이를 우호적인 관계로 돌려놓았다. 이들은 다시는 싸움을 하지 않기로 맹세했다.✳

XXII.

이런 이야기도 전해진다. 앗티케의 해안에 가까워져 왔는데도 불구하고 아무도 아이게우스에게 무사 귀환을 알리는 돛을 달지 않았다. 테세우스와 키잡이 둘 다 기쁨에 넘친 나머지 깜빡 잊은 것이다. 절망에 빠진 아이게우스는 절벽에서 몸을 던져 산산이 부서져 버렸다.

한편 테세우스는 항구에 배를 대자마자, 뱃길을 떠나기 전에 약속했던 대로 팔레론의 신들에게 직접 제물을 바친 다음, 도시로 전령을 보내 무사 귀환을 알렸다. 전령이 보아하니 여러 사람들이 왕의 죽음을 애통해하고 있었지만, 그 밖의 사람들은 당연히 그가 가져온 소식에 무척 기뻐했고 그를 환영하며 화환까지 걸어 주었다. 화환을 받아 지팡이에 걸고 해안가로 돌아온 전령은, 테세우스가 아직 신들께 제주를 바치지 않은 것을 보고 제사를 방해하지 않기 위해 신성한 구역 밖에서 기다렸다. 제주를 바치는 의식이 끝나자 전령은 아이게우스의 죽음을 전했다. 그 즉시 그들은 슬픔에 몸부림치며 서둘러 시내로 올라갔다.✳

XXIV.

아버지 아이게우스가 죽은 뒤 원대한 계획을 세운 테세우스는 앗티케 전역의 주민들을 한 도시 내에 살게 했다. 앗티케 전 지역 사람들을 같은 도시의 시민들로 만든 것이다. 그때까지 앗티케 지방 사람들은 뿔뿔이 흩어져 있어 모두의 이익을 위해서라고 해도 한데 모이기 어려웠으며, 때로는 서로 다투고 싸우기까지 했다.

테세우스는 각각의 마을과 각각의 씨족을 일일이 방문하여 그들을 설득하고자 했다. 평민들과 가난한 자들은 곧바로 테세우스의 부름에 답했다. 힘 있는 자들에게 테세우스는 왕이 없는 정부와 민주정을 약속했고, 테세우스 자신은 전쟁을 이끌고 법을 수호하는 역할만 할 것이며 다른 문제에서는 모두가 같은 위치에 있을 것이라고 했다. 어떤 이들은 쉽게 설득되었지만, 어떤 이들은 이미 굉장했던 그의 권력과 배짱이 두려워 강제로 굴복당하기보다 설득당하는 편을 택했다.

이에 따라 여러 마을에 각각 존재하던 프뤼타네이온과 불레우테리온*, 아르케**를 없애버린 뒤 공동의 프뤼타네이온과 불레우테리온을 지은 곳이 오늘의 윗마을이다. 테세우스는 이곳을 아테나이라 불렀고 판아테나이아 축제를 실시했다. 그는 또한 헤카톰바이온 달月 열여섯째 날에 메토이키아 축제, 즉 정착을 축하하는 잔치를 열도록 했다. 이 축제는 오늘날까지 이어진다. 그리고 약속한 대로 왕권을 내어놓고 민주 정부를 세웠다. 이 역시 신들의 뜻대로 한 것인데 그가 도시에 대해 묻자 델포이에서 다음과 같은 신탁이 왔다.

아이게우스의 아들 테세우스여, 핏테우스의 딸의 아들이여, 나의 아버지께서 경계를 긋고 미래를 결정한 도시들이 그대의 성벽 안에 있나니 절망하지 말고 당당하고 굳센 마음으로 결행하라. 바람주머니는 일렁이는 파도에도 바다를 건너리니.

---

* 마을 의회가 모이던 곳.
** 마을 우두머리(아르콘)가 집무를 보던 곳.

어떤 사람들은 시빌라가 이 신탁을 훗날 도시 사람들에게 다시금 말했는데 그때는 이렇게 외쳤다고 한다.

바람주머니는 물 밑에 잠길지언정 가라앉지 않으리라.

XXV.

도시를 더 크게 확장하고자 했던 테세우스는 모든 이들을 동등한 자격으로 도시에 초청했다. "모든 이여, 이리로 오라"는 말은 테세우스가 다양한 조건을 지닌 온갖 종류의 사람들로 이루어진 민족을 수립하며 한 말이라고 한다. 그럼에도 테세우스는 자신의 민주정이 도시로 몰려드는 무분별한 군중들로 인해 무질서해지거나 혼란스러워지도록 내버려두지 않았고, 처음으로 사람들을 귀족과 농부와 기술자로 나누었다.

귀족들에게는 종교 의식을 돌보고, 관리들을 제공하고, 법을 가르치고, 하늘의 뜻을 해석하는 일을 맡겼으며, 나머지 시민들에게도 각각 특권을 주어 균형을 이루도록 했다. 이에 귀족들은 명예에서, 농부들은 실리에서, 기술자들은 계산에서 앞서는 것으로 여겨졌다. 아리스토텔레스에 의하면 테세우스는 처음으로 절대 왕권을 포기하고 군중에게 가까이 다가간 사람으로, 이것은 호메로스의 말에서도 증거를 찾아볼 수 있다. 호메로스는 『일리아스』에 나오는 함선의 목록에서 아테나이 사람들만을 '민중'이라고 표현한다.

테세우스는 소의 형상을 찍은 화폐도 발행했는데 마라톤의 황소, 혹은 미노스 밑에 있던 타우로스 장군을 기억하기 위해서였거나 시민들에게 농업을 장려하기 위해서였다. 이 화폐로 인해 '황소 열 마리'와 '황소 백 마리' 같은 말로 값을 나타내게 되었다.

36

메가라 지방을 앗티케에 안정적으로 편입시킨 뒤 테세우스는 이스트
모스에 저 유명한 기둥을 세웠으며 그 위에 영토의 경계임을 표시하는
글을 새겼다. 이 글은 3보격의 시행 두 줄로 이루어져 있는데 그 가운데
동쪽을 향하고 있는 것은 이렇게 선언하고 있었다.

이곳은 펠로폰네소스가 아닌 이오니아.

서쪽을 향하고 있는 것은 이렇게 되어 있었다.

이곳은 이오니아가 아닌 펠로폰네소스.*

XXVI.

테세우스는 에욱세이노스 해海로 여정을 떠나기도 했는데 필로코로
스와 그 밖의 다양한 사람들의 말에 의하면, 그것은 아마존 여인들과 싸
우기 위해 헤라클레스와 함께 오른 원정길이었으며 테세우스는 용맹의
대가로 안티오페를 포상으로 얻었다고 한다.

그러나 페레퀴데스, 헬라니코스, 헤로도로스를 포함한 대부분의 사람
들은 헤라클레스가 이미 죽고 없던 시절 테세우스가 자비로 이 여정에
올랐으며 안티오페를 포로로 잡았다고 하는데, 이것이 더 타당한 설이
다. 그와 여정을 함께한 다른 사람이 아마존 여자를 포로로 잡았다는
기록은 없기 때문이다.

비온에 의하면 이 아마존 여인조차 계략을 써서 붙잡아 갔다고 한다.
그가 말하는 바에 따르면, 아마존 여인들은 본성이 남자들에게 친절하
며, 테세우스가 그들의 해안에 다다랐을 때 그로부터 도망치기는커녕 그

에게 선물을 보냈고 테세우스는 선물을 가지고 온 여인을 배 위로 초대했다고 한다. 여인이 배 위로 올라오자 테세우스의 배는 바다로 나갔다.

• 테세우스와 안티오페. 기원전 510년경.
•• 페이리투스와 함께 안테오페를 끌고 가는 테세우스. 항아리. 기원전 490년경.

비튀니아 지방에 있는 니카이아라는 도시의 역사를 출간한 메네크라테스에 따르면, 테세우스는 안티오페를 배에 태운 채 그 근방에서 약간의 시간을 보냈다고 한다. 테세우스와 여정을 함께하던 이들 가운데는 마침 아테나이에서 온 젊은 삼형제가 있었는데 에우네오스, 토아스, 솔로에이스가 그들이었다. 그 가운데 솔로에이스는 남몰래 안티오페와 사랑에 빠졌고 절친한 친구 하나에게만 자신의 비밀을 털어놓았다. 그 친구는 안티오페에게 솔로에이스의 마음을 전했고 안티오페는 그러한 시도가 몹시 불쾌했지만, 테세우스에게 고자질하지 않고 침착하고 은밀하게 일을 처리했다. 그러나 절망에 빠진 솔로에이스는 강에 몸을 던져 목숨을 끊었다. 이 젊은이의 비운과 그 원인을 진해 들은 테세우스는 매우 괴로워했다. 그리고 고뇌하던 중에 델포이에서 받았던 신탁 하나를 떠올렸다. 퓌토의 여사제가 그 신탁을 전해 주었다.

낯선 땅에서 괴롭기 그지없고 끝없이 슬플 때가 있을 터이니, 그때 그 자리에 도시를 세우고 부하 몇몇을 남겨 그 도시를 통치하게 하라.

이런 이유로 테세우스는 그곳에 도시를 세우고 퓌토델포이의 신아폴론을 기리기 위해 퓌토폴리스라고 이름 붙였고, 그 곁을 흐르는 강을 죽은 젊은이의 이름을 따 솔로에이스라고 불렀다. 그리고 솔로에이스의 형제들을 도시의 책임자와 입법자로 남겨두고 그들과 함께 아테나이의 귀족 헤르모스를 남겨두었다. 퓌토폴리스의 사람들이 헤르모스의 이름을 따 헤르메스의 집이라고 부르는 곳이 있는데, 실수로 발음 하나를 틀리는 바람에 졸지에 영웅이 아닌 신에게 영광이 돌아갔다.

XXVII.

어쨌든 아마존 여인들과의 전쟁은 이러한 연유로 시작되었다. 이 일은 테세우스에게 사소하지도 가볍지도 않은 일이었다. 아마존 여인들은 주변 지역을 숙지한 뒤 무사히 도시에 접근하여 도시 내에 진陣을 치고, 프뉙스와 무세이온 언덕 근방에서 육박전을 벌였기 때문이다. 헬라니코스가 썼듯, 아마존 여인들이 킴메리오이 족의 보스포로스 해협이 얼어붙은 틈을 타 그 위를 걸어 왔는지는 분명하지 않다. 그러나 그들이 도시의 거의 중심에 진을 쳤다는 사실은 그곳 근방의 여러 지명과 전사자들의 무덤이 입증하고 있다.

꽤 오랫동안 양측은 서로 망설이며 공격을 지연했다. 마침내 테세우스는 신탁에 따라 포보스두려움의 신에게 제물을 바친 뒤 여인들과 싸움을 시작했다. 때는 보에드로미온 달月이었는데 오늘날까지도 이때가 되면 아테나이에서 보에드로미아 축제를 연다.

클레이데모스는 다음과 같이 상세히 적고 있다. 아마존 전사들의 좌측 전열은 오늘날 아마조네이온이라고 부르는 곳까지 뻗어 있었고 우측 전열은 크뤼사의 프뉙스에 닿아 있었다. 아테나이 사람들의 전투 상대는 좌측 전열이었고 그들은 무세이온 언덕에서 아마존 여인들과 교전했다. 전사한 이들의 무덤은 칼코돈 사당 옆 성문으로 이어지는 도로의 양쪽에 위치하고 있는데, 이 성문은 오늘날 '페이라이에우스의 성문'이라고 불린다.

클레이데모스에 의하면 바로 이곳에서 아테나이 사람들은 패주하여 에우메니데스의 사당까지 쫓겨 갔지만 팔라디온과 아르데토스, 뤼케이온에서 침입자들을 공격한 이들은 우측 전열을 적의 진영까지 몰고 갔으며 많은 수를 죽였다.

그리고 석 달 후, 힙폴뤼타의 중재로 평화 협정이 맺어졌다고 한다. 클레이데모스는 테세우스가 결혼한 아마존 여인이 안티오페가 아니라 힙폴뤼타라고 말한다.

그러나 어떤 이들은 테세우스의 아내가 테세우스의 곁에서 함께 싸우다 몰파디아의 창에 맞아 죽었다고 한다. 올림피아의 대지의 여신의 신전 곁에 서 있는 기둥이 바로 이 아마존 여인을 기리기 위해 세워졌다고 한다. 역사가 그토록 오랜 옛날 일과 관련해서, 이처럼 어쩔 줄 모르고 헤매는 것은 놀라운 일이 아니다. 심지어 이런 이야기도 전해진다. 안티오페가 상처 입은 아마존 여인들을 비밀리에 칼키스로 보내 간호를 받게 했고 그곳에 묻어주기도 하였는데, 그곳이 오늘날의 아마조네이온 근방이라는 것이다.

그러나 전쟁이 엄숙한 협정과 함께 끝났음을 뒷받침하는 근거는 테세이온과 인접한 지역의 이름이 호르코모시온협정이 이루어진 곳이라는 뜻이라고 지어졌다는 사실뿐만 아니라, 고대에는 테세우스를 위한 축제 직전에 아마존 여인들에게 제물을 바치는 풍습이 존재했다는 점에서도 찾아볼 수 있다.*

XXVIII.

아마존 여인들에 대해서는 이 정도로 해두는 것이 적절하겠다. 『테세이드』테세우스의 노래의 저자가 쓴 『아마존 여인들의 부활』에서는 테세우스가 파이드라와 결혼했을 때, 안티오페와 안티오페의 앙갚음을 대신하려던 아마존 여인들이 테세우스를 공격했다가 헤라클레스에 의해 죽임을 당했다고 쓰고 있다. 하지만 이것은 어디로 보나 지어낸 이야기이다. 테세우스가 파이드라와 결혼한 것은 맞지만 이것은 안티오페가 죽은 뒤였고, 안티오페는 테세우스에게 힙폴뤼토스, 핀다로스에 의하면 데모포온이라는 아들을 낳아주었다. 안티오페가 낳은 테세우스의 아들과 파이드라 사이에 있었던 불행*에 대해서는 역사가들과 비극 작가들 간에 이견이 없으므로 그들 모두가 쓴 대로 사건이 일어났다고 짐작할 수밖에 없다.

* 카바넬이 그린 『파이드라』.

XXIX.

그러나 테세우스의 결혼에 대한 이설 가운데, 시작이 고결하거나 결말이 행복하지 않은 이야기들도 많고 그런 이야기들은 극화되지 않았다. 예를 들자면, 그가 트로이젠의 처녀 아낙소를 납치했으며 시니스와 케르퀴온을 죽인 후 그들의 딸들을 겁탈했다는 이야기도 있다. 또한 아이아스의 어머니 페리보이아와 결혼하고, 그 후에는 또 이피클레스의 딸 이오페와 결혼했다고도 한다. 또한* 파노페우스의 딸 아이글레에 대한 욕정 때문에 아리아드네를 버렸다고 비난받는데, 이 행위는 명예롭지도 점잖지도 못한 것이었다. 마지막으로 테세우스가 헬레네를 겁탈한 사건으로 인해 앗티케 전 지역이 전쟁에 휘말렸으며 이로써 결국 추방당하고 죽음에까지 이르게 되었다고 하는데, 여기에 대해서는 잠시 후에 더 이야기할 것이다.

헤로도로스는 이렇게 설명하기도 한다. 당시 누구보다 용맹한 사람들이 세운 여러 업적 가운데 테세우스가 이룬 것은 하나도 없다는 것이다. 그는 테세우스가 켄타우로스들과의 전쟁에서 라피타이족을 도운 일만은 사실로 인정한다. 그러나 다른 이들은 테세우스가 콜키스에서 이아손과 함께했을 뿐만 아니라 멜레아그로스가 칼뤼돈의 멧돼지를 죽일 때도 도왔다고 하며 "테세우스 없이는 안 된다"는 속담도 여기서 나왔다고 한다. 그러나 그 자신은 어떤 이에게도 도움을 요청하지 않고 홀로 여러

• 아마존의 여왕 안티오페는 힙폴뤼토스를 낳고 얼마 후 죽었다. 이어 테세우스는 아리아드네의 동생 파이드라와 결혼한다. 트로이젠의 왕위 계승권자였던 테세우스는 아들 힙폴뤼토스를 트로이젠으로 보냈고, 그는 아름다운 청년으로 성장하였다. 테세우스와 파이드라가 잠시 트로이젠에 머물렀을 때, 파이드라는 전처 소생의 아들인 힙폴뤼토스에게 반해 그에게 사랑을 고백하지만, 힙폴뤼토스는 양어머니를 무시한다. 그러자 파이드라는 힙폴뤼토스가 자신을 유혹해서 죽음을 택할 수밖에 없었다는 유서를 남기고 자살한다. 아버지 테세우스는 아들을 질책하지만 힙폴뤼토스는 변명도 하지 않은 채 마차를 타고 트로이젠 해변을 달리다가 사고로 죽는다. 플루타르코스가 말한 불행이란 바로 이것을 말한다.

홀륭한 업적을 이룩했으니 "보라! 또 다른 헤라클레스가 나타났다"는 말은 테세우스를 두고 하는 말로 통용되었다고 한다.

테세우스는 또한 아드라스토스를 도와 카드메이아의 성벽 앞에서 죽은 자들을 묻어주기도 했는데, 에우리피데스가 그의 비극 작품에 쓴 것과 같이 테바이 사람들을 힘으로 굴복시켜서가 아니라 테바이 사람들을 설득해 휴전 협정을 맺음으로 그렇게 할 수 있었던 것이다. 대부분의 역사가들이 그렇게 말하고 있으며 필로코로스는 덧붙이기를, 전사자들의 시신을 회수하기 위해 휴전 협정이 맺어진 것은 그때가 처음이었다고 한다.※

XXX.

페이리투스와 테세우스 간의 우정이 싹튼 계기는 다음과 같다. 테세우스는 힘세고 용맹하기로 소문이 자자했고 페이리투스는 그가 정말 그러한지 시험해 보고 싶었다. 그래서 마라톤에 있던 테세우스의 소떼를 다른 곳으로 몰아갔다. 소떼의 주인이 무장을 하고 쫓아오고 있다는 소식을 듣자 페이리투스는 도망치기는커녕 발길을 돌려 그를 만나러 갔다.

그러나 마주친 두 사람은 서로의 아름다움에 경탄하고 용기에 탄복해 싸우지 않았고, 페이리투스가 테세우스에게 먼저 손을 내밀어 소떼를 훔친 죄로 그 어떤 벌을 내려도 달게 받겠다고 했다. 테세우스는 벌을 내리지 않았을 뿐만 아니라 친구이자, 생사를 함께하는 형제가 되자고 했다. 이에 둘은 우정을 맹세했다.

이후 페이리투스가 데이다메이아와 결혼을 앞두고 있을 때 그는 테세우스에게 그 근방을 둘러보고 라피타이 족과 인사도 할 겸 결혼식에 오라고 하였다. 페이리투스는 피로연에 켄타우로스들도 초대했다. 켄타우로스들이 술에 잔뜩 취해 무례하기 그지없는 태도로 여자들에게 손을 대자 라피타이 족 사람들은 복수심이 치밀었다. 켄타우로스 몇몇은 그 자리에서 죽임을 당했고 나머지는 이후 전쟁에서 지고 나라에서도 추방당했다. 테세우스는 피로연에서도, 전쟁에서도 그들과 싸웠다.

• 『테세우스와 켄타우로스』, 안토니오 카노바.

그러나 헤로도로스는 이것이 사실과 다르다고 하며 테세우스가 라피타이 족을 도우러 가려고 했을 때 전쟁은 이미 벌어져 있었고, 그리로 가는 길에 처음으로 헤라클레스를 보았다고 한다. 테세우스는 긴 방황과 노동을 끝내고 트라키스에서 휴식을 취하고 있는 헤라클레스를 일부러 찾아갔으며 둘은 서로에 대한 존경심과 친근함을 표현하며 칭찬의 말을 아끼지 않았다고 한다.

그럼에도 두 사람이 종종 만남을 가지곤 했다는 역사가들의 말이 더 그럴듯하지 않을까 싶다. 그들에 따르면 헤라클레스가 엘레우시스에서 비밀 의식에 입회하고 입회 전에 정화를 받은 것은, 그가 저지른 여러 경솔한 행위들을 테세우스가 들먹이며 부추겨서라고 한다.

XXXI.

헬라니코스에 의하면 헬레네 납치 사건에 동참할 당시 테세우스는 이미 쉰 살이었고 헬레네는 혼기도 되기 전이었다. 따라서 어떤 역사가들은, 테세우스에게 가장 중대한 흠이 된 이 사건은 테세우스의 행위가 아니라고 무마한다. 즉 이다스와 륀케우스가 헬레네를 납치해 테세우스에게 맡겼고 테세우스는 헬레네를 돌보며 제우스의 두 아들두 오빠 카스토르와 폴뤼데우케스이 헬레네를 되돌려줄 것을 요구해도 돌려주지 않았다고 한다.* 혹은 믿기지 않겠지만, 헬레네의 아버지 튄다레오스 자신이 테세우스에게 딸을 맡겼다고도 한다. 왜냐하면 헬레네가 아직 아이였을 때 강제로 데려가려고 했던, 힙포코온의 아들 에나르스포로스가 두려웠기 때문이었다고 한다.

그러나 가장 신빙성이 있고 유리한 증인이 많은 이야기는 다음과 같다. 테세우스와 페이리투스는 함께 스파르테로 가서 아르테미스 오르티아의 신전에서 춤을 추고 있던 헬레네를 붙잡아 도망쳤다. 그들을 쫓던 이들은 테게아에서 멈추었고 두 친구는 펠로폰네소스를 지나 위험에서

• 헬레네의 아버지는 역사적으로 보면 스파르테의 왕 튄다레오스지만, 신화적으로는 제우스이기도 하다. 제우스는 튄다레오스의 아내 레다에게 반한 나머지 백조로 변해 레다를 품었다고 한다. 레다는 쌍둥이 카스토르와 폴뤼데우케스 형제와 딸 헬레네를 낳았다.

벗어나자, 제비뽑기를 해서 뽑히는 사람이 헬레네를 아내로 삼고 다른 한 사람이 아내를 구하는 것을 도와주기로 합의했다. 이와 같이 서로 약속한 뒤 제비뽑기를 했고 테세우스가 이겼으며 혼기가 되지 않은 그 처녀를 아피드나로 데려갔다. 거기서 테세우스는 어머니에게 헬레네를 맡기고 친구 아피드노스에게 부탁해 두 사람을 보살피고 누구에게도 들키지 않도록 지키라고 단단히 당부했다.

그리고 테세우스 자신은 페이리투스에게 보답하기 위해 그와 함께 에페이로스로 갔다. 몰롯시아 왕 아이도네우스의 딸을 훔치기 위해 떠난 것이다. 아이도네우스는 아내를 페르세포네, 딸을 코레라고 부르고 기르는 개를 '케르베로스'라고 불렀는데, 딸을 데려가고 싶은 자가 있으면 먼저 이 짐승과 싸우도록 했고 짐승을 이기는 이에게 딸을 주기로 약속했다. 그러나 페이리투스와 그의 친구가 딸의 마음을 얻기 위해서가 아니라 납치하기 위해 왔다는 것을 알고는 둘을 붙잡았다. 페이리투스는 개를 이용해 단번에 죽였으나 테세우스는 단단히 가둬 두었다.

XXXII.

한편 페테오스의 아들이자 오르네우스의 손자, 그리고 에렉테우스의 증손자이며 처음으로 대중의 마음을 움직이고 군중의 환심을 산 사람으로 알려진 메네스테우스는, 아테나이의 힘 있는 자들을 선동해 격분하게 만들고 있었다. 그들은 오랫동안 테세우스에게 적의를 품고 있었던 이들로 테세우스가 지방의 귀족이었던 자신들로부터 고귀한 직책을 빼앗고 하나의 도시에 몰아넣은 뒤, 일반 백성이나 누예와 다름없이 취급하고 있다고 생각했다.

메네스테우스의 비난은 평민들도 동요하게 만들었다. 그는 평민들이 자유라는 환상에 빠져 있지만, 실상은 피가 섞인 자비로운 왕 여러 명 대신 고작 이방에서 온 이주민에 불과한 주인 한 명에게 복종하기 위해 고향 땅을 빼앗기고 종교를 빼앗겼다고 선동했다. 메네스테우스가 이 같은 일로 바쁜 와중에 튄다레오스의 두 아들 가스토르와 폴뤼데우케스이 이 도시에 접근했고, 임박한 전쟁은 민심을 선동하려는 메네스테우스의 계략에 득이 되었다. 실로 어떤 역사가들은 메네스테우스가 침략을 유도했다고 말하기까지 한다.

침략자들은 처음에는 아무 해도 입히지 않을 터이니 단지 누이동생을 돌려달라는 요구만 했다. 그러나 도시 사람들이 동생을 데리고 있지도 않으며 어디에 데려다 놓았는지도 모른다고 대답하자, 그들은 전쟁을 택할 수밖에 없었다. 그러나 헬레네가 아피드나에 숨겨져 있다고 주워들은 아카데모스는 헬레네의 오빠들에게 이를 말했다. 이런 이유로 아카데모스는 생전에 튄다레오스의 두 아들로부터 예우를 받았으며, 사후에 라케다이몬 사람들이 앗티케를 점령하고 온 지방을 초토화시키곤 할 때에도 아카데모스를 생각하여 아카데메이아에는 손을 대지 않았다.

그러나 디카이아르코스의 이야기에 따르면 당시 아르카디아 출신의 에케데모스와 마라토스가 튄다레오스의 두 아들 휘하의 병사였는데, 오늘날의 아카데메이아는 이 에케데모스의 이름을 따 원래 '에케데미아'로 불렸고 '마라톤'이라는 마을 이름은 마라토스로부터 왔다고 한다. 그것은 그가 어떤 신탁에 따라 자발적으로 최전선에 서서 자신을 희생했기 때문이라고 한다.

어쨌든 헬레네의 오빠들은 아피드나로 가서 정해진 시간과 장소에서 전투를 하여 승리하고 마을을 뒤집어 놓았다.※

XXXIII.

결국 아피드나는 점령되었고 아테나이에는 공포가 가득했지만, 메네스테우스는 아테나이 사람들에게 튄다레오스의 두 아들을 성안으로 맞아 온갖 성의를 보이라고 설득했다. 두 사람이 먼저 폭력을 저지른 테세우스에게는 적일지 몰라도, 나머지 사람들에게는 은인이자 구원자라고 주장했다.

두 사람의 품행도 메네스테우스의 확신에 찬 주장을 뒷받침했다. 둘은 모든 것을 가질 수 있었지만 비밀 의식에 입회하는 것 외에는 아무것도 요구하지 않았다. 그것은 아테나이와 사이가 안 좋기로 따지면 그들과 별 차이 없는 헤라클레스도 입회했기 때문이다. 따라서 그들은 헤라클레스가 퓔리오스의 양자로 들어갔듯 아피드노스의 양자로 들어가 비밀 의식에 입회할 수 있는 특권을 얻었다.*

XXXV.

그런데 헤라클레스가 몰롯시아 왕 아이도네우스의 손님으로 가 있을 때, 왕은 테세우스와 페이리투스의 수난에 대해 이야기하게 되었다. 그들이 무슨 짓을 하러 몰롯시아까지 왔으며 발각되어 어떻게 되었는지 낱낱이 얘기했다. 헤라클레스는 둘 중 한 사람이 명예롭지 못한 죽음을 맞았고 다른 한 사람의 죽음 또한 임박해 있는 것을 매우 애통해했다. 그는 페이리투스에 대해서는 불평해 봤자 소용없다고 생각했지만, 테세우스는 풀어달라고 간청하며 자신의 부탁이니 꼭 들어주기를 요구했다. 아이도네우스는 헤라클레스의 청을 받아들여 테세우스를 아테나이로 돌려보냈다. 이때는 아테나이에 있는 테세우스 수하의 사람들이 아직 완전히 제압되기 전이었다.

필로코로스에 의하면 테세우스는 자신에게 헌정된 도시 내의 성역 가운데 네 곳을 제외한 모든 성역을 헤라클레스에게 바치고, 그곳을 '테세이아'가 아닌 '헤라클레이아'라고 불렀다. 그러나 그가 전처럼 도시를 통치하고 지배하려고 하자 파벌 간의 싸움과 방해 작전이 벌어졌다. 테세우스는 자신이 떠났을 때 자신을 증오했던 이들이 이제 그 증오에 경멸까지 더했음을 깨달았고 많은 사람들이 부패한 것을 보았다. 그들은 시키는 대로 고분고분 일을 하는 것이 아니라 치켜세우며 간청해 주기를 바랐다. 그러니 돌아온 테세우스가 원하는 바를 강제로 관철하려 하자 여러 민중 지도자와 파벌들이 그를 제압한 것은 당연했다.

마침내 테세우스는 목적을 포기하고 자녀들을 은밀히 에우보이아에 있는, 칼코돈의 아들 엘레페노르에게 보내고 자신은 가르겟토스에서 아테나이 사람들에게 저주를 빌었다. 오늘날까지 그곳에는 아라테리온*이라고 이름 지어진 장소가 있다.

그런 뒤 테세우스는 스퀴로스 섬으로 갔다. 스퀴로스 사람들은 그가 생각한 대로 그에게 우호적이었다. 그곳에는 선조들의 땅도 있었다. 당시 스퀴로스의 왕은 뤼코메데스였다. 테세우스는 뤼코메데스에게 선조들의 땅에서 살고자 하니 그 땅을 내어 달라고 청했다. 그가 아테나이에 대항하기 위해 뤼코메데스의 지원을 요청했다는 이야기도 있다. 그러나 뤼코메데스는 그의 명성이 두려워서 그랬는지, 메네스테우스에게 잘 보이려고 그랬는지는 몰라도, 테세우스의 선조들의 땅을 보여주겠다며 섬의 높은 곳으로 데려가 그를 절벽 아래로 밀어 죽였다. 하지만 다른 이들에 따르면 그는 저녁 식사를 마치고 평소 습관대로 산책을 하다가 발을 헛

---

* 기도하는 장소, 혹은 저주하는 장소라는 뜻.

디더 떨어졌다고 한다.

　당시에는 아무도 테세우스의 죽음을 기록하지 않았다. 아테나이에서는 메네스테우스가 왕위에 올랐으며 관직이 없던 테세우스의 아들들은 엘레페노르와 함께 일리온으로 원정을 떠났다. 그러나 메네스테우스가 죽고 난 뒤, 둘은 아테나이로 돌아와 왕국을 되찾았다. 훗날 아테나이 사람들은 테세우스를 반신으로서 섬기게 되었는데, 이는 무엇보다도 메디아와의 마라톤 전투에 참전했던 사람들이, 테세우스의 유령이 최전선으로 달려가 메디아 사람들에 맞서는 것을 본 것 같다고 했기 때문이다.

• 테세우스가 말년을 보낸 에우보이아와 스퀴로스 섬.

50

XXXVI.

메디아와의 전쟁이 끝나고 파이돈이 아르콘*으로 있던 시절, 아테나이 사람들이 델포이에 신탁을 받으러 갔는데 퓌토의 여사제가 지시하기를, 테세우스의 유골을 거두어 아테나이에서 합당한 장례를 치르고 묻은 뒤 잘 지키라고 하였다. 그러나 무덤을 찾아 유골을 거두기가 쉽지 않았다. 당시 섬에 살고 있던 돌로페스 족 사람들의 본성이 호전적이고 사나웠기 때문이다.

그러나 내가 「키몬」 편에서 쓰게 되겠지만, 섬은 키몬의 손에 들어갔고 테세우스의 무덤을 찾고자 갈망하던 그는, 봉긋 솟아 있는 듯한 땅 위에 독수리 한 마리가 앉아 부리로 흙을 쪼며 발톱으로 파헤치고 있는 것을 보았다고 한다. 하늘의 도움 덕에 그는 이것의 의미를 알아차릴 수 있었고 그곳을 팠다. 거기에는 몸집이 거대한 이의 관이 있었고 그 옆에는 청동 창과 검이 있었다. 키몬이 이 유물과 유골을 트리에레스에 싣고 고국으로 돌아가자, 아테나이 사람들은 테세우스가 살아 돌아오기라도 한 듯이 매우 기뻐하며 눈부시게 화려한 행렬과 제사 의식으로 이를 맞았다.

이제 테세우스는 도심 한가운데, 오늘날의 귐나시온** 가까이 묻혀 있고 그의 무덤은 도망친 노예나, 힘 있는 자들이 두려운 신분 천한 이들의 안식처이자 피난처가 되었다. 이는 테세우스가 생전에 이러한 이들을 돕고 응원했으며 불쌍하고 가난한 자들의 탄원을 기꺼이 받아주었기 때문이다.※

* 테세우스의 유골이 있는 것으로 잘못 여겨졌던 테세이온 (테세우스 신전). 지금은 헤파이스토스 신전으로 알려져 있다.

• 지역의 우두머리, 혹은 관리, 지도자라는 뜻.
•• 고대 헬라스의 교육의 큰 부분을 차지했던, 오늘날의 체육과 비슷한 교육이 이루어지던 곳.

PLUTARCH
LIVES

로
물
루
스

I.

인류에게 그토록 널리 알려진 로마라는 위대한 이름이 누구로부터 어떻게 왔는지에 대해서는 역사가들의 의견이 분분하다. 어떤 이들은 펠라스고이 족 사람들이 사람이 살 수 있는 땅 대부분을 떠돌며 대부분의 인류를 정복한 뒤 그 자리에 정착했으며, 전쟁에서 보여준 그들의 힘_{로메}에서 도시의 이름을 따왔다고 한다.

다른 이들에 따르면, 트로이아가 점령당했을 당시 트로이아를 탈출한 몇 안 되는 사람들이 작은 돛배 몇 척을 발견하고 그 배에 탔다. 배는 항해 도중 폭풍우를 만났고 에트루리아 해안가로 밀려간 끝에 티베리스 강에 정박하게 되었다고 한다. 거기서 여인들은 도로 바다로 나갈 생각에 괴롭고 난처했다. 그때 태생이 고귀하고 매우 현명한 것으로 여겨지던 로마라는 여인이 배를 불살라 버리자고 제안했다. 배가 불타 없어지자 남자들은 처음에는 매우 분노했다. 하지만 어쩔 수 없이 팔라티움에 정착을 한 남자들은 곧 살기 좋은 땅과 따뜻한 이웃들 덕분에 기대했던 것보다 더 풍요로운 삶을 살게 되자, 로마에게 경의를 표하고 도시를 세우는 계기를 마련해 준 로마의 이름을 따 도시의 이름을 지었다. 흔히들 말하기를 이 이후로 여자들이 친척이나 남편에게 입맞춤으로 인사하는 풍습이 생겼다고 한다. 당시 배를 불살랐던 여인들이 남편의 분노를 달래고 애원하기 위해 살가운 인사를 했기 때문이라는 것이다.

• 『아버지 안키세스를 업고 트로이아를 탈출하는 아이네아스』, 페데리코 바로치.

II.

　다른 이들은 도시에 이름을 제공한 로마가 이탈루스와 레우카리아의 딸이라고 하기도 하고, 다른 기록에 따르면 헤라클레스의 아들 텔레포스의 딸이며 아이네아스의 아내였다고 하기도 한다. 아이네아스의 아들 아스카니우스의 아내라는 기록도 있다. 어떤 이들은 도시를 개척한 이가 오뒷세우스와 키르케의 아들 로마누스라고 말하기도 하고 다른 이들은 에마티온의 아들 디오메데스가 트로이아로부터 보낸 로무스라고 하기도 한다. 에트루리아 사람들을 쫓아낸 라티움의 폭군 로미스라고 하는 사람들도 있다. 쫓겨난 에트루리아 사람들은 텟살리아에서 뤼디아로, 그리고 다시 이탈리아로 건너갔다고 한다.

　가장 믿을 만한 전승에 따라 로마가 로물루스의 이름에서 왔다고 주장하는 이들도 로물루스의 혈통에 대해서는 동의하지 않는다. 어떤 이들은 그가 아이네아스와, 포르바스의 딸 덱시테아의 아들이었으며 갓난아기 때 형제 로무스와 함께 이탈리아로 보내졌다고 한다. 일행의 배들은 모두 불어난 강물에 난파하였지만 형제가 타고 있던 배만 무사히 풀이 무성한 강둑까지 밀려와 뜻밖에 살아남게 되었는데, 두 형제의 이름을 따 그곳이 '로마'라고 불리게 되었다고 한다. 어떤 이들은 내가 앞에서 말한 트로이아 여인의 딸 로마가 텔레마코스의 아들 라티누스와 결혼하여 로물루스를 낳았다고 하기도 하고, 다른 이들은 아이네아스와 라비니아의 딸 아이밀리아가 마르스에게 로물루스를 낳아주었다고도 한다.

　또 어떤 이들은 로물루스의 태생에 대해 아주 전설 같은 이야기를 하기도 한다. 예를 들자면 이런 것이다. 누구보다 잔인하고 법을 모르던 알바의 왕 타르케티우스의 집에 어느 날 기이한 환영이 나타났다. 화로에서 남근男根이 솟아오르더니 며칠 동안 사라지지 않은 것이다. 마침 에트

56

루리아에 테튀스 여신의 신관이 있어 신탁을 받아보니 처녀가 이 환영과 관계를 맺어야 하며 그리하면 용맹이 하늘을 찌르고 운수가 뛰어난, 힘 좋은 아들을 가질 것이라고 했다. 그래서 타르케티우스는 이를 자신의 딸들 가운데 하나에게 알리고 그 환영과 잠자리를 하라고 시켰다. 그러나 딸은 아버지의 말을 거역하고 대신 시녀를 보냈다. 이것을 알게 된 타르케티우스는 노여움이 복받쳐 딸과 시녀를 붙잡아 죽이려고 했다. 하지만 헤스티아 여신이 꿈속에 나타나 죽여서는 안 된다고 했기 때문에, 타르케티우스는 두 여인을 가두어 옷감을 짜게 하고 옷감을 다 짜면 혼인을 시켜주겠노라고 안심시켰다.

두 여인은 날마다 옷감을 짰지만 밤마다 다른 여인들이 타르케티우스의 지시대로 그 옷감을 풀었다. 이윽고 환영과 잠자리를 한 시녀가 쌍둥이를 낳자, 타르케티우스는 테라티우스라는 자에게 아기들을 주고 처치하라고 일렀다. 테라티우스는 아이들을 강가로 데려가 내려놓았다. 그러자 암늑대가 와서 젖을 물리고 온갖 새들이 먹을 것을 물어와 아기들의 입에 넣어주었다. 마침 이것을 본 어느 소몰이가 놀라움을 억누르고 과감히 다가가 아기들을 집으로 데리고 갔다. 아기들은 이렇게 해서 살아남았고 다 자란 뒤 타르케티우스를 공격해 제압했다. 이탈리아의 역사를 정리한 프로마티온이라는 이에 따르면 그렇다는 이야기다.

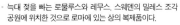
- 늑대 젖을 빠는 로물루스와 레무스. 스웨덴의 밀레스 조각공원에 위치한 것으로 로마에 있는 상의 복제품이다.
- 늑대 젖을 빠는 로물루스와 레무스. 로마 캄피돌리오 광장.
- 로물루스와 레무스. 알프레드 J. 처치의 『Stories from Livy』에 수록된 삽화.

III.

그러나 가장 널리 신뢰를 얻고 가장 많은 사람들이 인정하고 있는 이야기를 가장 먼저 펴낸 것은 헬라스 사람들이었다. 페파레토스의 디오클레스가 주요 내용을 정리했고 파비오스 픽토르가 이의 대부분을 따르고 있다. 이 이야기에도 여러 이설이 있지만 대체적인 줄거리는 다음과 같다.

아이네아스의 자손들은 대대로 알바의 왕을 지냈다. 왕권은 누미토르와 아물리우스 형제에게까지 이어졌다. 아물리우스는 유산 전체를 둘로 나누어 한쪽에는 트로이아에서 가져온 금은보화를 놓고 다른 한쪽에는 왕국을 놓았는데 누미토르는 왕국을 선택했다. 그런데 아물리우스는 금은보화를 가진 덕에 누미토르보다 더 강력해질 수 있었고 형제로부터 간단히 왕국을 빼앗았다.

그리고 누미토르의 딸이 아이를 가질까 두려워 질녀를, 평생 결혼을 하지 못하고 처녀로 살아야 하는 베스타 여신의 사제로 만들었다. 누미토르의 딸의 이름은 일리아, 레아, 혹은 실비아라고 하기도 한다. 그런데 얼마 지나지 않아 누미토르의 딸이 베스타 여신의 사제가 지켜야 하는 법을 어기고 아이를 가진 것으로 드러났다. 그럼에도 마땅히 받아야 할 극형을 받지 않았는데 이것은 왕의 딸 안토가 중재에 성공했기 때문이다.

대신 누미토르의 딸은 독방에 갇혔다. 아물리우스 몰래 아이를 출산하지 못하게 하기 위한 조치였다. 누미토르의 딸은 두 아들을 낳았는데 아기들은 크고 아름답기가 인간 이상이었다. 한층 더 겁을 집어 먹은 아물리우스는 하인을 시켜 두 아기를 버리라고 명령했다. 이 하인의 이름이 파우스툴루스였다고 하는 이도 있고, 두 아기를 데려다 키운 자의 이

58

름이 파우스툴루스라고 하는 이도 있다.

아무튼 하인은 왕의 명령을 받들어 구유에 두 아기를 넣고 물에 아기들을 빠뜨릴 생각으로 강으로 내려갔다. 그러나 강물이 크게 불어 물살이 거센 것을 보고 강에 가까이 가기가 두려워진 하인은 구유를 강둑에 내려놓고 갈 길을 갔다. 그러자 불어난 강물이 넘쳐흐르며 구유를 들어올렸다. 구유는 넘실거리며 떠내려가더니 비교적 평탄한 지역에 내려앉았다. 지금은 '케르말루스'라고 불리지만 과거에는 '게르마누스'라고 불렸던 곳이다. 형제를 '게르마니^{쌍둥이}'라고 불렀기 때문일 것이다.

• 루벤스가 그린 「로물루스와 레무스」. 파우스툴루스와 아기들의 어머니가 보인다. 노인은 형제를 실어 나른 강의 신이다.

IV.

　마침 그 곁에는 루미날리스라고 불리는 야생 무화과나무가 있었다.*
두 아기는 여기 누워 있었고 이야기 속에 등장하는 암늑대루파이가 여기
서 아기들에게 젖을 물렸으며 딱따구리는 아기들을 먹이고 지키는 것을
도우러 날아왔다. 이 동물들은 마르스 신의 신수神獸로 여겨진다. 그 가
운데서도 딱따구리는 라티니 족 사람들이 특별히 아끼고 숭배하는 대상
이다. 아기들의 아버지가 마르스 신이라는 어머니의 주장이 받아들여진
것도 주로 이런 이유에서였다. 그러나 아기들의 어머니는 속임을 당해 이
렇게 말한 것이며 실은 아물리우스 자신이 무장을 하고 여자를 겁탈해
순결을 빼앗았다는 이야기도 전해지고 있다.

• 루벤스의 『마르스와 레아 실비아』.
•• 레아 실비아를 겁탈하는 마르스가 새겨진 석관. 로마 문명
박물관.

　그러나 어떤 이들은 아기들 유모의 모호한 별명이 이 이야기를 신화의
영역으로 데려다 놓았다고 주장하기도 한다. 라티니 족 사람들이 암컷
늑대를 '루파이'라고 한 것은 맞지만 성격이 헤픈 여자도 이렇게 불렀기
때문이다. 아이들의 양아버지였던 파우스툴루스의 아내 악카 라렌티아
가 바로 그런 여자였다.*

VI.

두 아기로 말할 것 같으면, 아물리우스의 돼지치기 파우스툴루스의 손에 키워졌으며 아무도 아기들의 존재를 몰랐다고 한다. 하지만 개연성이 좀 더 높은 또 다른 설에 의하면, 누미토르는 아이들의 존재를 알았으며 비밀리에 양부모가 아이들을 돌보는 것을 도왔다고 한다. 그리고 아이들은 가비이˙로 보내져 글을 배우고 태생이 고귀한 이들에게 적합한 다른 분야의 지식도 공부했다고 한다. 또한 야생 짐승의 젖을 먹다가 발견되었기 때문에 젖꼭지를 의미하는 라틴어 '루마'에서 이름을 따와 로물루스와 로무스혹은 레무스라고 불렀다고도 한다.

갓난아기 적부터 형제는 남다른 도량과 아름다움을 타고났다. 성인이 된 두 형제는 용감하고 남자다웠으며 명백한 위험을 오히려 달가워하는 호기가 있었고 그 어떤 것도 두려워하지 않는 기백이 있었다. 그러나 로물루스는 판단력을 보다 잘 이용했으며 정치적인 면에서 두각을 나타내는 듯했다. 가축을 치는 일이나 사냥 문제에 관한 이웃과의 관계에서 그는 복종이 아니라 명령을 하기 위해 태어난 사람이라는 인상을 주었다.

형제는 동등한 위치에 있는 사람들이나 아랫사람들과는 우호적인 관계였으나 관리들이나 법 집행관, 왕의 목자들의 우두머리와 같은 사람들은 자신들보다 더 나을 게 없다고 생각하고 얕잡아 보았으며 그들의 협박과 분노도 무시했다. 형제는 또한 자유로운 생활과 일과에 열중했는데 그들이 생각하는 자유란 게으름과 나태함이 아니고 운동과 사냥, 달리기, 강도 쫓기, 도둑 잡기, 그리고 약자들을 폭력으로부터 구하는 일이었다. 바로 이러한 일들로, 형제는 두루 이름을 떨치고 있었다.

• 로마에서 동쪽으로 약 20킬로미터 떨어진 마을.

VII.

하루는 누미토르와 아물리우스의 목자들 사이에 다툼이 일어나, 누미토르의 사람들은 아물리우스의 소떼 일부를 몰고 가버렸다. 형제는 참지 않고 그 날강도들을 덮쳐 쫓아버리고 대부분의 소들을 다시 되찾았다. 형제는 누미토르의 불편한 심기 같은 것에는 신경 쓰지 않고 여러 가난한 이들과 노예들을 같은 편으로 만들었는데, 이로써 선동가다운 배짱과 기질의 시작을 보여주었다.

그러나 제사와 점술에 푹 빠져 있던 로물루스가 제를 올리느라 분주한 사이 누미토르의 목자들이, 동료 몇몇과 함께 걷고 있던 레무스와 마주쳤고 싸움이 벌어졌다. 서로 치고받은 끝에 승리한 누미토르의 목자들은 레무스를 인질로 잡았고 누미토르 앞에 끌고 가 고발했다. 누미토르는 엄격한 아물리우스가 두려워 직접 인질을 벌하지 않고 아물리우스에게로 데려가 처벌을 요구했다. 그를 욕보인 자들이 형제 아물리우스 왕실의 종이었기 때문이다. 알바의 시민들도 격노하며 누미토르가 부당하게 유린당했다고 여겼다. 따라서 아물리우스는 레무스를 누미토르의 손에 넘기고 누미토르가 원하는 대로 하도록 허락할 수밖에 없었다.

레무스를 마음대로 할 권한을 손에 넣고 집으로 돌아온 누미토르는 젊은 레무스의 몸집과 힘이 보통을 완전히 뛰어넘는 것을 보았다. 보아하니 어려운 처지에도 레무스의 표정에는 영혼의 패기와 활력이 그대로 드러났고, 듣자하니 몸짓과 행동 또한 표정과 일치하는 것 같았기 때문이다. 그러나 무엇보다도 신이 이 대단한 사건이 펼쳐지는 것을 돕고 있었던 것으로 보였기 때문에 누미토르는 운 좋게도 진실을 예감할 수 있었다. 누미토르는 젊은이에게 그가 누구인지, 어떻게 태어났는지 물었다. 누미토르의 너그러운 목소리와 온화한 표정은 젊은 레무스에게 자신감과 기대를 안겨주었다. 레무스는 과감하게 대답했다.

"실로 그 아무것도 숨기지 않겠습니다. 전하는 아물리우스 왕보다 더 국왕다워 보이시니까요. 전하는 벌을 내리기 전에 귀를 기울여 죄의 무게를 다시지만 아물리우스 왕은 재판도 없이 저를 넘겼습니다. 한때 제 쌍둥이 형제와 저는 저희 친부모가 왕의 종 파우스툴루스와 라렌티아라고 믿었지만 전하 앞에 고발당하고 비난을 받고 목숨까지 위험에 처하게 된 지금, 저희에 관한 놀라운 이야기들이 들려옵니다. 그것이 사실인지 아닌지는 저희가 지금 처한 위험이 잘 판단해 줄 것입니다.

저희의 태생은 비밀에 부쳐졌다고 하고 갓난아기 때 젖을 빨고 보살핌을 받은 이야기는 더욱 기이하다고 합니다. 저희는 새와 짐승의 먹이가 되도록 버려졌지만 오히려 그들이 먹여 살렸습니다. 암컷 늑대의 젖을 빨고 딱따구리가 물어다 주는 먹이 조각을 먹으며 넓은 강의 둑에 놓인 나무 구유 안에 누워 있었답니다. 그 구유는 아직 멀쩡히 존재하고 구유를 두른 청동 띠에는 닳아 희미해진 글자가 새겨져 있습니다. 그 글자는 친부모께 저희의 존재를 알리기는 하겠으나 무익한 증표가 될 테지요. 저희는 죽어 없어진 뒤일 테니 말입니다."

그러자 이 말을 들은 누미토르는 젊은 레무스의 겉모습으로부터 지나간 햇수를 짐작하고는 그가 자신의 핏줄일지 모른다는 희망에 몹시 기뻐했다. 그리고 어떻게 이 일에 관해 비밀리에 딸과 만나 이야기할지 생각했다. 딸은 여전히 삼엄한 경비 속에 있었기 때문이다.

VIII.

한편 파우스툴루스는 레무스가 붙잡혀 누미토르에게 끌려갔다는 이야기를 듣고는 로물루스에게 일러 레무스를 구하러 가라고 했다. 그리고 나서 형제의 태생에 관한 상세한 이야기를 똑똑히 들려주었다. 이전에도 파우스툴루스는 형제에게 넌지시 이 일에 대해 귀띔을 해준 적이 있었고, 그것은 곱씹어 본다면 야심을 품기에 충분할 만한 내용이었다.

파우스툴루스 자신은 구유를 들고 누미토르를 만나러 갔다. 그는 때를 놓쳤을까 잔뜩 겁을 먹고 있었다. 왕궁의 문지기들이 그를 의심한 것은 당연했다. 그가 문지기들의 추궁을 받고 횡설수설하는 와중에 문지기들은 그가 겉옷 안에 구유를 숨기고 있는 것을 발견했다. 그런데 우연찮게도 문지기들 가운데에는 형제를 물에 빠뜨리기 위해 강으로 갔던, 유기에 관여한 장본인이 있었다. 구유를 본 문지기는 그 모양과 청동 띠에 새겨진 글자를 알아보고 상황을 눈치챘다. 이에 지체 없이 왕에게 알렸으며 파우스툴루스를 왕에게 끌고 가 추궁을 받도록 하였다.

이 긴급하고 절박한 곤경에서 파우스툴루스는 입을 다물지도 않았고 비밀을 낱낱이 공개하지도 않았다. 형제가 무사히 살아 있는 것은 맞지만 알바에서 멀리 떨어진 곳에서 목동으로 살고 있다고 했으며 자신은 구유를 일리아에게 가져다주러 가는 길이라고 했다. 일리아가 아이들이 살아 있으리라는 기대를 굳히고자 그 구유를 보고 또 쓰다듬고 싶어 했다고 말하기도 했다.

혼란에 빠진 이들이 곧잘 두려움이나 격정에 휘둘려 행동하듯 아물리우스도 그렇게 행동했다. 그는 황급히, 인품이 훌륭한 누미토르의 친구를 보내 아이들이 살아 있다는 소식이 누미토르의 귀에 들어갔는지 알아보라고 명령했다. 분부대로 누미토르에게로 간 친구는 레무스가 누미토르의 품 안에 다정히 안겨 있다시피 한 것을 보았다. 확신에 찬 두 사람의 희망을 확인한 친구는 당장 행동을 취하라고 재촉했다. 그 자신도 한편이 되어 두 사람이 목적을 이루는 것을 돕고자 한 것이다. 기회가 온 만큼 지체할 수 없었다. 그리고 싶어도 그럴 수 없었다. 로물루스가 거의 왕궁에 당도해 있었으며 아물리우스 왕을 증오하고 두려워했던 여러 시민들도 그와 함께하기 위해 몰려들고 있었다. 로물루스는 또한 큰 병력을 이끌고 있었고 병력은 백 명으로 이루어진 백인대百人隊 여럿으로 나뉘어 있었다.＊ 레무스가 봉기하라고 외치며 도시의 시민들을 선동하고 로물루스가 밖에서부터 공격해 오자 폭군 아물리우스는 옴짝달싹하지도, 몸을 보전할 계획을 세우지도 못하고 더 없는 혼란과 당혹감에 빠진 채 붙잡혀 죽었다.

이 이야기의 내용 대부분은 처음으로 『로마의 성립』을 펴낸 것으로 보이는 파비오스와 페파레토스의 디오클레스가 전한 것으로, 어떤 이들은 허구적이고 설화적인 특성 때문에 이 이야기를 신뢰하지 않는다. 하지만 운명이 때때로 얼마나 시적일 수 있는가 생각해 보면 믿지 않을 수 없다. 신적인 기원이 없었다면, 그 기원에 놀라운 기적들이 수반되지 않았다면 로마가 지금의 권력을 달성할 수 있었을지 생각해 봐도 그러하다.

IX.

아물리우스가 죽고 도시가 잠잠해지자 형제는 지배자로서가 아닌 이상 알바에 머물고자 하지 않았다. 또한 외할아버지가 살아 있는 동안 지배자가 되고 싶어 하지도 않았다. 따라서 외할아버지에게 왕권을 되찾아 주고 어머니에게 마땅한 예의를 갖춘 다음 형제끼리 살기로 결심하고 처음 젖을 얻어먹고 보살핌을 받았던 지역에 도시를 세우기로 했다.

이것이 도시를 세우기로 결심하는 데 적절한 동기임은 확실하다. 그러나 아마도 형제는 선택의 여지가 많지 않았을 것이다. 당시 형제의 곁에는 수많은 노예와 도망자들이 모여들어 있었다. 형제는 이들을 해산시키고 아무런 추종 세력 없이 살 것인지, 이들과 함께 알바로부터 떨어져 나와 살 것인지 결정을 내려야 했다. 알바의 시민들이 도망자들과 결혼을 해줄 리 만무하다는 것, 심지어는 같은 시민으로 인정하지도 않으리라는 것은 명백했다.

그 첫 번째 근거가 사비니 족 여인들에 대한 겁탈 사건이다. 이 사건은 방종과 무모함 때문이 아니라 정식 결혼이 허용되지 않았기 때문에 필요에 의해 벌어진 일이다. 그들이 사비니 족 여인들을 데려간 뒤에 지극히 정성스럽게 대접했음은 확실하니 말이다.

두 번째 근거는 도시가 처음 세워진 뒤 형제가 모든 도망자들을 위한 피난처로서 성소를 만들었으며, 이것을 보호자 신의 사원이라고 부른 일이다. 형제는 그곳으로 오는 모든 자들을 받아들였고 그 누구도 내어주지 않았다. 노예를 주인에게 내어주지도 않았고 채무자를 빚쟁이에게, 살인자를 치안관에게 내어주지도 않았다. 다만 델포이로부터 온 신탁에 복종하여 이 성소를 모든 이들을 위한 보호처로 선포했다. 따라서 처음에는 천 가구도 안 되던 도시는 금방 사람들로 가득 찼다. 어쨌든 이것은 나중의 일이다.

그런데 형제가 도시를 세우러 나섰을 때, 그 위치를 두고 의견 대립이 불거졌다. 로물루스는 이름에 걸맞게 로마 콰드라타콰드라타는 사각형이라는 뜻이다를 지었고 그 자리에 도시를 세우고 싶어 했지만, 레무스는 아벤티누스 언덕에 확고한 경계를 지어둔 터였다. 이곳은 레무스의 이름을 따 '레모니움'이라고 이름 지어졌지만 오늘날은 '리그나리움'이라고 불린다. 새들의 비행을 보고 그 의미를 읽어 누구의 의견을 따를 것인지 결정하기로 한 형제는 두 장소에 떨어져 앉았는데, 레무스는 독수리 여섯 마리를 보았다고 하고 로물루스는 그 두 갑절을 보았다고 전해진다.

그러나 어떤 주장에 따르면 레무스는 정말 여섯 마리를 본 반면에 로물루스는 열두 마리를 보았다고 거짓말을 했으나 레무스가 로물루스에게 다가왔을 때 정말 열두 마리가 보였다고 한다. 어쨌든 이런 이유에서 로마 사람들은 오늘날에도 새의 비행을 보고 점을 칠 때 독수리를 가장 중요하게 여긴다.*

X.

레무스는 로물루스가 거짓말을 했다는 사실을 알고는 격분했고, 로물루스가 성벽을 쌓기 위한 도랑을 파고 있을 때 그 작업을 비웃기도 하고 방해하기도 했다고 한다. 결국 도랑을 뛰어넘다가 맞아 죽었다고 하는데 어떤 이들은 로물루스 자신이 죽였다고 하기도 하고, 다른 이들은 로물루스의 동료 가운데 하나인 켈레르가 죽였다고 하기도 한다. 파우스툴루스 역시 이 싸움에서 죽임을 당했고 파우스툴루스를 도와 로물루스와 레무스를 키우는 것을 도왔던, 파우스툴루스의 형제 플레이스티누스도 이때 죽었다고 한다.*

싸우는 레무스와 로물루스. 우측 상단에는 형제가 태어난 곳에 있었다는 야생 무화과나무가 보인다. 로마 바실리카 아이밀리아의 프리즈 장식.

XI.

로물루스는 레무스를 두 양아버지와 함께 레모니아에 묻었다. 그리고 도시를 짓는 데 착수했다. 그보다 먼저 에트루리아로부터 사람들을 불러와 신성한 절차와 법칙에 따라 모든 세부 순서를 정하게 한 뒤, 마치 종교 의식 때 하듯 그것을 전수받았다.

먼저 오늘날의 코미티움*을 에둘러 도랑을 판 다음 이 도랑에, 그 사용이 관습상 선하고 본질적으로 필수적이라고 인정되는 모든 것들의 첫 열매를 넣었다. 마지막으로 모든 사람들이 고향 땅의 흙 소량을 가져와 첫 열매들 사이에 던져 섞어 놓았다. 이 도랑을 '문두스'라고 불렀다. 그 것은 하늘을 가리키는 말이기도 했다. 이 도랑을 중심으로 삼아 그린 원이 도시의 경계가 되었다.

시조 로물루스는 청동 보습을 단 쟁기를 수소와 암소에 지우고 도시의 경계 주위로 직접 깊은 고랑을 팠다. 그를 뒤따르던 사람들은 쟁기가 퍼올린 흙덩어리가 도시 밖을 향하여 있지 않도록 모든 흙덩어리들을 도시 안쪽으로 뒤집었다. 이 고랑은 성벽이 설 자리를 표시하고 있었으며, '포메리움'이라고 불렀다. 포메리움은 '포스트 무룸'의 줄임말로 '성벽 뒤' 혹은 '옆'이라는 뜻이다.

성문을 세우고자 한 곳에서는 보습을 꺼내고 쟁기를 뒤집어 빈 땅으로 남겨 두었다. 이것이 바로, 온 성벽을 신성하다고 여기면서도 성문은 그렇지 않다고 보는 이유이다. 만약 성문마저 신성했다면 종교적인 가책 없이, 필요하지만 순결하지 않은 것들이 도시를 들락날락하는 것이 가능하지 않았을 것이다.

XII.

도시를 세운 날이 4월 21일이었다는 것에는 이견이 없다. 로마 사람들은 이 날을 나라의 생일이라고 부르고 축제를 열어 기념한다. 처음에는, 나라의 탄생을 기념하는 날이니 피의 얼룩 없이 순결하게 보내자고 하

• 포룸 로마눔과 인접한 공간으로 사람들이 회의를 하기 위해 모이던 곳. 포룸은 시민들이 모이는 시장이나 광장을 통칭하는 말.

여 축제 때 산 제물을 바치지 않았다고 한다.*

XIII.

로물루스는 도시를 세우자마자 무기를 들 나이가 된 모든 이들을 여러 개의 군단으로 나누었다. 한 군단은 보병 3백 명과 기병 3백 명으로 이루어져 있었다. 이러한 군단은 레기온이라고 했다. 병사다운 기질이 있는 자들이 '선택레게레'되어 이루어졌기 때문이다.

그다음에는 남은 사람들을 한 민족으로 취급하고 이 다수의 사람들을 '포풀루스민중'라고 불렀다. 그 가운데 가장 뛰어난 백 명을 의원으로 임명하고 개개인은 '파트리키우스', 이들의 집합은 '세나투스'라고 명명했다. 세나투스라는 단어는 글자 그대로 해석하면 '원로들의 의회'라는 뜻이다.

의원들이 파트리키우스라고 불린 것은 그들이 적법한 혼인 관계에서 낳은 아이들의 아버지파테르였기 때문이라고 하는 이도 있고, 아버지가 누구인지 알았기 때문이라고 하는 이들도 있다. 당시 도시로 흘러 들어온 많은 사람들은 아버지를 알지 못하는 경우가 많았다고 한다. 또 다른 이들은 약자를 보호한다는 의미의 파트로나투스로부터 온 말이라고 주장하기도 한다. 이 말은 오늘날에도 쓰이고 있다. 에우안데르와 함께 이탈리아로 온 이들 가운데 파트론이라는 자가 있었는데 그는 딱하고 가난한 이들을 보호하고 대변해 주는 사람이었고, 그로써 그러한 활동을 지칭하는 단어에 이름을 빌려주게 되었다는 것이다.

그러나 가장 그럴듯한 주장은 다음과 같다. 로물루스는 가장 뛰어나고 영향력 있는 시민들의 역할이 그러지 못한 이들을 아버지처럼 아끼고 돌보는 것이라고 생각했다. 또 동시에 대중들에게는 윗사람들을 두려

위하거나 그들이 가진 명예를 시기하지 말며 그들에게 선의를 보이고 아버지처럼 여기고 받들도록 가르쳤다고 한다. 그래서 그들을 '파트리키우스'라고 부르게 되었다는 것이다. 오늘날까지 다른 나라에서는 의회의 의원을 통치자라고 부르지만, 로마 사람들은 '파트레스 콘스크립티'라고 부른다. 지극히 명예롭고 품위 있으며 질투를 최소화하는 말을 택한 것이다. 처음에는 단순히 파트레스라고 불렀으나 나중에 그 수가 늘어나자 파트레스 콘스크립티명부에 이름을 올린 아버지들라고 부르게 되었다. 이처럼 보다 권위 있는 이름을 부여함으로써 로물루스는 원로들을 평민들로부터 구분 지었다.

귀족을 대중으로부터 구분한 또 다른 방법으로, 한 무리는 보호하는 사람들이라는 의미로 '파트로네스'라고 부르고 다른 한 무리는 의지하는 사람들이라는 의미의 '클리엔테스'라고 부르기도 했다. 이와 함께 로물루스는 양측으로 하여금 서로에 대해 상당한 선의를 갖도록 했는데 이것은 중요한 권리와 특권들의 기초가 되었다. 파트로네스는 클리엔테스에게 관습에 대해 조언하고 법정에서 그를 대변하는, 간단히 말하면 모든 면에서 조언자이자 친구였다. 한편 클리엔테스는 파트로네스에게 충성했으며, 존경심을 가지는 데서 그치지 않고 파트로네스가 가난할 경우 딸의 결혼지참금을 마련해 주고 빚을 갚아주기도 했다. 또한 그 어떤 법이나 판사도 파트로네스로 하여금 클리엔테스에게 불리한 증언을 하도록 강제할 수 없었고 그 반대도 마찬가지였다. 훗날 다른 모든 권리와 특권은 그대로 남았다. 다만 윗사람이 아랫사람으로부터 돈을 받는 것은 치욕적이고 너그럽지 못한 행동으로 여겨지게 되었다. 여기에 대해서는 이 정도로 해두자.

XIV.

파비오스에 따르면 도시를 세운 뒤 넉 달째 사비니 족 여인들의 겁탈 사건이 벌어졌다. 어떤 이들은 로물루스 자신이 사비니 족에 대하여 일방적으로 적대 행위를 시작했다고 하기도 한다. 로물루스가 본래 전투를 좋아하는 데다 온갖 신탁의 부추김까지 받았기 때문이다.

신탁의 주된 내용은 이렇다.

로마는 전쟁을 자양분으로 삼아 팽창할 것이며 가장 크고 위대한 도시가 될 것이다.

로물루스가 여인들을 그다지 많이 빼앗지 않았으며 서른 명만 데려왔다는 이야기도 있다. 혼인보다 전쟁에 관심이 있었기 때문이라는 것이다. 그러나 이것은 개연성이 없는 이야기이며 실은 그와 정반대였다. 로물루스는 자신이 세운 도시가 순식간에 외지인들로 가득 차는 것을 보았다. 그중 결혼한 자는 거의 없었고 대부분이 가난하고 이름 없는 어중이떠중이들로, 멸시를 당하고 있었다. 자연히 그들로부터 강한 결속력도 기대할 수 없었다. 따라서 일단 난리를 벌인 뒤에 여인들을 융숭하게 대접하여 사비니 족과 일종의 화합과 연대의 계기를 마련하기로 한 로물루스는 다음과 같은 방식으로 일에 착수했다.

그는 먼저 땅속에 숨겨져 있던 어느 신의 제단이 발견되었다는 소식을 퍼뜨렸다. 그들은 이 신을 '콘수스'라고 불렀다. 콘수스는 조언의 신이거나로마 사람들은 아직도 조언이나 충고를 '콘실리움'이라고 하고 최고 지배자를 '콘술', 즉 조언자라고 부르기 때문에 아니면 말 탄 넵투누스였을 것이다. 제단이 키르쿠스 막시무스에 있고 평소에는 보이지 않다가 전차 경주가 있을 때만 모습을 보이기 때문이다. 그러나 어떤 이들은 조언이란 비밀스럽고 눈에 보이지 않는 것이기 때문에 조언의 신의 제단이 땅 밑에 있는 것은 당연하다고 간단히 설명한다.

어쨌든 이 제단이 발견되었을 때 로물루스는 이 제단에서 성대한 제사를 올릴 것이며 경기를 열어 모든 이에게 공개하겠다고 선포했다. 실로 많은 사람들이 모여들었다. 로물루스는 맨 앞줄에 자줏빛 옷을 입고 고위관리들과 함께 앉아 있었다. 습격을 감행할 순간이 왔다는 신호로, 로물루스는 자리에서 일어나 겉옷을 벗어 접었다가 다시 걸치기로 했다. 그래서 칼로 무장한 로물루스의 여러 추종자들은 로물루스만 주시하고 있다가 신호가 주어지자 칼을 뽑고 소리를 지르며 달려들어 사비니 족의 딸들을 빼앗아갔다. 그러나 남자들에 대해서는 도망가는 것을 허용하고 부추기기까지 했다.

어떤 이들은 붙잡힌 처녀가 서른 명뿐이었다고 하고 이 처녀들로부터 각 쿠리아*의 이름을 따왔다고 한다. 그러나 발레리우스 안티아스는 붙잡힌 여인들이 총 527명이었다고 하고 유바는 683명이라고 하는데 전부 처녀였다고 한다. 로물루스는 이것을 가장 그럴싸한 핑계거리로 삼았다. 빼앗은 여인들 가운데 유부녀는 헤르실리아 단 한 명뿐이었다는 것이다. 로물루스는 이조차도 실수였다고 했다. 여인들을 겁탈한 것은 방탕해서도, 악의를 품어서도 아니며 다만 두 민족을 굳은 인연으로 맺어 화합하게 하고 결속시키기 위한 확고한 목적을 갖고 있었기 때문이라고 했다.*

「사비니 족 여인들의 겁탈」, 루벤스.

「사비니 족 여인들의 겁탈」, 푸생.

• 「사비니족 여인들의 겁탈」, 카스텔로.
•• 「사비니 족 여인의 겁탈」, 조반니 다 볼로냐.

XVI.

사비니 족은 수가 많고 전사 기질이 다분한 민족으로 성벽이 없는 마을에 살았다. 라케다이몬**에서 이주해 온 만큼, 대담하고 용맹한 자신들에게는 성벽이 없는 것이 마땅하게 여겨졌기 때문이다. 그럼에도, 귀한 딸들이 인질로 잡히게 되자 몹시 걱정스러웠던 사비니 족 사람들은 사절을 보냈다.

사절단은 합당하고 지나침 없는 요구 사항을 전달했다. 그 요구는 이러했다. 로물루스는 여인들을 돌려보내고 그가 저지른 폭력 행위에 대한 책임을 지라는 것, 그리고 설득과 법적 절차를 통해 두 민족 간에 우호적인 관계를 구축하자는 것이었다. 그러나 로물루스는 여인들을 보내주지 않았고 사비니 족에게 로마 사람들과의 혼인을 허락할 것을 요구했다. 그러자 사비니 족은 깊이 고심하며 혹시 벌어질지 모를 전쟁을 위해

• 로물루스는 정치, 종교적 필요에 의해 로마인들을 서른 개의 쿠리아로 나누었다.
•• 용맹하기로 소문난 스파르테인들이 바로 이 라케다이몬, 혹은 라코니케 지방 사람들이다.

철저한 준비를 시작했다.

그러나 예외가 하나 있었다. 용맹하고 전술에 능한 카이니나의 왕 아크론은 애초부터 로물루스의 무모한 행위를 의심쩍어 했다. 로물루스가 사비니 족 여인들을 범하는 지경에까지 이르자, 모든 민족에게 위협적인 존재인 그를 처벌하지 않고는 견딜 수 없다는 생각에 아크론은 즉각 무기를 들고 일어났다. 그리고 큰 병력을 이끌고 로물루스를 향해 전진했다. 로물루스 또한 아크론을 마중 나왔다. 그러나 마주 선 채 서로를 가늠해 본 두 사람은 본격적인 전투가 있기 전, 병사들이 무기를 내려놓고 가만히 지켜보는 가운데 두 사람만의 결투를 갖자고 서로에게 도전장을 내밀었다. 로물루스는 적을 이겨 쓰러뜨린다면 적의 갑옷을 집으로 가져가 유피테르 신에게 바치리라고 약속하고는 아크론을 이겨 쓰러뜨렸을 뿐만 아니라, 이어진 전투에서 아크론의 군대를 패주시키고 아크론의 도시마저 빼앗았다. 그러나 붙잡힌 시민들에게는 별다른 해를 주지 않았다. 다만 집을 부순 뒤 자신을 따라 로마로 갈 것을 명령했을 뿐이다. 로물루스는 로마에서 그들이 나머지 사람들과 동등한 취급을 받으리라고 약속했다.

로마가 팽창할 수 있었던 이유는 바로 여기에 있었다. 로마는 언제나 로마에 정복당한 이들과 결합하고 뒤섞였다.*

· 「아크론을 꺾은 로물루스」, 앵그르.

XVII.

카이니나 사람들이 붙잡힌 뒤, 그리고 나머지 사비니 족 사람들이 여전히 전쟁을 준비하느라 분주한 와중에 피데나이, 크루스투메리움, 안템나이의 사람들이 로마인들에 대항해 단결했다. 그리고 이어진 전투에서 마찬가지로 패했으며 로물루스에 항복하고 도시를 넘겨주었다. 로물루스는 그렇게 획득한 모든 영토를 시민들에게 분배했다. 하지만 재분배에서 제외된 영토도 있었는데 바로 시집도 안 간 딸을 빼앗긴 부모들의 땅이었다. 그는 이 땅만은 원래 주인에게 남겨두었다.

일이 이렇게 되자 발끈 성이 난 나머지 사비니 족 사람들은 타티우스를 장군으로 임명한 뒤 로마로 행군했다. 로마는 접근이 어려웠다. 오늘날의 카피톨리움에 요새가 있었기 때문이다. 이 요새에는 늘 보초 한 명이 배치되어 있었고, 지휘관은 타르페이우스라는 자였다. 소문처럼 타르페이아라는 처녀가 아니었다. 이것은 로물루스를 얼간이처럼 보이게 하려는 자들이 퍼뜨린 말일 뿐이다.

그러나 사비니 족에게 요새를 넘긴 것은 바로 이 타르페이우스 장군의 딸 타르페이아가 맞다. 타르페이아는 사비니 족이 팔에 차고 있던 황금 팔찌에 마음을 빼앗겨 반역의 대가로 그들이 왼팔에 차고 있던 팔찌를 요구했다. 타티우스가 여기 동의하자 타르페이아는 밤을 틈타 성문 하나를 열어 사비니 족을 들여보내 주었다.

배신을 제안하는 사람은 좋아도, 배신을 이행한 사람은 싫다는 말은 안티고노스 혼자 한 것이 아니다. 카이사르도 트라키아 사람 로이메탈케스에 대해 말하면서 반역은 좋아도 역적은 싫다고 했다. 실로 이것은 맹독이나 쓸개즙을 구하기 위해 특정한 야생 동물을 필요로 하듯, 역적의 도움을 필요로 하는 사람들이 그 비열한 자들에 대해 느끼는 매우 보편적인 감정이다. 반역의 필요를 절감하는 동안 역적을 참고 견디지만 원하는 것을 얻었을 때 역적의 비열함에 넌더리를 낸다.

타르페이아를 향한 타티우스의 감정 또한 그러하였다. 그래서 타티우스는 사비니 족 부하들을 향해 약속은 약속이니 왼팔에 찬 모든 것을 아낌없이 주라고 했다. 그리고 난 뒤 누구보다 먼저 팔에서 팔찌뿐 아니라 방패까지 벗어서 타르페이아에게 던졌다. 부하들도 일제히 타티우스를 따라 했고 타르페이아는 황금에 얻어맞고 방패에 깔려 그 개수와 무게에 짓눌려 죽었다.

술피키우스 갈바가 전하는 유바의 말에 따르면, 로물루스는 타르페이우스에게도 반역죄를 선고했다.*

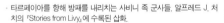

* 타르페이아를 향해 방패를 내리치는 사비니 족 군사들. 알프레드 J. 처치의 『Stories from Livy』에 수록된 삽화.
** 타티우스의 얼굴이 새겨진 로마 동전(왼쪽). 뒷면에는 타르페이아를 향해 방패를 내리치려는 타티우스의 부하들이 그려져 있다(오른쪽).
*** 「타르페이아를 향해 방패를 내리치는 사비니 족 군사들」, 조반니 안토니오 바찌.

XVIII.

※요새가 사비니 족에게 점령당하자 로물루스는 발끈하여 전투를 요청했고 대담한 타티우스는 이를 받아들였다. 패배하여 퇴각할지라도 든든한 피난처가 있다고 여겼기 때문이다. 전투가 벌어지기로 예정된 싸움터는 여러 언덕으로 둘러싸여 있었는데 이는 양측에 첨예하고 부담스러운 싸움을 예고하는 듯했다. 싸움터의 이러한 난점 때문에 도피와 추격은 좁은 공간 안에서 짧은 시간 내에 끝날 터였다. 게다가 며칠 전 불어난 강물 때문에 오늘날의 포룸*이 있는 계곡에는 깊은 진흙탕이 숨어 있었다. 그래서 눈에 잘 보이지도 않았고 피하기도 쉽지 않은 데다가 표면 아래는 물렁거려 위험했다.

바로 이 진흙탕을 향해 아무것도 모르고 달려가고 있던 사비니 족에게 작은 행운이 찾아왔다. 쿠르티우스라고 하는, 사비니 족 가운데 눈에 띄는 병사 하나가 명예에 대한 욕심과 야망으로 가득 찬 나머지 다른 사람들보다 훨씬 앞서 말을 몰고 달려갔던 것이다. 어느새 쿠르티우스의 말은 진흙 수렁으로 가라앉아 버렸다. 쿠르티우스는 말을 몰고 수렁에서 나오기 위해 채찍질도 하고 말을 구슬려도 보았다. 그러나 이것이 불가능함을 깨닫자 말을 버리고 혼자만 살아나왔다. 그 장소는 오늘날까지도 '라쿠스 쿠르티우스쿠르티우스 수렁'라고 불린다.

아무튼 위험을 피한 사비니 족은 굳건히 싸웠고 승패는 가려지지 않았다. 물론 많은 사람들이 죽음을 맞았고, 그중에는 호스틸리우스라는 자도 있었다. 이 사람은 헤르실리아의 남편이자 누마 왕으로부터 왕위를 계승한 호스틸리우스의 할아버지였다고 한다.

• 포룸은 시민들이 모이는 시장이나 광장을 통칭하는 말. 이 책에서는 로마에 있는 특정한 장소 포룸 로마눔을 의미.

· 수렁 속으로 돌진하는 쿠르티우스. 로마 타볼라리움(문서 보관소)의 돌을새김.

이후 예상했던 대로 짧은 시간 동안 온갖 싸움이 이어졌다. 가장 인상적인 사건이자 마지막 사건은 로물루스가 머리에 돌을 맞고 땅에 널브러질 뻔하는 바람에 사비니 족에 대한 저항을 포기한 일이다. 로마 병사들은 이로써 싸움을 접고 팔라티움으로 도망치기 시작했다. 그러나 어느새 정신을 되찾은 로물루스는 밀물처럼 도망치는 병사들을 막고 싸움을 재개하기 위하여 우렁찬 목소리로 맞서 싸우라고 외쳤다.

그러나 로물루스 주변으로 도망치는 병사들이 파도를 이루며 그 누구도 돌아서지 않자 그는 두 손을 하늘로 뻗어, 병사들을 멈추고 무너져가는 로마의 대의를 회복시켜 줄 것을 유피테르에게 호소했다. 로물루스가 기도를 마치기가 무섭게 여러 병사들이 왕에 대한 경외심으로 제자리에 멈추었고 용기를 되찾았다. 그들이 처음으로 멈춘 곳에는 오늘날 유피테르 스타토르의 신전이 있다. 스타토르라는 수식어는 '멈추는 분'이라는 의미가 있다. 병사들은 다시 전열을 정비하여, 적들을 오늘날 레기아라고 불리는 곳과 베스타 여신의 신전이 있는 지역까지 몰아냈다.

XIX.

여기서 그들이 전투를 재개하려는 찰나 그들은 경탄할 만한 광경, 표현할 길 없는 장관에 질려 한동안 주춤했다. 사비니 족의 빼앗긴 딸들이 온 사방에서 울며불며 달려오고 있었던 것이다. 그들은 마치 무언가에 홀린 듯 격앙된 채 무장한 병사들과 시체들 사이를 지나 남편과 아버지를 찾아갔다. 두 팔에 어린아이를 안고 있는 여인들도 있었고 헝클어진 머리가 앞을 가린 여인도 있었다. 여인들은 하나같이 사비니 족 남자들과 로마 남자들을 번갈아 애절하게 불러대고 있었다.

그러자 측은한 마음이 든 양쪽 군대는 여인들에게 자리를 내어주기 위해 전선에서 물러났다. 줄지어 선 병사들 사이로 비통함이 흘렀고 여인들의 모습은 지독한 연민을 자아냈다. 그보다 더 가련했던 것이 바로 여인들의 말이었다. 이 말은 이치를 따지고 나무라는 것에서 시작하여 간청과 애원으로 끝을 맺었다. 이렇게 말했던 것이다.

· 「전투를 말리는 사비니 족 여인들」, 자크 루이스 다비드.

"저희가 도대체 여러분께 무슨 잘못을 하고 해를 입혔기에 예로부터 지금까지 이와 같이 끔찍한 불행을 겪어야 합니까? 저희는 저희 지아비들의 손에 한때 난폭하게, 마구잡이로 끌려왔습니다. 허나 그렇게 끌려왔음에도 동생들과 오라버니, 아버지, 집안 어르신들은 저희를 외면하셨고 어느새 세월은 저희가 극도로 혐오했던 이들을, 그 무엇보다도 강한 끈으로 저희와 엮어놓았습니다. 한때 저희를 난폭하게, 마구잡이로 다루던 저희 지아비가 전장으로 가면 저희는 걱정이 앞서고, 죽임을 당하면 애통합니다. 저희를 빼앗아 간 자들을, 저희가 처녀일 적에 앙갚음하시지 않고 이제 와서 지어미를 지아비로부터, 어미를 자식으로부터 떼어놓으려고 하시니, 이런 식으로 이 비참한 여인들을 구원하려 하심은 과거에 저희를 외면하고 버리신 것보다 더 기가 막힌 일입니다. 저희가 여기서 받은 사랑이 그 정도이고, 여러분께서 저희에게 보여주신 동정심이 그 정도입니다. 만약 다른 이유로 싸우고 계신다고 해도 저희를 위하여 그만두시는 것이 옳습니다. 어느새 다들 장인어른, 친할아버지가 되셨고 적군들 가운데는 사돈 집안 분들도 계실 테니 말입니다. 허나 만약 이 전쟁이 저희 때문이라면 저희를, 사위와 아이들과 함께 데려가서서 저희 아버지와 집안사람들에게 돌려보내시되, 저희 아이들과 남편을 빼앗아가지는 말아주세요. 제발 애원하니 저희를 또다시 포로로 만들지 말아주세요."

• 「타티우스와 로물루스를 말리는 헤르실리아」, 구에르치노.

혜르실리아가 이와 같은 간청을 여러 번 반복했고 다른 여인들도 여기 가세해 애원하여, 결국 휴전이 선포되고 지도자들이 회담을 하기에 이르렀다. 그동안 여인들은 남편과 아이들을 데려와 아버지와 오라버니, 동생들에게 소개했다. 원하는 사람에게는 먹을 것과 마실 것을 가져다주기도 했으며 상처 입은 자들을 집으로 데리고 가 상냥하게 보살펴 주었다. 이곳에서 여인들은 자신이 집안의 안주인으로 인정받고 있음을, 남편의 섬김과 마음에서 우러난 존중을 받고 있음을 명백하게 드러내 보였다. 이에 따라 원하는 여인은 계속해서 남편과 살 수 있도록 하자는 합의가 이루어졌다. 그리고 여인들은 실잣기를 제외한 모든 노동과 고역으로부터 면제되었다.

이어서 로마 사람들의 도시에서 사비니 족이 함께 살기로 합의했으며 도시는 로물루스의 이름을 따 로마라고 부르기로, 그러나 시민들은 타티우스의 고향 지명을 따 '퀴리테스'라고 부르기로 했다. 로물루스와 타티우스가 왕위와 군대의 지휘권을 나눠 갖는 데도 동의했다. 이와 같은 합의가 이루어진 곳은 오늘까지 '코미티움'*이라고 불리는데 이것은 '한데 모인다'는 의미의 '코니레' 혹은 '코이레'라는 로마어에서 온 것이다.

XX.

그리하여 로마의 인구는 두 배로 늘어났고 사비니 족 가운데 백 명은 투표를 거쳐 파트리키우스가 되었다. 레기온은 보병 6천 명과 기병 6백 명을 포함하는 규모로 확대되었다. 시민들 또한 세 무리로 나뉘었는데 첫 번째 무리는 로물루스의 이름을 따 '람넨세스', 두 번째는 타티우스

---

* 포룸과 인접한 공간으로 사람들이 회의를 하기 위해 모이던 곳.

의 이름을 따 '타티엔세스'라고 불렀다. 세 번째는 '루케렌세스'라고 불렀는데, 이는 많은 사람들에게 피난처가 되어 주었던 숲에서 이름을 따온 것으로 모든 도망자를 받아준다는 정책에 의해 시민이 된 무리였다. 숲을 의미하는 로마어는 '루쿠스'이다. 이러한 무리가 셋트레스 있었다는 것은 이와 같은 무리를 뜻하는 말 '트리부스', 그리고 무리의 우두머리를 뜻하는 말 '트리부누스'가 입증한다. 각 트리부스에는 열 개의 '프라트리아', 즉 형제프라테르들의 모임이 있었는데, 어떤 이들은 서른 개의 프라트리아가 사비니 족 여인 서른 명으로부터 그 이름을 빌려왔다고 말한다. 그러나 이것은 사실이 아닌 것으로 보인다. 지명을 이름으로 갖고 있는 프라트리아가 많기 때문이다.

그러나 그 여인들에게 경의를 표하기 위해 여러 특권을 준 것은 사실이다. 그 가운데 일부는 다음과 같다. 걸어 다닐 때 여인들에게 길을 양보해야 한다. 여인들이 있을 때는 험한 말을 해서는 안 된다. 그들 앞에서는 어느 남성도 벌거벗은 모습을 보여서는 안 되며, 보일 경우 살인 사건을 재판하는 판사들이 죄를 묻게 된다. 여인의 아이들은 그 거품불라 같은 모양 때문에 '불라'라는 이름이 붙은 일종의 목걸이를 하고 가장자리를 자주색으로 두른 옷을 입어야 한다.

두 왕은 곧바로 의회를 합치지는 않았다. 처음에는 각각 백 명의 의원들과 따로 의회를 열었지만 나중에 모두를 하나로 통합해서 지금과 같이 되었다. 타티우스는 오늘날 모네타 신전이 있는 곳에 살았고 로물루스는 일명 고운 해변의 계단˚ 옆에 살았다. 이 계단은 팔라티누스 언덕에서 키르쿠스 막시무스로 내려가는 길에 인접해 있다. 거기에는 신성한 산수유나무가 있었다. 그 나무에 대해서는 다음과 같은 이야기가 전해

• 이 작품을 영역한 페린(Bernadotte Perrin)에 따르면 "고운 해변의 계단"은 희랍어 판본이 와전되어서 생긴 이름일 가능성이 높다. 플루타르코스는 아마도 카쿠스의 계단(Scalae Caci)을 말하고자 했을 것이다.

진다.

어느 날 로물루스가 힘을 시험해 보고자 아벤티누스 언덕에서 그쪽으로 창을 던졌다. 마침 그 창의 자루가 산수유나무였다. 창끝은 땅속 깊숙이 박혔고 여러 사람이 시도했지만 그 창을 뽑아낼 힘을 가진 자는 아무도 없었다. 그런데 비옥했던 땅이 나무 자루를 품자 자루에서 가지가 돋았고 꽤 튼실한 산수유나무가 되었다. 로물루스의 후손들은 이 나무를 무엇보다 신성한 사물 가운데 하나로 여기고 세심하게 보살폈으며 그 주변에 담을 쌓았다. 어느 방문객이든 그 나무를 보고, 푸르지 않거나 싱싱하지 않아 곧 말라 죽겠다는 생각이 들면 만나는 사람들 모두에게 큰 소리로 그 사실을 알렸고, 사람들은 불길에 휩싸인 집이라도 살리려는 양 "물! 물!" 하고 외치며 온 사방에서 물통 가득 물을 들고 나무가 있는 곳으로 달려왔다.

그러나 사람들의 말에 따르면 가이우스 카이사르가 담 근처에 있는 계단을 수리할 적에, 인부들이 동네 이곳저곳을 팠는데 그때 우연히 뿌리가 손상되었고 나무가 시들어 죽었다고 한다.

· 로마 중심지와 카쿠스의 계단

XXI.

이후 사비니 족 사람들은 로마 사람들의 달력을 도입했다. 이에 대해서는 「누마」편에 충분히 기록해 두었다. 반면 로물루스는 사비니 족의 긴 방패를 받아들여 무장을 달리했고 그때까지 아르고스 식의 둥근 방패를 쓰던 다른 로마 병사들도 그렇게 하게 했다.

XXII.

성화聖火를 처음 점화한 이가 로물루스라는 이야기도 있다. 바로 그가 베스탈리스*라고 하는 신성한 처녀 여럿을 시켜 이 불을 지키게 했다는 것이다. 다른 이들은 이것을 누마의 공으로 돌린다. 하지만 그렇다고 해서 로물루스가 다른 방면에서 지극히 경건했다는 점을 인정하지 않는 것은 아니며 심지어 그를 예언자라고 부르기까지 한다.

그는 예언을 목적으로 리투우스라는 것을 들고 다녔다. 이것은 새들의 비행을 보고 점을 치는 사람들이 하늘에 구역을 표시할 때 쓰는 구부러진 지팡이다. 팔라티누스 언덕에 고이 보관되어 오던 이 지팡이는 갈리아 사람들이 쳐들어와 도시를 빼앗았을 당시 사라졌다고 전해진다. 그러나 그 바르바로이**가 쫓겨 간 뒤 잿더미 깊숙한 곳에서 발견되었으며, 주변의 모든 것은 완전히 소실되었지만 지팡이는 불에 아무런 손상도 입지 않은 채였다고 한다.

그는 또한 몇 가지 법을 제정했다. 어느 가혹한 법의 경우 아내가 남편

• 베스타 여신의 사제.
•• 알아들을 수 없는 말을 하는 사람들이라는 뜻으로 헬라스인이 아닌 사람들을 통칭하는 말이다. 여기서는 갈리아 사람들을 의미.

을 떠나는 것을 금지했지만 아내가 독약을 사용하거나 자녀를 바꿔치기하거나 간통을 하면 남편은 아내를 내칠 수 있었다. 그러나 남편이 다른 이유로 아내를 내보내면 이 법은 남편으로 하여금 재산의 절반을 아내에게, 나머지 절반을 케레스 여신에게 봉헌하도록 규정했다. 또 그렇게 아내를 쫓아내는 자는 누구든 지하 세계의 신들에게 제물을 바치도록 했다.

또 주목할 점은 로물루스가 친부親父 살인에 대한 그 어떤 처벌도 명시하지 않은 대신 모든 살인을 친부 살인이라 칭했으며 살인은 혐오스러운 일이며 진정한 친부 살인은 불가능한 일이라고 했다. 오랜 세월 동안, 친부 살인에 대한 이와 같은 판단은 옳은 듯 보였다. 6백 년 가까이 로마에서는 누구도 그와 같은 일을 저지르지 않았기 때문이다. 그러나 한니발과의 전쟁 이후, 루키우스 호스티우스가 처음으로 친부 살인을 한 것으로 알려져 있다. 자, 이와 같은 사항들에 관해서는 이것으로 족한 듯하다.

XXIII.

타티우스가 왕위에 오른 지 5년째 되는 해 그의 하인과 친족 몇몇은 로마로 가는 길에 라우렌툼의 사절단과 맞닥뜨렸다. 그들은 사절단의 돈을 빼앗고자 했으나 순순히 내어주지 않자 죽여버렸다. 대담무쌍하고 끔찍한 범죄였기에 로물루스는 가해자들을 즉시 처벌해야 한다고 생각했으나 타티우스는 이를 미루고 정의의 행로를 막으려고 했다. 그들 사이에 있었던 명백한 의견 차이는 이것이 유일했다. 다른 모든 일에 관해서 둘은 면밀히 협력했으며 모든 문제를 합의하에 처리했다.

죽임을 당한 사절단의 친구들은 타티우스의 방해로 그 어떤 법적인 조치도 취하지 못하는 처지에 놓인 터였기에 더욱 분개하게 되었다. 그러다 타티우스가 로물루스와 함께 라비니움에서 제를 올리고 있을 때 마침내 그를 습격했다. 그리고 타티우스를 죽인 뒤에는 로물루스를 호위하며 그의 공명정대함을 소리 높여 찬양했다. 로물루스는 타티우스의 시신을 집으로 옮겨 명예로운 장례를 치러주었다. 그의 무덤은 아벤티누스 언덕의 아르밀루스트리움이라는 곳 근처에 위치한다. 어떤 역사가들은 라우렌툼이 기겁하여 타티우스의 살인자들을 바쳐 올렸으나, 로물루스가 살인을 살인으로 갚은 것뿐이라며 이들을 놓아 주었다고 한다.

이런 사실로부터 어떤 이들은 다음과 같이 말하고 또 추측했다. 로물루스는 동료인 타티우스가 없어진 것을 기뻐했다. 왜냐하면 나랏일은 방해받지 않고 사비니 족이 파벌로 나뉘는 결과를 낳지도 않았기 때문이라는 것이다. 오히려 어떤 이들은 로물루스에 대한 선의에서 우러나와, 다른 이들은 로물루스의 권력에 대한 두려움으로 인해, 또 다른 이들은 로물루스를 자애로운 신으로 여겼기 때문에, 모두가 끝까지 그를 존경했다는 것이다.

로물루스는 또한 여러 타 민족들의 존경을 받기도 했으며 초기 라티니 족 사람들은 사절을 보내 그와 친선과 동맹 관계를 맺었다.

로마와 인접한 도시 피데나이는 무력으로 빼앗았다. 혹자에 의하면 갑작스럽게 기병을 보내 성문의 경첩을 잘라내도록 한 뒤에 로물루스 자신이 직접 모습을 드러냈다고도 하고, 다른 이들에 의하면 피데나이 사람들이 먼저 침범했다고 하기도 한다. 피데나이 사람들이 약탈을 일삼으며 지역과 도시 변두리를 쑥대밭을 만들어 놓자 로물루스가 잠복했다가 피데나이 사람들을 여럿 죽이고는 그들의 도시를 차지했다는 것이다. 그러나 그는 피데나이를 파괴하거나 깡그리 밀어버리지 않고 로마의 식민지로 만들었으며, 4월 13일 그곳으로 주민 2천 5백 명을 보냈다.

XXIV.

이 일이 있은 뒤 도시에 역병이 찾아왔고 사람들은 별다른 증상 없이 갑작스런 죽음을 맞았다. 곡식은 열매를 맺지 못했고 암소는 새끼를 낳지 못했다. 도시에는 혈우血雨가 내리기도 했으므로 사람들은 피할 수 없는 고통에 미신으로 인한 공포까지 겪었다. 비슷한 재앙이 라우렌툼의 사람들에게도 찾아오자, 모든 이들은 한목소리로 말했다. 두 도시에 하늘의 분노가 내린 것은 타티우스와 사절단의 죽음이 정의로운 결말을 보지 못했기 때문이라고 한 것이다. 따라서 양측 모두 살인자들을 붙잡아 올려 처벌했으며 피해는 뚜렷하게 줄어들었다. 로물루스는 또한 두 도시를 정화하기 위해 루스트룸이라는 의식을 치렀다. 이 의식은 오늘날까지도 페렌티눔의 성문에서 지켜지고 있다고 한다.

그러나 역병이 끝나기도 전에 카메리아 사람들이 로마 사람들을 공격하고 영토를 침범했다. 로마 사람들이 재난으로 괴로운 나머지 방어를 하지 못할 것이라고 생각했기 때문이다. 그러나 로물루스는 즉시 카메리아를 향해 진군했고 전투에서 이긴 뒤 카메리아 사람 6천 명을 죽였다. 도시도 빼앗았다. 또 살아남은 자들 가운데 절반을 로마로 이주시켰고 로마 시민들을, 카메리아에 남겨둔 사람들의 곱절만큼 카메리아의 주민으로 보냈다. 이것이 8월 첫째 날의 일이다. 로마에 자리 잡은 지 16년이 채 지나지 않은 때였으나 로물루스에게는 이주시킬 시민들이 매우 많았다.

그가 카메리아로부터 가져온 다른 전리품 중에는 말 네 마리가 끄는 청동 전차가 있었다. 그는 이것을 불카누스의 신전에 봉헌했다. 또 신전에 두기 위해 빅토리아 여신으로부터 승리의 관을 받는 자신의 모습을 조각상으로 제작하게 했다.

XXV.

로마라는 나라가 이와 같이 힘을 키우자, 힘없는 이웃들은 로마에 머리를 숙였고 괴롭힘을 당하지 않는 것으로 만족했다. 그러나 강력한 이웃들은 두려움과 시기심으로 인해, 로물루스의 커가는 세력을 용인하기보다 저항하고 저지해야 한다고 생각했다.

에트루리아 사람들 중에서는 영토가 많고 거대한 도시에 살던 베이이 사람들이 가장 먼저 싸움을 걸어왔다. 피데나이가 베이이 땅이라며 이를 돌려달라고 요구한 것이다. 피데나이가 위험한 전쟁에 휘말려 있을 때 도움을 주기는커녕 몰락하도록 내버려두었던 이들이, 그들의 집과 땅을 얻게 된 사람들로부터 그것을 돌려달라고 요구하는 것은 정당하지 않을 뿐만 아니라 실로 터무니없는 일이었다.

따라서 로물루스는 그들의 요구에 경멸에 찬 답을 보냈고, 이에 베이이 사람들은 군대를 둘로 나눠 한 무리는 피데나이를 공격하고 다른 무리는 로물루스와 맞서게 했다. 피데나이를 눈앞에 두고 베이이 군대는 로마인 2천 명을 제압하고 죽였다. 그러나 로물루스와 싸우던 군대는 병사 8천을 잃고 패배했다.

다시 한 번 피데나이 근교에서 전투가 벌어졌고 여기서 로마 군대가 승리한 것은 로물루스 덕분이라는 것에 모두가 동의한다. 그는 기술과 용맹의 가능한 모든 조합을 보여주었고 인간을 한참 뛰어넘는 힘과 순발력을 지닌 듯했다.

그러나 어떤 역사가들이 남긴 기록은 지나치게 설화적, 아니 전혀 믿을 만한 것이 못 된다. 특히 이 전투에서 전사한 에트루리아 병사 1만 4천 명 가운데 절반 이상이 로물루스의 손에 죽었다는 기록이 바로 그러하다. 아리스토메네스가, 자신이 죽인 라케다이몬 적군 백 명을 위해 제물을 바친 것이 총 세 번이라는 멧세니아 사람들의 주장조차도 지나친 자랑인 듯 보이기 때문이다.

적을 패배시킨 로물루스는 도망치는 생존자들을 내버려두고는 이번에는 베이이를 향해 이동했다. 그러나 그토록 기가 막힌 역전극* 이후 버텨내기란 쉽지 않아서 베이이 사람들은 화평을 요청하며 백 년간 지속될 친선 협정을 맺기 원했다. 그 대가로 셉템파기움, 즉 일곱 구역이라고 불리는 커다란 땅덩어리를 넘기고 강을 따라 자리한 염전을 포기했으며 족장 오십 명을 볼모로 바쳤다.※

XXVI.

이것이 로물루스가 벌인 마지막 전투였다. 이후 그는 여러 다른 사람들과 마찬가지로, 아니, 예상치 못한 행운 덕분에 권력과 명예를 거머쥔 거의 모든 사람들과 마찬가지로, 자신의 업적에 도취되어 좀 더 거만한 태도를 취했으며 대중적이었던 기존의 방식을 버리고 군주의 방식으로 바꾸었다.

그 겉치레부터가 혐오감과 불쾌감을 불러일으켰다. 그는 진홍색 투니카속옷 위에 가장자리를 자주색으로 두른 토가를 입었고 접견을 받을

• 베이이 군대가 먼저 로마 군 2천 명을 죽이고 나서도 로물루스에게 병사 8천을 잃고 패배한 것을 이르는 말.

때에는 왕좌에 누워서 받았다. 그리고 곁에는 늘 '켈레레스재빠른 자들'이
라는 젊은이들의 무리가 있었다. 재빠른 몸놀림으로 시중을 들었기 때
문에 붙은 이름이다. 막대를 들고 앞장서 걷는 이들도 있었는데 이는 대
중을 막아내기 위함이었다. 이들은 로물루스가 묶으라고 하는 자들을
그 자리에서 묶기 위해 가죽 끈도 두르고 있었다.＊

XXVII.

그러나 알바를 다스리던 할아버지 누미토르가 세상을 떠나고 로물루
스가 알바의 왕위를 물려받게 되자, 그는 나라를 다스리는 일을 알바 시
민들에게 넘기고 1년마다 바뀌는 지배자를 임명해 대중의 지지를 얻었
다. 이것은 로마의 영향력 있는 사람들에게 본보기를 보이기 위한 것이
기도 했다. 그들 또한 모두가 번갈아 가며 백성이 되고 통치자가 되는, 독
립적이고 왕이 없는 국가 체제를 추구하기를 바란 것이다.

그때까지만 해도 '파트리키우스'라고 불린 의원들조차 정사에 관여하
지 않았으며 그들에게 주어진 것은 이름과, 지위에 걸맞은 옷차림뿐이었
다. 그들이 의회에 모이는 것도 나랏일에 조언을 하기 위해서라기보다는
단지 관례에 불과했다. 의회에 모여서는 침묵을 지킨 채 왕의 명령에 귀
를 기울였다. 그들이 대중보다 나은 점이라면 왕의 명령이 공식적으로
선포되기 이전에 그 내용을 미리 알고 있다는 것뿐이었다. 로물루스의
나머지 행적들은 이보다는 중요성이 덜했다.

그러나 로물루스가 의원들과 상의하거나 의원들의 바람을 묻지도 않
은 채 순전히 자신의 결정에 따라, 전쟁에서 얻은 영토를 병사들에게 나
누어 주고 베이이로부터 받은 인질들을 돌려주자 의회는 로물루스에게
완전히 무시당했다고 여겼다. 그리하여 얼마 지나지 않아 로물루스가 뚜

렷한 이유 없이 사라지자 의혹과 비방은 고스란히 의회로 돌아갔다. 로물루스는 7월 7일에 사라졌는데 지금은 '7월율리우스'이라고 하지만 당시에는 '퀸틸리스'라고 하는 달이었다. 그의 죽음에 대해서는 확실한 기록도 남아 있지 않을 뿐더러 일반적으로 받아들여지는 일설도 없다. 내가 방금 언급한 날짜만 전해질 뿐이다.

그렇다고 해서 이 불확실한 결말에 놀랄 것은 없다. 스키피오 아프리카누스*는 저녁 식사 후 집에서 죽었지만 그의 최후가 어땠는지에 관한 설득력 있는 증거는 없다. 어떤 이들은 그가 원래 쇠약하여 자연사했다고 하고, 어떤 이들은 그가 제 손으로 삼킨 독약에 의해 죽었다고 하며, 다른 이들은 집으로 침입한 그의 원수들이 그를 질식시켜 죽였다고 한다. 그런데 이는 스키피오의 시신이 누구나 볼 수 있는 곳에 놓여 있었으며 그것을 본 사람 모두가 그로부터, 어떤 일이 벌어졌는가에 대한 나름대로의 의심과 추측을 했기 때문이다.

반면 로물루스는 갑자기 사라졌고 시신의 그 어느 부분도, 찢어진 옷 가지조차도 발견되지 않았다. 혹자는 불카누스의 신전에 회동한 의원들이 로물루스를 덮쳐 죽인 뒤, 시신을 토막 낸 다음 각각 한 토막씩 옷에 숨겨 가져갔다고 추측한다.

다른 이들은 로물루스가 사라진 것이 불카누스의 신전도 아니고 의원들만이 모인 자리도 아니며, 로물루스가 도시 밖 '염소의 늪'이라는 곳에서 민중 집회를 주재하고 있을 때라고 한다. 그때 갑자기 기이하고 이유를 알 수 없는 소란이 믿기 어려운 대기의 변화를 동반하여 나타났다고 한다. 태양이 어두워지고 어둠이 내려앉았는데 평화롭고 고요하게 내린 것이 아니라, 무지막지하게 큰 소리로 우레가 치고 맹렬한 돌풍이 온 사

• 카르타고와의 포에니 전쟁을 승리로 이끈 로마의 장군.

방에서 비를 뿌렸다. 그러자 대중은 뿔뿔이 흩어져 도망쳤고 귀족들은 가까이 모여 섰다. 폭풍우가 멈추고 태양이 비추자, 다시 전과 같은 장소에 모여든 대중은 초조한 마음으로 왕을 찾았다. 하지만 의원들은 왕이 사라진 것에 대하여 묻게 놔두지도 않았을 뿐더러 이유를 알려고 애쓰지도 않았고, 다만 모두에게 로물루스를 받들고 경배하라고 일렀을 뿐이다. 의원들은 그가 하늘로 휘말려 올라갔으며 이제 그들에게 좋은 왕이 아니라 자애로운 신이 되어 주리라고 말했다. 이를 믿고 기뻐한 대중은 로물루스의 호의를 얻기를 희망하며 그를 숭배하기 위해 물러갔다.

그러나 야멸치고 적대적인 태도로 문제를 제기한 사람들이 없었던 것은 아니다. 이들은 의원들이 왕을 살해해 놓고도 대중에게 말도 안 되는 이야기를 꾸며대었다며 의원들을 당혹스럽게 만들었다고 한다.

XXVIII.

이와 같은 상황에서 태생이 누구보다 고귀하고 인품이 지극히 뛰어난 어느 의원 한 사람이 포룸으로 나섰다고 한다. 로물루스 자신의 믿음직하고 절친한 친구이기도 했던 율리우스 프로쿨루스였다. 알바에서 온 이 이주민은 온 대중 앞에서, 가장 신성한 상징들에 엄숙히 맹세하며 말했다. 그가 길을 가는데 로물루스가 그 어느 때보다 보기에 아름답고 위풍당당한 모습으로, 눈부시게 반짝이는 갑옷을 입은 채 그를 향해 다가오는 것을 보았다는 것이다. 의원은 그 광경에 섬뜩함을 느껴 이렇게 말했다고 한다.

"전하, 무엇에 홀리시어, 아니 어떠한 심중으로 저희 의원들을 부당하고 사악한 비난의 먹이로, 그리고 온 도시를 아버지를 잃은 아픔으로 끝없이 슬퍼하도록 남겨두신 것입니까?"

그러자 로물루스가 대답했다.

"프로쿨루스여, 내가 인류와 아주 짧은 시간만 함께한 것은 신들이 원하는 바였고 나 또한 신들의 세상에서 왔네. 그 영토와 영광이 세상에서 가장 위대할 운명을 타고난 도시를 세운 뒤에는 다시 하늘에 살기로 되어 있었다네. 그러니 안녕. 그리고 로마 사람들에게 전해주게. 자기 절제를 실천하고 이를 용기에 더한다면 인간 능력의 극한에 다다를 수 있으리라고. 나는 그대들의 행운의 신, 퀴리누스軍神가 되어 주겠네."

로마 사람들은 이 이야기를 전한 사람의 품성으로 미루어 보아, 그리고 그가 한 맹세로 보아 이것을 믿을 만하다고 여겼다. 더불어 하늘이 신들림에 건줄 만한 어떤 영향을 끼쳐 그들의 마음을 붙잡았기에, 그 누구도 프로쿨루스의 말에 이의를 제기하지 않았고 모두가 의혹과 비방을 접어두고 퀴리누스에게 기도하며 로물루스를 신으로 받들었다.

XXIX.

로물루스가 사람들로부터 모습을 감추었을 때, 그는 54세였고 왕위에 오른 지 38년째였다고 한다.

I.

　내가 로물루스와 테세우스에 대해 얻을 수 있었던 인상적인 이야기들은 대략 위와 같다. 첫째로 테세우스는 부끄러울 것 없는 왕국의 상속자로서 어려움 없이 트로이젠의 왕위에 앉는 것이 가능했음에도, 아무도 강요하지 않았지만 스스로의 선택에 따라 더 큰 업적을 향해 손을 뻗은 것으로 보인다. 반면 로물루스는 당장의 예속 상태와 임박한 처벌을 벗어나기 위하여, 플라톤의 말을 빌자면 단지 두려움에서 비롯된 용기를 냈을 뿐이고 극심한 형벌이 무서워 강요에 의해 위대한 업적을 수행해 나갔다.

　둘째로 로물루스의 주요 업적은 알바의 폭군 한 사람을 죽인 것이지만 테세우스는 단지 몸 풀기 격의 전초전에서만 스케이론, 시니스, 프로크루스테스, 그리고 코뤼네테스를 상대했고 이들을 죽이고 벌을 줌으로써, 그로부터 구원 받은 이들이 그가 누구인지 알기도 전에 헬라스를 무시무시한 폭군들로부터 해방시켰다. 테세우스는 아무 방해도 받지 않고 뱃길로 아테나이까지 갈 수도 있었고, 그랬다면 그 도적들의 손에 그 어떤 잔인한 행위를 당할 걱정도 없었을 것이다. 반면 로물루스는 아물리우스가 살아 있는 한 문제를 겪지 않을 수는 없었을 것이다. 여기에는 강력한 증거가 있다. 테세우스는 그들의 손에 직접 해를 입은 것은 아니지만 타인들을 위해 악인들에 맞서기 위해 결연히 길을 떠났다. 반면 로물루스와 레무스는 자신들이 폭군에 의해 아무 해를 입지 않은 한, 폭군이 다른 모든 사람들을 해하는 것을 내버려 두었다.

　또 확실한 것은, 로물루스가 사비니 족과의 전투에서 상처를 입고 아크론을 죽이고 전투에서 수많은 적군을 이긴 것이 대단하다면, 이 업적들에다 테세우스의 켄타우로스들과의 전투, 그리고 아마존 여인들과의 전쟁을 비길 수 있을 것이다.

그러나 크레테에 보내는 조공에 관하여 테세우스가 보여준 대담함에 관하여서는, 말로 그 용기와 아량, 공동의 선과 정의를 향한 열의, 명예와 덕행에 관한 갈망을 다 표현할 길이 없다. 그가 어떤 괴물의 먹이가 될 터였든, 안드로게오스의 무덤에 바치는 제물이 될 터였든, 아니면 전해지는 이야기 가운데 가장 가벼운 형태에 따라 오만하고 잔인한 인간들 밑에서 수치스럽고 명예롭지 못한 노예 상태에 예속될 터였든 말이다.

따라서 철학자들이 사랑을 일컬어, 젊은이들을 보살피고 보호하기 위한 신들의 봉사라고 한 것은 매우 훌륭한 정의라는 것이 내 생각이다. 아리아드네의 사랑은 다름 아닌 신의 솜씨이자 테세우스를 구원하기 위한 장치로 보이기 때문이다.

우리는 테세우스를 사랑했다고 해서 아리아드네를 탓할 것이 아니라, 테세우스에 대하여 모든 남녀가 이와 동일한 감정을 갖지 않는다는 사실을 도리어 이상하게 여겨야 한다. 테세우스에게 이러한 열정을 느낀 것이 아리아드네뿐이었다면 나로서는 이렇게 말할 수밖에 없다. 덕행을 중히 여기고 선량함을 귀히 여겼으며, 인간의 가장 고결한 여러 자질을 사랑할 줄 알았던 아리아드네는 신의 사랑을 받을 만한 가치가 충분했다고.

II.

테세우스와 로물루스가 둘 다 정치가 기질을 타고나기는 했어도 둘 중 그 누구도 왕의 본래 역할을 끝까지 고집하지 않았고 둘 다 거기서 벗어나 변화를 겪었다. 테세우스는 민주 체제를 향해, 로물루스는 참주 체제를 향해 감으로써 둘은 반대의 감정을 통해 동일한 실수를 범했다. 왜냐하면 통치자란 무엇보다 먼저 나라 자체를 보호해야 하는데, 이는 부적절한 행위를 삼가는 것만큼 적절한 행위를 고수함으로써 가능하다. 자신의 권위를 포기하거나 확대하는 자는 더 이상 왕이나 통치자가 아니다. 그는 민중 지도자이거나 독재자이며 백성들의 마음에 증오와 경멸을 심는다. 그러나 앞의 오류는 상냥함과 인간애로부터 우러나는 반면, 뒤의 것은 이기심과 가혹함에서 나온다.

III.

또한 사람의 불행이 모두 운에 달린 것이 아니라 그 사람의 바탕에 깔린 다양한 습성과 격정에 달려 있다고 한다면, 누구도 형제와의 일에서 로물루스가 보인 터무니없는 분노, 혹은 성급하고 무분별한 노여움을 용서해서는 안 된다. 테세우스가 그의 아들에게 한 짓도 마찬가지다. 다만 테세우스의 분노를 자극한 원인을 생각하면 그에게 조금 더 관대할 수밖에 없다. 좀 더 강력한 도발, 말하자면 좀 더 센 주먹에 의해 흔들린 경우이니 그렇다. 로물루스 형제 간의 의견 차이는 모두의 행복을 위한 길을 숙고하는 과정에서 일어난 것이므로 그가 그런 격정에 휩싸일 납득할 만한 이유는 전혀 없었다. 반면 테세우스는 어느 남자도 쉽게 벗어날 수 없는 강력한 영향을 행사하는 사랑과 질투, 여인의 모략으로 인해 아들에게 잘못을 하지 않을 수 없게 되었다.

더 중요한 점은 로물루스의 분노가 초래한 행위는 그 무엇보다 불행한 결과를 낳았다는 것이다. 반면 테세우스의 노여움은 폭력적인 말과 노인네의 저주 이상으로 번지지 않았고 젊은이가 겪은 그 밖의 수난은 운에 따른 것으로 보인다. 따라서 이러한 항목에 관하여서는 테세우스에게 지지표를 던져야 하겠다.

IV.

그러나 로물루스는 일단 굉장한 우위에 있다. 그가 매우 보잘것없는 위치에서 시작하여 명성을 드높이게 되었다는 점 때문이다. 로물루스 형제는 노예에다가 돼지치기의 아들이었다고 알려져 있으나 자유를 얻는 것으로 그치지 않고, 먼저 모든 라티니 족을 해방시킨 다음 적을 물리친 자, 가족과 친구들의 구세주, 여러 종족과 민족의 왕, 도시의 창건자라는 지극히 명예로운 칭호들을 한꺼번에 누렸다.

그들은 테세우스처럼 사람들을 이주시키지 않았다. 테세우스는 여러 삶의 터전을 모으고 통합했지만 옛 왕과 영웅의 이름을 간직한 여러 도시를 파괴하기도 했다. 로물루스 또한 훗날 적들로 하여금 살던 곳을 부수고 없앤 뒤, 정복자들과 함께 살도록 함으로써 같은 짓을 한 것은 사실이다. 그러나 처음에는 이미 존재하는 도시를 이동시키거나 확장하는 방식이 아니라 아무것도 없던 곳에 도시를 세우고 한꺼번에 영토와 국가, 왕국, 부족, 혼인, 외교 관계를 확보하는 식으로 누구도 몰락시키지 않고 죽이지 않았다. 오히려 집도 절도 없는 사람들, 공동의 도시에서 한 민족이자 시민으로 살아가고자 한 사람들의 후원자였다.

그가 도적과 악인들을 죽이지 않은 것은 사실이지만, 전쟁에서 다른 국가들을 제압하고 도시를 타도했으며 왕과 장군들을 상대로 승리했다.

V.

게다가 레무스를 죽인 것이 과연 누구인가 하는 문제도 논란의 대상이며 이 행위에 대한 책임의 대부분은 로물루스가 아닌 다른 자들에게 돌아간다. 그러나 로물루스가 어머니를 파멸로부터 구한 것, 수치스럽고 불명예스럽게 남의 지배를 받으며 살아가던 할아버지를 아이네아스의 왕좌에 앉혀 놓은 것은 의문의 여지가 없다. 그 밖에도 할아버지를 위해 앞장서 여러 가지 도움을 주었으며 그 어떤 피해도 입히지 않았다. 무심코 입힌 피해조차 없었다.

반면 테세우스는 돛에 관한 아버지의 명령을 잊고 무시한 탓에 친부 살해라는 혐의에서 벗어나기 어려울 것으로 보인다. 그의 지지자들이 얼마나 장황한 항변을 늘어놓든, 판사들이 아무리 관대하든 말이다. 실로 어느 앗티케 작가는 훗날 테세우스의 변호인들이 어려움을 겪을 것을 의식하고는 아이게우스가, 배가 접근할 당시 배를 보기 위하여 아크로폴리스로 뛰어 올라가다가 발을 헛디뎌 벼랑 아래로 떨어졌다고 꾸며댄다. 왕이 수행원이나 하인 한 명 동반하지 않고 황급히 바다로 갔다는 말도 안 되는 주장을 하고 있는 것이다.

VI.

게다가 여러 여성을 겁탈한 테세우스의 일탈은 그 어떤 그럴듯한 핑계도 용인하지 않는다. 첫째, 워낙 여러 번 일어난 일이기 때문이다. 테세우스는 아리아드네, 안티오페, 트로이젠의 아낙소, 마지막으로 헬레네까지 빼앗아 왔다. 더구나 헬레네를 빼앗은 것은 테세우스의 혼기가 한참 지낳을 때였다. 헬레네는 혼기가 되기는커녕 무르익지도 않은 아이였고, 테세우스는 나이가 너무 많아 법적인 혼인조차 어려운 상황일 때였다.

둘째, 명분이 없었기 때문이다. 트로이젠과 라코니케, 아마존 사람들의 딸들은 그와 혼약한 사이가 아니었으며 아테나이의 에렉테우스나 케크롭스의 딸들에 비해 테세우스의 자식을 낳아줄 자격이 더한 것도 아니었다. 그러니 그의 이러한 행위들이 단지 욕정에 받친 무분별함에서 나왔다고 의심해 볼 수 있다.

반면 로물루스는 첫째, 여인을 8백 명 가까이 빼앗아 왔지만 그 모두를 아내로 맞이한 것은 아니며, 그 가운데 한 사람 헤르실리아만을 아내로 맞이했고 나머지는 모범 시민들에게 나누어 주었다고 한다. 그리고 둘째, 여인들을 빼앗아 온 후에 그들을 존중하고 아끼고 대우함으로써, 자신의 폭력적이고 부당한 행위가 가장 명예로운 업적이자 정치적 동맹을 추구하기에 가장 적절한 행위였음을 확고히 했다. 이러한 방식으로 그는 두 민족을 서로 섞고 융합했으며 나라에 한동안 마르지 않을 힘과 협력의 원천을 제공했다.

그가 혼인 관계에서 겸손과 애정, 안정을 강조한 것은 시간이 그 증인이다. 무슨 말인가 하면 230년 간 아내를 떠난 남편이 없었고 남편을 떠난 아내가 없었다. 그러나 호기심이 많은 헬라스 사람이라면 처음으로 친부 살인, 혹은 친모 살인을 저지른 자가 누구인지 아는 것처럼, 스푸리우스 카르빌리우스가 아이를 못 낳는다는 이유로 처음으로 아내를 내친 것을 모르는 로마인은 없다.

또 로물루스의 행위가 불러온 즉각적인 결과, 그리고 오랜 세월이 로물루스의 손을 들어주고 있다. 왜냐하면 두 민족 간의 혼인으로 인하여 두 국왕이 통치권을 나눠 가졌고 두 민족은 시민으로서의 권리와 의무를 나눠 가졌기 때문이다.

반면 테세우스의 결혼으로 인해 아테나이 사람들은 동지를 만들거나 협력 관계를 얻기는커녕 적국을 얻었고, 전쟁과 시민들의 학살이 이어졌으며 마침내 아피드나까지 잃었다. 그들이 알렉산드로스파리스 때문에 트로이아가 겪은 불운을 똑같이 겪지 않을 수 있었던 유일한 이유는, 그들이 마치 신들에게 경배하듯 적에게 애원하자 적이 동정심을 발휘했기 때문이다. 그러나 테세우스의 어머니는 위험에 빠졌을 뿐만 아니라 아들에게 버려지고 외면당하자 실제로 헤쿠바파리스의 어머니와 운명을 같이했다. 테세우스의 어머니가 붙잡혔다는 이야기가 허구가 아니라면 말이다. 그러나 이 역시 허구일 가능성이 높다.

다른 이야기들도 그렇다. 예를 들어, 신이 두 사람의 인생에 개입한 방식에 관한 이야기는 매우 대조적이다. 로물루스는 신들의 귀중한 은혜에 의해 보호받는다. 반면 고향을 떠나 있을 동안 여자를 가까이하면 안 된다는, 아이게우스가 받은 신탁은 테세우스의 탄생이 신의 의지에 반하는 것이었음을 보여주는 듯하다.

뤼쿠르고스

뤼쿠르고스

I.

입법자 뤼쿠르고스에 관하여 쓰면서 논란의 여지가 없기를 바랄 수는 없다. 그의 태생과 여행, 죽음, 그리고 무엇보다도 입법자이자 정치가로서 그의 업적에 관하여 실로 다양한 기록이 있기 때문이다. 무엇보다도 이 사람이 살았던 시대에 대해서 역사가들이 가장 큰 의견 차이를 보인다.

• 미국 국회의사당의 하원 회의장. 입법자 뤼쿠르고스를 비롯하여 입법자 총 23명의 돋을새김이 전시되어 있다.
•• 뤼쿠르고스, 브뤼셀 대법원.

어떤 이들은 그가 이피토스와 동일한 시대에 전성기를 누렸다고 하고 그와 함께 올림피아 정전 협정을 이루어냈다고 한다. 이렇게 주장하는 자들 가운데는 철학자 아리스토텔레스가 있다. 그는 이 주장에 대한 증거로 뤼쿠르고스의 이름 새김이 남아 있는 올림피아의 원반을 내세운다. 그러나 스파르테 왕들의 계보에 따라 시대를 계산한 에라토스테네스와 아폴로도로스 같은 사람들은 뤼쿠르고스가 살았던 시대가 첫 번째 올림피아 경기가 치러지기 여러 해 전이었음을 입증한다.[*]

티마이오스는 스파르테에 뤼쿠르고스라는 사람이 둘이었고 서로 다른 시대에 살았으며 두 사람의 업적이 더 유명했던 한 사람에게 돌아갔다고 추측한다. 그는 또한 두 사람 가운데 먼저 살다간 사람이 호메로스의 시대로부터 멀지 않은 시대에 살았다고 하고, 어떤 이들은 그가 실제로 호메로스를 대면했다고 주장한다.

크세노폰 또한 뤼쿠르고스가 헤라클레스의 후손들의 시대에 살았다고 하는 부분에서 이것이 단순한 문제라는 인상을 남긴다. 물론 혈통으로 보자면 스파르테의 후기 왕들도 헤라클레스의 후손들이다. 그러나 크세노폰이 헤라클레스의 후손들이라고 쓸 때, 설화 속에서 그토록 유명한 헤라클레스의 직계, 혹은 가까운 후손을 지칭하고 있음은 명백하다.

그러나 당시의 역사가 이처럼 미로 같기는 해도, 나는 이견이 가장 적은 글을 쓴 이들에 따라, 혹은 뤼쿠르고스에 관한 주장에 대해 가장 주목할 만한 증인을 내세운 이들에 따라 이야기를 풀어 나가도록 노력할 것이다. 예를 들어 시인 시모니데스는 뤼쿠르고스가 에우노모스의 아들이 아니라 뤼쿠르고스와 에우노모스가 프뤼타니스의 아들이라고 한다. 반면 대부분은 그와 다른 계보를 적고 있는데 바로 다음과 같다. 아리

• 첫 번째 올림피아 경기는 기원전 776년 전후에 열린 것으로 추측된다.

스토데모스가 프로클레스를 낳았고 프로클레스가 소오스를 낳았으며 소오스가 에우뤼폰을 낳았고 그가 프뤼타니스를 낳았으며 그로부터 에우노모스가 나왔고 에우노모스의 첫째 아내가 폴뤼덱테스를 낳았다. 동생 뤼쿠르고스는 둘째 아내 디오낫사가 낳았다는 것이 디에우튀키다스의 주장이다. 즉 뤼쿠르고스는 프로클레스의 6세손, 헤라클레스로부터 11세손이다.

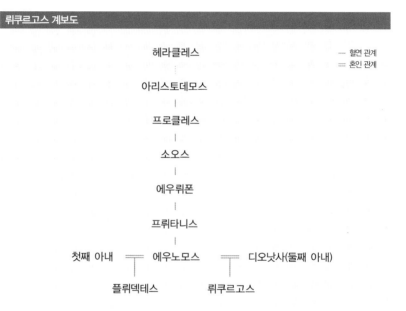

뤼쿠르고스 계보도

헤라클레스

― 혈연 관계
＝ 혼인 관계

아리스토데모스

프로클레스

소오스

에우뤼폰

프뤼타니스

첫째 아내 ＝ 에우노모스 ＝ 디오낫사(둘째 아내)

플뤼덱테스　　　　　뤼쿠르고스

II.

뤼쿠르고스의 선조들 가운데 가장 유명했던 이는 소오스로, 그의 지휘 아래 스파르테인들은 헤일로테스*를 얻고 아르카디아인들을 정복함

• 스파르테 사람이 근방에서 잡아들인 노예들을 통칭하는 말.

으로써 커다란 땅덩어리를 추가했다. 또한 이 소오스에 대해 전해진 바에 따르면 클레이토르 사람들에게 포위당해 험하고 메마른 땅에 갇혔을 때, 자신과 모든 부하들이 근처에 있는 샘물에서 물을 마실 수 있다면 정복한 땅을 돌려주겠노라고 약속했다. 약속을 이행하겠다고 맹세한 뒤 그는 부하들을 모아놓고 물을 마시지 않는 사람에게 왕국을 주겠다고 제안했다. 그러나 누구도 참지 못하고 모두가 물을 마셨다. 그러자 소오스 자신이 마지막으로 샘물로 다가가 물로 얼굴을 적시는 듯하더니 적들이 지켜보고 있는 가운데 뒤돌아 갔다. 그리고 모두가 물을 마시지는 않았다고 주장하며 영토를 지켰다.

이러한 이유로 큰 존경을 받고 있던 소오스였음에도 왕가는 그의 이름을 따르지 않고 그의 아들의 이름을 따 에우뤼폰 왕가라고 한다. 에우뤼폰은 지나치게 절대주의적이었던 통치 방식을 느슨하게 풀어준 첫 번째 왕으로 대중의 호감과 지지를 얻고자 했던 사람이다. 그러나 그렇게 풀어준 결과 백성들은 대담해졌고 뒤따라온 왕들은 대중에게 자신의 방식을 요구하다가 대중의 미움을 받기도 했으며 어떤 왕들은 지지를 받고자 하는 욕망, 혹은 나약함으로 인해 끌려 내려오기도 하는 등 스파르테에는 오랫동안 무법과 혼란이 팽배했다.

왕위에 있던 뤼쿠르고스의 아버지도 바로 이런 이유로 목숨을 잃었다. 그는 폭도들을 떨어뜨려 놓으려다가 식칼에 찔려 죽음을 당했다. 왕국은 첫째 아들 폴뤼덱테스에게 넘어갔다.

III.

폴뤼덱테스도 얼마 가지 않아 죽었다. 그러자 왕국은 모두의 생각대로 뤼쿠르고스에게 넘어갔다. 그리고 죽은 형의 아내가 아들을 갖고 있는 것으로 알려지기까지 왕좌에는 뤼쿠르고스가 앉아 있었다. 그러나 형수의 임신 소식을 들은 뤼쿠르고스는 형수의 아이가 아들이라면 바로 그 아이가 왕국의 주인이 될 것임을 선포했으며 자신은 단지 보호자로 서 정사를 돌보겠다고 했다. 라케다이몬 사람들은 아버지가 없는 왕의 보호자들을 프로디코이라고 부른다.

그러자 형수가 뤼쿠르고스에게 다가와 은밀한 제안을 했다. 그가 스파르테의 왕이 되어 자신과 결혼해 준다면 태어나지 않은 아이를 지워 버리겠다고 한 것이다. 뤼쿠르고스는 형수의 성품에 진저리를 치면서도 제안을 거부하지 않고 수긍하며 받아들이는 척했다. 그러나 약물을 먹어 유산을 시키려고 하다가는 건강을 해치고 목숨이 위험해질 수 있으니 그럴 필요가 없다며 아이가 태어나자마자 자신이 직접 손을 보겠노라고 말했다. 그는 이 같은 방식으로 형수가 달을 채우게 했고 산통이 시작했다는 소식을 듣자마자 시종과 감시자들을 보내 출산을 지켜보도록 했다. 그리고 그들에게, 만약 딸이 태어나거든 형수에게 주되 아들이 태어나거든 자신이 무얼 하고 있든 자신에게 데리고 오라고 일러두었다.

마침 뤼쿠르고스가 대신들과 식사를 하고 있는데 남자 아이가 태어났고 하인들이 갓난아기를 데리고 왔다. 그는 아기를 두 팔로 안고 식탁에 앉아 있던 이들에게 이렇게 말했다고 한다.

"스파르테인들이여, 왕이 태어나셨습니다."

그러고는 왕좌에 아기를 내려놓고 '카릴라오스', 즉 '사람들의 기쁨'이라는 이름을 지어주었는데 이는 그 자리에 있던 모든 사람들이 뤼쿠르고스의 고귀한 정신과 강직함을 우러러보며 기쁨으로 충만했기 때문이다. 그리하여 뤼쿠르고스는 고작 여덟 달 동안 왕위에 있었을 뿐이다. 다른 기록을 보아도 그는 시민들로부터 존경받았다고 되어 있다. 그가 왕의 보호자이며 왕과 다름없는 권력을 쥐고 있기 때문에 그에게 복종한 사람들보다, 그의 덕성 때문에 그의 곁을 지키는 사람들, 그의 명령을 따를 준비가 되어 있고 의지가 있는 사람들이 더 많았다.

그러나 그를 시기하고, 일찌감치 권력을 키워가던 그를 방해하려는 무리가 있었다. 누구보다도, 왕의 어머니가 무례한 대접을 받았다고 여긴 가족과 지지자들이 그러했다. 왕의 외삼촌 레오니다스는 실제로 뤼쿠르고스에게 꽤나 대담하게 항의한 적이 있다. 뤼쿠르고스가 언젠가 왕이 되려고 한다는 것을 잘 알고 있다고 큰소리친 것이다. 그는 왕에게 무슨 일이라도 생긴다면 그것은 뤼쿠르고스가 왕의 목숨을 위협하는 계략을 꾸몄기 때문일 것이라며 그에 대한 의혹을 키우고 그를 비난할 발판을 마련했다. 왕의 어머니도 이러한 소문을 퍼뜨렸다.

그 결과 뤼쿠르고스는 몹시 심란했고 앞으로 다가올 일이 두려웠다. 그래서 의혹을 피하려는 굳은 의지에 따라 여행을 떠났다. 조카가 성인이 되어 왕위를 계승할 아들을 가질 때까지 방황을 계속하기로 한 것이다.

IV.

이와 같은 의도에서 그는 배를 띄웠고 제일 먼저 크레테에 다다랐다. 여기서 그는 다양한 나라 체제를 살펴보았고 크레테의 가장 뛰어난 인물들과 친분을 쌓았다. 어떤 것들은 진심으로 지지했고, 고향으로 가져가 적용하겠다고 작정한 법률도 있었다. 어떤 것들은 경멸할 수

밖에 없었다.

한편 그곳에서 현명한 정치가로 이름난 사람 가운데 탈레스라는 사람이 있었다. 뤼쿠르고스는 그에 대한 호의와 우정을 가지고 그가 스파르테로 파견되도록 설득했다. 탈레스는 본래 서정시인으로 여겨졌고 서정시라는 가리개 뒤에 숨어 있었지만, 실은 가장 강력한 입법자 가운데 하나였다. 그의 송가頌歌는 복종과 화합에 대한 호소였으며 잘 다듬은 운율에는 정연한 고요가 고루 배어 있었다. 듣는 이들은 의식하지 못하는 사이 마음을 풀고 당시 만연하던 서로 간의 미움을 삭이는가 하면 함께 고결함을 추구하며 사이좋게 지내게 되었다. 그리하여 탈레스는, 뤼쿠르고스가 스파르테에 적용한 법에 어느 정도의 선구자적 영향을 주었다.

이어서 뤼쿠르고스는 크레테를 떠나 아시아로 배를 몰았다. 의사가 건강한 몸을 아프고 병약한 몸과 비교하듯 크레테 사람들의 단순하고 수수한 문명을 이오니아 사람들의 화려하고 사치스러운 문명과 비교해 보려는 마음에서였다고 한다. 그로써 그들의 삶의 방식과 통치 형식의 차이를 연구하고자 했다.

· 기원전 2세기 때 만들어진 것으로 추정되는 호메로스 흉상의 복제품.

거기서 그는 호메로스의 시를 처음으로 접한 것으로도 보이는데, 이는 크레오퓔로스의 후손들 사이에 보존되어 있었다고 한다. 그는 호메로스의 시에 담긴 정치적, 규범적 교훈이, 그것이 제공하는 쾌락의 장려와 허용만큼 진지하게 주목할 만한 것으로 여겨지자 이를 고향으로 가져가기 위해 열심히 받아 적고 취합했다. 이 서사시들은 이미 헬라스

108

사람들 사이에서 미약하나마 명성이 있었다. 몇몇 사람들은 우연히 여기저기 떠돌아다니던 서사시들의 일부분을 이미 갖고 있었다. 그러나 이를 세상에 제대로 알린 것은 뤼쿠르고스였다.

아이귑토스이집트 사람들은 뤼쿠르고스가 아이귑토스 또한 방문했다고 생각하며, 아이귑토스가 군대를 다른 사회 계층으로부터 분리시킨 것을 열렬히 동경한 나머지, 스파르테에 이를 적용해 기술자와 수공업자들이 정치에 관여하는 것을 막음으로써 나라 체제를 매우 세련되고 순수하게 만들었다고 주장한다. 사실이야 어떻든 아이귑토스 사람들의 이러한 주장에 동조하는 헬라스 역사가들도 있다. 그러나 뤼쿠르고스가 리뷔아아프리카와 이베리아스페인를 방문했으며 인디아인도를 여행하고 나체 철학자들과 토론했다고 주장하는 사람은, 내가 알기로는 힙파르코스의 아들, 스파르테 사람 아리스토크라테스밖에 없다.

V.

라케다이몬* 사람들은 뤼쿠르고스를 몹시 그리워했고 여러 번 그에게 사람을 보냈다. 왕들이 이름과 지위만 왕일 뿐 다른 모든 면에서는 백성들보다 더 나을 것이 없지만 뤼쿠르고스에게는 지도자로서의 기질이 있으며 사람들을 따르게 하는 힘이 있다고 생각했기 때문이다. 왕들조차도 그가 돌아오는 것을 반대하지 않았고 그가 있음으로 해서 백성들로부터 좀 더 예의 바른 대접을 받을 수 있기를 기대했다.

그리하여 고향으로 돌아간 뤼쿠르고스는 즉각 기존의 질서를 바꾸고 나라 체제를 개혁하는 일에 착수했다. 그는 법을 부분적으로만 바꾸는

• 라케다이몬은 스파르테가 자리한 라코니케 지방의 옛 이름인데 스파르테와 동일한 의미로 쓰기도 한다.

것은 아무 소용도 없으리라는 것을 확신했고, 의사가 쇠약하고 온갖 질병에 걸린 환자를 다루듯 나라도 그리 해야 한다고 생각했다. 약물과 세척을 통해 기존의 상태를 완화시키고 바꾼 뒤에 새롭고 색다른 생활방식을 선보여야 한다고 생각한 것이다. 이런 결의에 가득 찬 그는 먼저 델포이로 가 신에게 제를 올린 뒤 신탁을 물었고, 지금은 널리 알려진 응답을 받아 돌아왔다. 퓌토의 여사제델포이에 있는 아폴론 신전의 여사제는 그를 이렇게 불렀다.

신들의 사랑을 받는 이, 인간보다 신에 가까운.

이어서 신께서, 좋은 법을 내려달라는 그의 기도에 응답했으며 세계에서 가장 훌륭한 법률을 약속했다고 말했다.

여기 고무된 그는 스파르테의 주요 대신들을 자기편으로 만들고자 했으며 자기네 일을 거들어 줄 것을 부탁했다. 처음에는 가까운 동료들에게만 비밀리에 자신의 계획을 설명했지만 점점 더 많은 사람들을 끌어들였고 그들의 힘을 모아 일을 실행에 옮기게 되었다. 결행의 순간이 다가왔다. 그는 동이 틀 무렵, 무장한 대신 서른 명을 장터로 보내 반대파 사람들 사이에 놀라움과 공포를 심고자 했다. 그 가운데 가장 이름 높은 스무 명을 헤르밉포스가 기록해 두었다. 그중에서 뤼쿠르고스의 일을 돕는 데 가장 큰 몫을 하고 법을 제정하는 데 함께 힘쓴 이는 아르트미아다스였다.

소란이 시작되자 카릴라오스 왕은 이 모든 사태가 자신을 겨냥한 음모라고 생각하고 황동으로 지은 집*으로 몸을 피했다. 그러나 곧 자신의

• 아테나 여신의 신전.

실수를 깨달았고 소란을 피운 자들로부터, 신변의 안전을 보장한다는 맹세를 받고 피난처를 나와 그들의 편에서 돕기까지 했다. 이 왕은 심성이 얼마나 무르고 순종적이었는지, 그의 왕실 동무 아르켈라오스는 어린 왕을 칭송하는 사람들에게 이렇게 말했다고 한다.

"악인들에게조차 엄하게 굴지 않는다면 카릴라오스가 어찌 선한 사람일 수 있겠습니까?"

뤼쿠르고스가 고안한 여러 혁신적인 제도 가운데 가장 중요한 것은 원로원을 확립한 것이다. 플라톤은 이에 대하여, 원로원을 왕들의 '열병' 들린 통치와 섞음으로써, 그리고 가장 중요한 문제에 관하여 원로원에 왕들과 동일한 표결권을 줌으로써, 안정적이고 치우침 없는 의사 결정을 가능하게 했다고 했다. 이 이전에는 나라 체제가 방향이 없고 불안정하여 왕들을 따라 참주 체제로 기우는가 하면, 군중을 따라 민주 체제로 기울기도 했다. 그러나 원로원의 힘을 국가라는 배의 바닥짐으로 만들어 배의 균형을 잡음으로써 가장 안전하고 질서 있는 방식을 달성한 것이다.

의원 스물여덟 명은 민주정을 억제해야 하는 문제에서는 언제나 왕들의 편을 들었고, 반면에 독재의 침해에 맞서서는 늘 군중에게 힘을 실어 주었다. 의원들의 수가 스물여덟으로 정해진 까닭은, 본래 뤼쿠르고스를 도왔던 동료 서른 명 가운데 두 명이 용기가 없어 중도에 포기했기 때문이라는 것이 아리스토텔레스의 주장이다. 그러나 스파이로스에 따르면, 처음부터 스물여덟 명만이 뤼쿠르고스의 비밀을 알고 있었다는 것이다. 스물여덟이 일곱에 넷을 곱해 나오는 숫자인 데다가 이것이 여섯 바로 다음으로 오는 완전수, 즉 약수의 합과 동일한 수라는 데에 의미가 있을 수도 있다. 그러나 내 생각에는 뤼쿠르고스가 원로들을 그 수만큼 임명한 것은 두 왕이 거기 더해져 합이 서른이 되도록 하기 위함이 아니었을까 싶다.

VI.

뤼쿠르고스는 이와 같은 형태의 나라 체제를 정착시키고 싶은 마음이 어찌나 간절하였던지 델포이로부터 '레트라'라고 불리는 신탁을 받았다. 신탁은 이러했다.

그대가 '제우스 쉴라니오스'와 '아테나 쉴라니아'에게 신전을 지어 바친 뒤, 백성을 '퓔레'와 '오바'로 나누고 '아르카게타이'를 포함한 원로 서른 명을 임명하면, 때때로 '바뷔카'와 '크나키온' 사이에서 '아펠라제인'하고 거기서 법을 제정하거나 폐지하라. 그러나 최종 발언권과 결정권은 민중에게 있어야 한다.

위 항목들 가운데 '퓔레'와 '오바'로 나눈다는 것은 민중을 분할하여 '씨족 집단'과 '형제들의 모임'에 배정한다는 것을 의미한다. '아르카게타이'는 '왕들'을 의미하고 '아펠라제인'은 민중을 소집한다는 뜻으로 퓌토의 신 아폴론과 관계있는 말이다. 그가 바로 나라 체제의 시작이자 원인이기 때문이다. '바뷔카'는 오늘날 '케이마로스'라고 불리고 '크나키온'은 '오이누스'라고 한다. 그러나 아리스토텔레스는 크나키온이 '강'이며 바뷔카는 '다리'라고 말한다.

이 둘 사이에서 회의가 소집되었으며 여기에는 회의를 위한 넓은 공간도, 그 어떤 형태의 건물도 없었다. 뤼쿠르고스는 그런 것이 좋은 의사 결정을 도모하지 않으며 오히려 방해한다고 했다. 사람들이 조각상과 그

• 페린은 이들이 아마도 에우로타스 강의 작은 지류들일 것이라고 한다.

림, 배경 장식, 회의장의 화려하게 꾸민 천장을 멍하니 바라보는 동안 쓸데없는 생각에 정신을 빼앗겨 회의의 중대한 목적이 헛되이 되어 버리기 때문이다.

아무튼 군중이 소집되면 그들은 발의를 할 수는 없었지만 왕이나 원로원이 펼쳐놓은 발의를 받아들이거나 거부할 수 있었다. 그러나 훗날, 민중이 추가와 삭제를 통해 그들 앞에 놓인 발의의 의미를 변형하거나 왜곡하기에 이르자 폴뤼도로스와 테오폼포스 왕은 레트라에 이 조항을 집어넣었다.

민중이 왜곡된 발의를 채택하면 원로원과 왕들은 휴회를 선언할 권리를 갖는다.

다시 말하면 표결을 승인하지 않은 채 깡그리 묵살하고 회의를 해산시킬 수 있다는 것이다. 회의에서 나라의 이익에 반하는 방향으로 발의가 변형되거나 바뀌었다는 이유에서였다. 그들은 또한 레트라에 이와 같은 조항을 삽입하는 것은 신께서 허락하신 일이라며 시민들을 납득시켰다. 이는 튀르타이오스가 다음 시구를 통해 우리에게 상기시켜 주고 있다.

그들이 퓌토에서 가져온 것은 포이보스 아폴론의 명령
신의 말씀 이루어지지 않은 적이 없고 신의 의지 또한 이러하였다.
왕들에게 회의를 주재할 권리와 신의 영광이 있고
그들의 보살핌 아래 스파르테의 사랑스러운 도시 있으며
다음으로 원로들이 있고 그다음으로 민중이 있으니
그들이 변형되지 않은 법령을 절차에 따라 표결로 승인하리라.

VII.

뤼쿠르고스가 나라 체제를 이와 같이 담금질하였으나 그럼에도 그 속의 과두 체제적 요소는 여전히 혼합되지 않은 채 우위를 차지하고 있었다. 플라톤에 따르면 뤼쿠르고스의 후계자들은 그것이 "거품을 일으키며 불어나고 있다고 보았기에 그것에 대한 억제책이라는 듯 에포로스* 제도를 도입"했다. 초대 에포로스들, 즉 엘라토스와 그 동료들이 임명된 것은 뤼쿠르고스가 죽고 130여 년이 흐른 뒤 테오폼포스 왕이 다스리던 때였다. 이 왕은, 아들에게 물려줄 왕권이 그가 물려받은 왕권에 비해 약화되어 있으리라는 이유로 아내로부터 핀잔을 듣자 이렇게 말했다고 한다.

"아니, 강화된 것입니다. 더 오래갈 테니까요."

실로 지나친 권리를 포기하고 시기와 증오에서 자유로워지자 스파르테의 왕족은 위험에서 벗어났다. 반면 멧세니아나 아르고스 왕들은 한 발도 양보하지 않고 민중에게 그 어떤 권력도 내어주지 않은 까닭에 스파르테의 왕들과는 다른 운명을 겪었다.

덧붙이자면 스파르테의 친척이자 이웃 나라인 멧세니아와 아르고스의 파벌 문제, 민중과 왕들의 악정은 뤼쿠르고스의 지혜와 선견지명을 무엇보다 명확히 보여주는 것이다. 두 나라의 시작은 스파르테와 같이했으며 할당받은 영토 면에서 스파르테보다 훨씬 나은 처지였으나, 부유함은 오래가지 못했다. 왕들의 고약한 성질과 민중의 비합리적인 태도로 인해, 확립되어 있던 체제에 혼란이 찾아온 것이다. 이로써 스파르테가, 나라 체제의 틀을 잡고 이를 담금질한 뤼쿠르고스를 통하여 실로 신이 주신 은혜를 누리고 있음이 명확히 드러났다. 그러나 이러한 일들은 훨

• 스타르테의 최고 행정관. 모두 5명이며 2명의 왕과 함께 국가의 행정부를 이끌었다.

씬 나중의 일이다.

VIII.

뤼쿠르고스의 두 번째, 그리고 매우 대담한 정책은 토지의 재분배와 관련된 것이었다. 이 방면으로 심각한 불평등이 있었기에 도시는 궁핍하고 무력한 사람들로 넘쳐나는 막중한 부담을 안고 있었고 부는 몇몇 사람의 손에 심하게 집중되어 있었다. 따라서 오만과 시기, 범죄와 사치를 몰아내고 깊숙이 들어앉아 나라를 괴롭히는 가난과 부라는 질병을 없애고자, 그는 모두의 영토를 한 덩어리로 만들었다가 새롭게 분할하자고 시민들을 설득했다. 생계 수단을 철저히 동일하고 평등하게 만들어 덕행만으로 명성을 추구하고, 비열한 행위에 대한 비난과 선한 행위에 대한 칭송으로 생긴 것 이외에는, 사람 간에 그 어떤 차이나 불평등도 없도록 만들어 함께 어울려 살아가자고 했다.

그리고 그는 말과 행동을 일치시키고자 라코니케의 나머지 땅을 3만 부지로 나누어 페리오이코스*, 즉 지방 자유민들에게 분배했고 스파르테에 속한 땅을 9천 부지로 나누어 같은 수의 스파르테 주민들에게 주었다. 그러나 어떤 이들은 뤼쿠르고스가 스파르테 사람들에게는 6천 부지만 나누어 주었고 나머지 3천은 폴뤼도로스가 이후에 더한 것이라고 주장한다. 또 다른 이들은 뤼쿠르고스가 9천의 반을 나누어 주고 폴뤼도로스가 나머지 반을 더했다고 전한다.

부지 하나가 한 해에 생산하는 보리의 양은 남편에게 70메딤노스**, 아내에게는 12메딤노스가 돌아갈 정도였고 포도주와 기름도 동일한 비례

• 스파르테에 의지하고 있는 마을의 주민을 일컫는 말.
•• 1메딤노스는 약 53리터.

로 생산했다. 이 정도 크기의 부지가 충분하다고 생각한 까닭은 신체의 활력과 건강을 보장할 정도의 생계유지 수단 이외에는 다른 것이 필요 없다고 생각했기 때문이다. 그리고 얼마 후 여행을 떠났다 돌아온 뤼쿠르고스는 추수가 끝난 직후의 땅을 지나오면서 각 부지에 쌓인 곡식 더미가 서로 동일한 것을 보고는 미소를 지으며 주위에 있던 사람들에게 이렇게 말했다고 한다.

"라코니케 전체가 마치 여러 형제가 나누어 가진 문중의 땅 같습니다."

IX.

다음으로 그는 사람들의 유동 재산을 나누는 일에 착수했는데, 이는 모든 불균등과 불평등의 흔적을 없애기 위함이었다. 그러나 사람들이 품 안의 재산을 빼앗아 가는 것을 참을 수 없어 한다는 것을 알고는 다른 길을 택해, 정치적 장치로 그들의 탐욕을 굴복시켰다. 금과 은이 화폐로 이용되는 것을 막고 철로 된 화폐만 사용하도록 한 것이다. 그리고 무게와 부피가 거대한 화폐에 아주 적은 가치만을 두어서, 10므나 상당의 화폐를 갖고 있으려면 집 안에 매우 큰 창고가 필요했고 소 두 마리가 있어야 운반할 수 있었다.

이 화폐가 통용되기 시작하자 라케다이몬으로부터 여러 종류의 불평등이 자취를 감추었다. 숨길 수도 없고 만족스럽게 소유할 수도 없으며 자르면 가치가 없어지는 것을 그 누가 도둑질하거나 뇌물로 받거나 빼앗거나 약탈하겠는가? 전해지는 이야기에 따르면 달아오른 철을 식히기 위해 식초를 썼는데, 이렇게 하면 강도가 약해져 쉽게 부러지고 다루기가 힘드니 다른 용도로는 쓸모가 없었다고 한다.

다음으로는 불필요하거나 남아도는 기술을 없앴다. 그렇게 없애지 않앉아도 대부분은 옛 화폐와 함께 사라져 갔을 것이다. 제품을 판매할 길이 없었기 때문이다. 철 화폐는 헬라스의 다른 지역으로 가져갈 수가 없었고 가져간다고 해도 아무 가치가 없었으며 오히려 웃음거리가 되곤 했다. 따라서 외국으로부터 물건이나 잡다한 장식품을 사는 것은 불가능했다. 해상 무역을 하는 사람들도 항구로 화물을 싣고 오지 않았으며 그 어떤 수사학 강사도 라코니케 땅에 발을 들여놓지 않았다. 떠돌이 점쟁이, 포주, 금이나 은을 세공하는 사람도 돈이 되지 않으니 오지 않았다. 이렇게 사치는, 그것을 자극하고 부양하는 것을 빼앗기자 저절로 사그라졌고 재산이 많은 자들은 가난한 이들에 비해 어떤 이점도 없었다. 재물이 밖으로 나올 출구를 찾지 못하고 집 안에서 썩고 있을 수밖에 없었기 때문이다.

이렇게 되자 침대, 의자, 식탁과 같은 흔한 필수품들이 무엇보다 훌륭하게 만들어졌다. 크리티아스에 의하면 특히 라코니케의 코톤, 즉 컵이 유용하다고 현역 병사들 사이에서 널리 이름이 났다고 한다. 병사들은 여건상 종종 색이 불쾌한 물을 마실 수밖에 없었는데, 라코니케의 코톤은 이 색을 감춰주었고, 곡선을 그리고 있는 가장자리는 물에 섞인 침전물을 안에 붙잡아 두어 맑은 물만 사람의 입으로 흘러 들어가도록 했다. 이 모든 것은 입법자 뤼쿠르고스의 덕택이었다. 쓸모없는 일로부터 자유로워진 기술자들이 끊임없이 사용되는 필수품에 멋진 기술을 발휘했기 때문이다.

· 코톤. 루브르 박물관.　　　　　　　· 코톤. 산마르티노 박물관.

©Marie-lan Nguyen / Wikimedia commons

X.

사치를 더 강력히 제한하고 물욕을 없애기 위하여 그가 고안한 세 번째이자 가장 정교한 정치적 장치는 바로 공동 식사였다. 각자의 집에서 식사를 하는 대신 함께 동일하고 특정한 음식을 먹을 수 있게 하기 위함이었다.

· 헬라스 사람들은 그림처럼 침상에 누워서 먹고 마시고 했던 모양이다. 침대에 누운 남자의 손에 넓은 술잔, 퀼릭스가 들려 있고 악사가 아울로스(피리)를 불고 있다. 루브르 박물관.

앞에 값비싼 탁자를 놓고 값비싼 침상 위에 가로누운 채, 어둠 속에서 하인과 주방장들의 손에 스스로를 내맡기고 허기진 짐승처럼 살을 찌우는 일이 없도록 하기 위함이었다. 그리고 긴 잠과 뜨거운 목욕, 풍부한 휴식, 그 밖에도 매일 같이 돌봄과 보살핌을 필요로 하는 일들, 즉 모든 욕망과 온갖 허영에 자기를 내맡김으로써 정신뿐만 아니라 육체까지 망치는 일이 없도록 하기 위함이었다.

이것은 위대한 업적임에 분명하나 소박한 음식을 함께 모여 먹게 함으로써, 테오프라스토스가 말하듯, 부를 '부럽지 않은 것', 심지어 '부가 아닌 것'으로 만든 일은 한층 더 위대한 일이었다. 가난한 사람과 함께 식사할 때 부유한 사람은 풍요로운 재산을 쓰거나 즐길 수도, 심지어는 보거나 보일 수도 없었기 때문이다.

그리하여 태양 아래 모든 도시들 가운데 유일하게 스파르테에서만 플루토스재물의 신가 앞을 보지 못하고, 마치 그림처럼 죽은 듯 움직임이 없다는 것은 널리 알려져 있었다. 부유한 자들은 집에서 식사를 한 뒤 부른 배를 안고 공동 식사에 갈 수도 없었다. 나머지 사람들이 함께 먹고 마시지 않는 사람을 집어내서 남들이 다 먹는 것을 먹을 줄 모른다면서

약골이라느니, 계집 같다느니 욕을 해댔기 때문이다.

· 행운의 여신 튀케가 재물의 신 플루토스를 안고 있다. 이스탄불 고고학 박물관.

XI.

따라서 무엇보다도 이 마지막 정치적 장치 때문에 모든 부유한 시민들은 분개했고, 뤼쿠르고스에 대항하여 똘똘 뭉쳐 공개적으로 그를 비난하고 분노에 찬 목소리로 고함을 질러댔다. 이윽고 그에게 돌을 던지기까지 했고 그는 시장에서 도망쳐 나와야 했다. 다행히 다른 이들에게 잡히기 전에 무사히 숨을 곳을 찾았다.

그러나 알칸드로스라고 하는, 본성이 악하지는 않으나 성급하고 격정이 앞서는 어느 젊은이가 그를 바짝 추격해 왔고 뤼쿠르고스가 몸을 돌리는 순간 지팡이로 그를 때려 한쪽 눈을 못 쓰게 만들었다. 그렇다고 뤼쿠르고스가 이러한 재앙에 굴복할 리 없었다. 그는 피로 물든 얼굴과 쓸 수 없게 된 눈을 하고 시민들과 마주했다. 그 광경을 보고 수치와 슬픔에 사로잡힌 시민들은 알칸드로스를 뤼쿠르고스에게 인도하고 함께 분개하며 그를 집까지 바래다주었다.

뤼쿠르고스는 시민들의 행동을 칭찬한 뒤 해산시켰지만 알칸드로스만은 집으로 데리고 들어갔다. 그는 젊은이에게 해를 입히는 그 어떤 말과 행동도 하지 않았다. 대신 늘 곁에 두던 하인과 시종을 내보낸 뒤 젊은이에게 시중을 들라고 명했다. 성품이 고귀했던 젊은이는 말없이 명을 따랐고 그렇게 뤼쿠르고스와 함께 살면서, 그리고 모든 일상생활을 함께 하면서 뤼쿠르고스의 온화한 성품과 차분한 태도, 생활습관의 엄격한 단순함, 그리고 지칠 줄 모르는 부지런함을 알게 되었다. 그는 뤼쿠르고스의 헌신적인 추종자가 되었고 가까운 이들과 친구들에게 말하기를, 뤼쿠르고스가 생각처럼 가혹하거나 고집스럽지 않고 누구보다 순하고 온화하다고 했다. 그러니 이 젊은이를 향한 질책, 즉 그에게 내려진 형벌은, 멋모르고 나대는 충동적인 젊은이로 사는 것을 관두고 누구보다 점잖고 신중한 사람이 되는 일이었던 셈이다.

뤼쿠르고스는 더 나아가 자신이 맞닥뜨린 불행을 기념하기 위하여 아테나이 옵틸리티스에게 신전을 지어 바쳤다. 옵틸로스는 눈을 의미하는 도리아 지역의 사투리다. 그러나 스파르테의 나라 체제에 대한 연구서를 쓴 디오스코리데스를 포함한 다른 사람들에 의하면, 뤼쿠르고스가 눈을 맞은 것은 사실이지만 시력을 완전히 잃은 것은 아니며, 눈을 낫게 해준 것에 대한 감사의 표시로 여신에게 신전을 지어 올렸다고 한다. 어쨌든 이 불행한 사건 이후, 스파르테 사람들은 회의장에 지팡이를 들고 가는 습관을 버렸다.

120

XII.

공동 식사에 관해 말하자면,[*] 함께 식사하는 열다섯 남짓 되는 사람들이 한 무리를 이루어 각각 한 달에 보리 1메딤노스, 포도주 8쿠스[*], 치즈 5므나[**], 무화과 2므나 반을 기부했고, 여기 더불어 약간의 돈을 모아 고기와 생선 같은 특식을 먹기도 했다. 이 밖에도 누군가 첫 수확을 바치는 제를 올렸거나 사냥감을 집으로 잡아왔다면 그 일부를 공동 식사로 보냈다. 제를 올리거나 사냥을 하느라 늦으면 집에서 식사를 하는 것이 허용되었지만 나머지 사람들은 공동 식사를 해야 했다.

공동의 식탁에서 식사를 하는 이 관습은 오랫동안 매우 엄격하게 지켜졌다. 예를 들어 아기스 왕이 아테나이 원정에서 이기고 돌아왔을 때 집에서 아내와 함께 식사를 하고자 자신의 할당량을 보내달라고 요청했으나 폴레마르코스[***]들은 이를 거부했다. 성이 난 왕이 관례대로 제를 지내는 것을 생략하자 그들은 왕에게 벌금을 부과했다.

소년들도 마치 금욕 학교에 오듯 이 공동 식사에 오곤 했다. 거기서 소년들은 정치에 관한 논의도 듣고 자유민이 지켜야 할 예절의 모범도 보았다. 거기서 또한 악의 없이 장난치고 농담하는 법, 그리고 불쾌해하지 않고 농담을 받아넘기는 법에도 익숙해졌다. 실로 스파르테 사람은 짓궂은 농담을 잘 견디는 것이 특징이었던 것으로 보이나 누구든 견딜 수 없으면 멈추라고 말하기만 하면 되었다. 그러면 농담을 하던 사람은 입을 다물었다. 소년이 하나씩 들어올 때마다 무리 가운데 가장 나이가 많은 사람이 문을 가리키며 소년에게 이렇게 말했다.

"이 안에서 하는 말은 저 문밖으로 나가지 않는다."

• 1쿠스는 약 3리터.
•• 1므나는 약 500그램.
••• 스파르테의, 왕 아래 군 지휘관을 일컫는다.

또한 특정한 무리에 끼어 식사를 하고 싶으면 다음과 같은 절차를 거쳤다고 한다. 함께 식사하는 사람들은 각각 손에 부드러운 빵 조각을 쥐고 있다가 하인이 대접을 이고 오면 말없이 그 안에 빵을 넣었다. 말하자면 투표를 한 것인데 후보자를 받아들이는 데 찬성한다면 그대로 넣고, 반대한다면 넣기 전에 먼저 손으로 꼭 누른다. 납작해진 빵 조각은 구멍 난 표, 즉 반대표의 효력이 있었다. 대접에서 그러한 빵 조각이 하나라도 발견되면 후보자는 무리에 끼어주지 않는데, 이는 모든 구성원이 함께 잘 지내기를 바라는 바람 때문이다.※

음식 가운데는 검은 탕을 최고로 쳤는데 윗사람들은 아랫사람들에게 고기를 양보하는 대신 탕으로 식사를 하곤 했다. 폰토스의 왕 가운데 한 사람은 이 탕을 먹기 위해 실제로 스파르테 요리사를 돈을 주고 데려왔는데, 왕이 탕 맛을 보고 마음에 들어 하지 않자 요리사가 이렇게 말했다고 한다.

"왕이시여, 이 탕을 즐기시려면 먼저 에우로타스 강에 몸을 씻어야 합니다."

스파르테 사람들은 적당한 술을 즐긴 뒤에는 횃불 없이 집으로 돌아갔다. 언제든 불을 들고 걷는 것은 금지되어 있었다. 밤의 어둠 속에서 두려움 없이 대담하게 걷는 데 익숙해지도록 하기 위함이다. 스파르테 사람들의 공동 식사는 대략 이렇게 이루어졌다.

XIII.

뤼쿠르고스는 자신이 제정한 그 어느 법도 글로 남기지 않았다. 일명 '레트라'가 이를 금지하고 있었기 때문이다. 뤼쿠르고스는, 도시의 번영과 도덕성을 유도해내는 가장 중요하고 구속력이 있는 원칙들이 시민들의 생활습관과 훈련과정에 뿌리박혀 있다면, 교육을 통해 젊은이들에게 전달되는 뚜렷한 목적 속에 변함없고 확고하게 자리 잡아 강요라는 속박 없이도 각각의 시민들 안에서 입법자의 역할을 하게 된다고 생각했다.

사소한 사항에 관하여서는, 즉 사업 계약이나 때때로 요구 사항이 달라지는 사례에 관하여서는 제약 사항을 글로 적거나 쓰임새를 못 박아둠으로써 방해하기보다, 배운 사람이 상황에 따라 결정하는 대로 수정하도록 내버려두는 것이 더 낫다는 것이 그의 생각이었다. 실로 그는 입법의 기능을 전적으로 교육에 맡긴 것이다.

• 『교육의 이점을 설명하는 뤼쿠르고스』, 에베르딩겐.

이미 말한 바와 같이, 레트라에는 성문법을 금지하는 조항이 있다. 그 밖에도 낭비를 막고 있는 조항이 있는데 모든 집의 지붕은 도끼만으로,

문은 톱만으로 지어야 하며 다른 어떤 도구도 사용해서는 안 된다고 명시했다. 훗날 에파미논다스가 자기 집 식탁에서, 이러한 식사는 반역과 어울리지 않는다고 했듯이, 뤼쿠르고스는 법대로 지은 집이 사치와 낭비에 어울리지 않음을 명백하게 깨달은 첫 번째 사람이다. 소박하고 평범한 집에 은제 다리가 달린 안락의자, 자줏빛 덮개, 황금 물잔, 그리고 이와 어울리는 모든 사치품을 들여올 만큼 천박하고 무분별한 사람은 없으며, 할 수 없이 안락의자를 집에 비례하여 맞추게 되고 이 안락의자에 다른 물건과 집기를 맞추게 된다. 이와 같은 소박함에 길들여진 대人 레오튀키데스는 코린토스에서 식사를 할 때 값비싼 사각판으로 장식된 지붕을 보고는 집주인에게, 그 지역에서는 나무가 사각으로 자라는지 물었다고 한다.

뤼쿠르고스의 세 번째 레트라는 동일한 적과 싸우기 위해 여러 번 원정을 가는 것을 금하고 있었다. 이는 적이 잦은 방어에 익숙해진 나머지 호전적이 되는 것을 막기 위함이었다. 바로 이것이 훗날 아게실라오스 왕에 대해 특별한 불만이 쌓인 이유였다. 왕이 보이오티아에 대해 빈번한 습격과 원정을 계속한 탓에 테바이 사람들이 라케다이몬의 적수가 되었다는 주장이 일었던 것이다. 그래서 상처 입은 왕을 본 안탈키다스는 이렇게 말했다.

"싸우고 싶지도 않고 어떻게 싸우는지도 몰랐던 테바이 사람들에게 싸움을 가르친 대가로 수업료 하나는 톡톡히 받으십니다."

뤼쿠르고스는 이러한 법령을 '레트라'라고 불렀는데 이는 신으로부터 온 신탁이라는 의미를 내포하고 있다.

XIV.

입법자의 가장 크고 고귀한 임무라고 여긴 교육에 관하여 뤼쿠르고스는 원천에서부터 시작했다. 결혼과 출산을 세심하게 규제한 것이다. 아리스토텔레스가 말하듯, 뤼쿠르고스가 여인들을 적절히 단속하려고 했으나 남편이 수없이 많은 원정에 나가 있는 사이 아내가 즐겼던 많은 자유와 권한을 억제할 수 없어 중도에 그만두었다는 주장은 사실이 아니다. 원정을 나간 동안 남편은 아내를 가정의 총 책임자로 남겨둘 수밖에 없었고 이런 이유에서 아내를 필요 이상으로 존중했으며 여주인이라는 이름으로 불렀다.

그러나 뤼쿠르고스는 여성에게도 가능한 모든 주의를 기울였다. 그는 처녀들도 달리기, 씨름, 원반던지기, 창던지기를 통해 신체를 가꾸도록 했다. 이것은 자궁의 열매가 건강한 몸에 건강한 뿌리를 내려 더 잘 성장하도록 하기 위함이었으며, 산모 역시 건강한 몸으로 만삭에 이르러 출산의 고통을 성공적으로 그리고 손쉽게 이겨내도록 하기 위함이었다. 그는 처녀들이 청년들과 마찬가지로 속옷 바람으로 행진하는 데 익숙하게 함으로써, 또 특정한 축제에서는 청년들이 바라보고 있는 곳에서 춤추고 노래하게 함으로써 여성을 나약함과 모든 여성스러운 태도로부터 해방시켰다.

거기서 여자들은 행실이 바르지 못한 청년에게 유쾌한 농담과 야유를 보내기까지 했다. 반면 칭찬 받을 자격이 있음을 보인 청년들에게는 찬사를 보내 그들에게 커다란 야망과 열정을 심어 주었다. 용기를 보임으로써 처녀들에게 칭찬과 존경을 받게 된 청년은 그들의 찬사에 우쭐하여 돌아갔으며 처녀들의 장난스러운 야유는 엄격한 훈계만큼 따끔했다. 무엇보다도 온 시민을 비롯하여 왕과 의원들이 그 광경을 지켜보고 있었기 때문일 것이다.

· 『청년들에게 야유를 보내는 스파르테 처녀들』, 드가.

처녀들이 옷을 거의 입지 않았다고 해서 이를 민망하게 여기는 이도 없었다. 처녀들은 다소곳했고 경망스러운 기색은 없었다. 오히려 이로써 소박한 생활습관, 그리고 건강과 신체의 아름다움에 대한 강렬한 열망이 자리 잡았다. 또 여성도 긍지를 맛볼 수 있게 되었다. 용맹과 야망의 무대에 자신도 설 수 있음을 느꼈기 때문이다. 따라서 그들은 레오니다스의 아내 고르고가 했다고 알려지는 것처럼 생각하고 말하게 되었다. 어떤 타국의 여인이 고르고에게 이렇게 말한 적이 있다.

"스파르테 여인들은 남자를 지배하는 유일한 여인들인 것 같아요."

고르고는 이렇게 받아친 것으로 전해진다.

"그럼요. 남자를 출산하는 것은 우리밖에 없으니까요."

· 달리는 스파르테 처녀 상. 대영박물관.   ·· 테르모필라이에 있는 레오니다스 상.

XV.

더 나아가 이와 같은 일들, 즉 처녀들이 가벼운 옷만 걸치고 젊은 남자들이 지켜보는 행렬에 선다든가 운동 경기에 참가한다든가 하는 것은 결혼을 촉진하기도 했는데, 이는 필연적인 것으로 플라톤의 이른바 "수학적인 필연이 아니라 사랑하는 사람들만이 알고 있는 종류의 필연"에 의한 것이었다.

이뿐만이 아니다. 뤼쿠르고스는 혼기가 지나서도 결혼을 하지 못한 이들에게 사회적으로 수치를 안겼다. 그들은 젊은 남녀들이 운동하는 것을 구경할 수 없었고 겨울이 되면 관리들은, 그들로 하여금 속옷 바람으로 시장을 돌며 행진하게 했다. 그들은 행진하는 동안 자신들에 관한 노래 한 가지를 부르게 된다. 고역이었겠지만 법을 어긴 죄에 대한 합당한 처벌로 여겨졌다. 이 밖에도 그들은, 젊은 남자들이 관습에 따라 웃어른들에게 보이는 공경과 친절한 배려를 받지 못했다. 따라서 명예로운 지휘관이었을지는 몰라도 결혼을 못한 데르퀼리다스에게 어느 젊은 병사가 한 말은 흉이 되지 않았다. 그는 병사들 사이로 걸어 들어온 데르퀼리다스에게 자리를 양보하지 않고 이렇게 이야기했다고 한다.

"장군님에게는, 언젠가 저에게 자리를 양보할 아들이 없지 않습니까."

스파르테 사람들은 결혼을 할 때 무력으로 여인을 데리고 갔는데, 어리고 혼기가 되지 않았을 때가 아니라 활짝 피어 완전히 무르익었을 때 데려갔다. 여인을 그렇게 데려간 뒤에는 신부를 거드는 여인이 나서서 신부의 머리카락을 머리에 받게 자르고 남자의 외투와 신을 신긴 다음, 바닥에 있는 짚자리에 눕히고는 어둠 속에 홀로 남겨 놓았다. 그러면 신랑이 포도주에 취하거나 해이한 상태가 아닌 침착하고 맑은 정신으로, 평소와 다름없이 공동 식사를 마친 뒤 신부가 누운 방으로 은밀히 숨어

들어 갔다. 신랑은 신부의 허리띠를 풀고 품에 안아 신방의 잠자리로 데리고 갔다. 그리고 신부와 짧은 시간을 함께한 다음 차분히 평소의 잠자리로 가서 다른 젊은이들과 잠을 잤다. 그리고 그 이후로도 계속해서 동료들과 낮 시간을 함께하고 밤에는 함께 자다가도 은밀히, 극도로 조심스럽게 신부를 찾아가곤 했다. 신랑은 신부를 찾아가다가 집안사람에게 발각되지 않도록 늘 걱정하고 조심했다. 신부 또한 신랑과의 만남을 은밀히 계획하여 상황이 될 때마다 몰래 만나고자 했다. 이것은 잠깐 동안 지속된 것이 아니라, 경우에 따라서는 낮빛 아래 신부의 얼굴을 한 번도 보지 못한 신랑이 아버지가 될 때까지 지속되기도 했다.

이와 같은 만남은 자기 절제와 정숙을 수련하도록 만들었을 뿐만 아니라, 무절제한 잠자리로 인하여 물리고 지루할 때가 아닌, 남편과 아내의 몸이 창조적인 힘으로 가득하고 애정이 새롭고 신선할 때 두 사람을 결합시켰다. 또한 이로써 두 사람의 가슴에는 언제나 서로를 향한 그리움과 기쁨의 불꽃이 남아 있었다.

결혼에 이와 같은 절제와 예절을 부여하고도 뤼쿠르고스는 남자들을 시기와 집착이라는 공허하고 여성적인 격정으로부터 해방시키기 위하여 결혼 관계로부터 모든 방탕한 변칙 행위를 제거하되, 남자들이 다른 훌륭한 남자들과 아이를 나눠 가지는 것을 명예로운 일로 만들었다. 그리고 이와 같은 공동의 특권을 용납할 수 없는 것으로 여기고, 이를 허용하는 대신 살인과 전쟁을 택하는 이들을 비웃으며 경멸했다.

일례로 젊은 아내를 둔 나이 든 남편이 어느 아름답고 고귀한 젊은 남자에게 호감을 느끼고 그를 높이 평가한다면, 그는 젊은이를 아내에게 소개할 수 있었고 그토록 고귀한 아버지와 자기 아내 사이에 생긴 자녀를 자기 자녀로 입양할 수 있었다. 또 한편으로 자격 있는 남자가, 남편에게 훌륭한 아이들을 낳아주었으며 아내로서 행실 또한 정숙한 어느 여자를 존경한다면, 남편이 허락한다는 조건하에 여자와 잠자리를 할 수 있었다. 이로써, 말하자면 아름다운 열매를 맺는 비옥한 땅에 씨앗을 심어, 고귀한 혈통의 고귀한 아들들을 얻을 수 있었던 것이다.

이것이 가능했던 이유는 첫째, 뤼쿠르고스가 아들을 아버지만의 소유라고 여기지 않고 나라의 공동 소유라고 생각했기 때문이다. 그래서 시민들이 아무 부모가 아닌 최고의 부모로부터 나오기를 원했다. 나아가 그는 다른 입법자들이 이와 같은 문제를 규제하기 위해 제정한 법률이 우매하고 쓸모없다고 생각했다. 그런 이들은 개와 말을 교배할 때는 돈이나 연줄로 구할 수 있는 최고의 종견, 종마를 고집하면서 아내는 꼭꼭 가두어 두고 자기 자신 이외에는 그 누구에게도 자식을 낳아주어서는 안 된다고 하는 이들이었다. 자신이 어리석거나, 노쇠하거나, 병이 있다고 해도 상관하지 않는 이들이었다.

그러나 혈통이 보잘것없는 자녀는 키워준 이들에게 그 보잘것없음을 보이고, 혈통이 훌륭한 자녀는 반대로 키워준 이들에게 그 훌륭함을 보여주는 법이다. 따라서 당시의 자유스러운 혼인 관계는 육체적 건강과 나라의 번영을 도모하기 위해서였으며, 훗날 스파르테 여인들을 꼬리표처럼 따라다닌 부도덕함과는 거리가 멀었다. 심지어 그들은 간음이 무엇인지 전혀 알지 못했다. 여기에 대해 아주 먼 옛날의 스파르테 사람 게라다스에 관한 이야기가 전해 내려오는데, 그는 간통을 어떻게 처벌하느냐는 나그네의 질문에 이렇게 대답했다고 한다.

"나그네여, 우리 중에는 간음을 하는 사람이 없습니다."

그러자 나그네가 이렇게 말했다.

"그런 사람이 있다고 가정해 봅시다."

"황소 한 마리를 벌금으로 내야 합니다. 타위게톤 산을 덮고 에우로타스 강물을 마실 수 있을 만큼 큰 황소여야 합니다."

경악한 나그네는 이렇게 물었다.

타위게토스 스파르테
라코니케

"하지만 그렇게 큰 황소가 어디 있답니까?"

이에 게라다스가 미소를 지으며 대답했다.

"스파르테에 간음을 하는 사람이 어디 있답니까?"

스파르테 사람들의 결혼 풍습에 대해서 전해지는 이야기는 대략 이와 같다.

XVI.

자녀는 아버지의 의지대로 키울 수 있는 것이 아니라 먼저 레스케라고 하는 곳으로 데려가야 했다. 여기서 씨족의 어른들이 공식적으로 아이를 살펴보고 체격이 좋고 튼튼하면 키워도 좋다고 명하고 9천 개의 부지 가운데 하나를 배정해 주었다. 그러나 병약하게 태어났고 기형이 있으면 타위게톤 산자락에 있는 아포테타이라는 협곡으로 보냈다. 이것은 애초에 자연으로부터 건강과 힘을 받지 못한 아이의 생명은 그 자신에게나 나라에 그 어떤 도움도 되지 않는다는 믿음에 따른 것이었다.

같은 원칙에 따라 여자들은 갓난아이를 물이 아닌 포도주로 목욕시키곤 했다. 이것은 아이의 체질을 알아보기 위한 일종의 시험이었다. 간질병이 있거나 병약한 갓난아이를 진한 포도주로 씻기면 발작을 하며 정신을 잃지만, 건강한 아이는 포도주로 인해 마치 강철처럼 단련되어 튼튼한 체질이 주어졌다고 한다.

아이들의 유모도 특별한 주의를 기울이고 기술을 발휘해야 했다. 유모는 갓난아이를 포대기 없이 길렀는데 그로써 팔다리와 몸매가 자유롭게 성장할 수 있도록 한 것이다. 그뿐 아니라 늘 만족하고 즐거워하도록 가르쳤으며 음식을 가리지 않고 어둠을 두려워하지 않으며 혼자 있는 것을 무서워하지 않도록, 그리고 보기 싫게 짜증을 내거나 징징대지 않도록 가르쳤다. 바깥 나라 사람들이 종종 스파르테의 유모들을 돈을 주고 사들여 아이들을 맡긴 것은 바로 이런 이유에서다. 실례로 아테나이 사람 알키비아데스의 유모 아뮈클라는 스파르테 사람이었다고 한다.

한편 플라톤에 의하면 알키비아데스에게는 페리클레스가 보낸 조퓌로스라는 개인 교사가 있었다. 그는 평범한 노예였다고 한다. 그러나 뤼쿠르고스는 스파르테의 아들들을, 돈을 주고 사들이거나 고용한 개인 교사의 손에 맡기는 것을 두고 보지 않았으며 아버지가 자기 마음대로 아들을 키우거나 교육하는 것이 법으로 허용되어 있지도 않았다.

뤼쿠르고스는 아이가 일곱 살이 되면 나라에서 데려가 '아겔레'라고 부르는 집단에서 동일한 훈련과 양육을 받게 했으며, 그로써 함께 어울리고 공부하는 데 익숙해지도록 했다. 판단력이 뛰어나고 싸움에서 가장 용맹한 소년은 집단의 주장으로 뽑혔다. 나머지 소년들은 주장을 지켜보며 그의 명령을 따르고 주장이 내리는 모든 명령에 복종해야 했다. 소년 시절의 훈련은 곧 복종의 연습이었다. 이 밖에도 남자 어른들은 소년들의 놀이를 지켜보며 끊임없이 전투와 분쟁을 흉내 내도록 부추기면서, 이를 극복하는 과정에서 보이는 대담성과 적극성의 측면에서 각 아이의 타고난 기질이 어떠한지 정확히 알 수 있었다.

읽기와 쓰기에 관하여서는 필요한 만큼만 배웠다. 나머지 훈련은 명령에 잘 복종하고 고난을 견디고 전투에서 승리할 수 있는 사람을 만들기 위해 계산되어 있었다. 따라서 성장해 감에 따라 육체적 훈련은 증가되었다. 소년들은 머리카락을 짧게 깎았고 맨발로 다니는 것에 익숙해졌으며 놀 때도 대체로 옷을 입지 않았다. 열두 살이 되면 속옷키톤*을 입지 않았고 1년에 겉옷히마티온** 한 벌을 받았다. 피부는 딱딱하고 건조했으며 목욕을 하지도 몸에 무얼 바르지도 않는 편이었다. 1년 중 며칠 되지 않는 매우 특별한 날에만 그런 쾌적함을 누렸다. 잠은 같은 조, 같은 집단의 동료들과 함께, 스스로 모은 짚으로 만든 침대에서 잤다. 짚을 모을 때는 칼을 써서는 안 되고 에우로타스 강변에 자라는 갈대의 윗부분만을 손으로 뜯어야 했다. 겨울에는 짚과 더불어, 온기를 품고 있다고 생각했던 뤼코폰, 즉 엉겅퀴 털로 침대를 채워 넣었다.

XVII.

소년들은 이 나이가 되면 평판이 좋은 젊은이들의 연인이 되어 주기도 했다. 좀 더 나이가 있는 남자들도 소년들을 가깝게 주시했다. 소년들이 운동을 하는 곳으로 더 자주 오거나 소년들이 힘과 재치를 겨루는 것을 관찰하곤 한 것이다. 대충 본 것이 아니라 자신이 모든 아이들의 아버지이자 스승이며 지배자라는 생각으로 보는 것이다. 이에 따라 모든 적절한 때와 장소에, 빗나간 아이를 타이르고 꾸짖어줄 누군가가 있었다.

그것이 전부가 아니었다. 도시의 가장 고귀하고 훌륭한 이는 파이도노모스, 즉 소년들의 감독관으로 임명되었다. 그의 지도 아래, 여러 집단으로 편성된 소년들은 여러 에이렌 가운데 가장 분별력이 뛰어나고 전투에 능한 에이렌의 지휘를 받았다. '에이렌'이란 소년 계급을 벗어난 지 2년이

• 살갗에 닿는 속옷으로 로마의 투니카와 비슷하다.
•• 키톤 위에 입는 겉옷.

지난 청년을 일컫는다. 소년 계급 가운데 가장 나이가 많은 계급에 속하는 아이는 '멜레이렌'이라고 했다. 이는 앞으로 에이렌이 될 사람이라는 뜻이다. 스무 살 청년 에이렌은 전쟁놀이에서 부하들을 지휘하고 실내에서는 부하들로 하여금 식사 시중을 들게 한다. 덩치가 큰 소년들을 시켜 땔감을 가져오게 하고 작은 아이들은 야채를 가져오도록 한다.

아이들은 가져와야 할 몫을 훔치기도 한다. 남의 밭에 들어가거나, 조심스럽게 어른들의 공동 식사가 이루어지는 곳으로 숨어들어 가기도 한다. 만약 훔치다 들키면 톡톡히 매질을 당하는데 조심성이 없고 기술이 부족한 도둑이라는 이유에서다. 소년들은 다른 먹을거리를 훔치기도 하고 남들이 잠을 자거나 경계를 풀고 있을 때 덮치는 것에 능숙해진다. 그러나 들키는 소년은 매질을 당하고 굶어야 한다. 소년들에게 허용되는 식사는 매우 소량이다. 이것은 굶주림과의 싸움을 스스로 버텨낼 수 있도록 하고 배짱과 꾀를 부리도록 강제하기 위함이다.

이것이 그들이 소식을 했던 주된 이유이고 두 번째 이유는 키를 크게 하기 위함이었다. 원기가 과도한 영양에 의해 방해받거나 가로막히면 굵기와 폭을 늘리는 쪽으로 몰린다. 반대로 원기가 가벼워 위로 향하고 몸이 자유롭고 수월하게 자라게 되면 키가 크게 되는 것이다. 체형의 아름다움 또한 이와 마찬가지인 듯하다. 늘씬하고 마른 사람의 생활습관은 몸매를 뚜렷하게 만들지만 과식을 일삼는 뚱뚱한 사람은 무거워서 몸매가 뚜렷해지지 않는다. 이와 마찬가지로 임신한 동안에 하제下劑. 설사약를 먹은 여인이 낳은 아이가 가냘플지언정 체형이 뚜렷하고 아름다운 것은 누구나 다 아는 사실이다. 이는 모체로부터 오는 재료가 가벼울수록 더 잘 다듬어지기 마련이기 때문이다. 그러나 왜 그런지에 관해서는 다른 이들이 탐구하도록 남겨두겠다.

XVIII.

　소년들은 도둑질을 매우 진지하게 받아들인다. 어느 이야기에 따르면 한 소년이 어린 여우를 훔쳐 겉옷 아래 숨기고 있었는데 그 여우가 이빨과 발톱으로 소년의 내장을 찢어 발겼으나 소년은 도둑질한 것을 들키기보다는 죽는 것을 택했다고 한다. 이 이야기조차도, 오늘날 스파르테의 젊은이들이 견뎌내야 하는 것들로 미루어 볼 때 신빙성이 있다. 나는 아르테미스 오르티아의 제단 앞에서 채찍질 끝에 죽음을 맞는 젊은이들을 한두 번 본 것이 아니다.*

　저녁 식사를 마치고 누운 에이렌은 소년들 가운데 하나를 골라 노래를 부르게 한 뒤, 다른 아이 하나를 골라 주의 깊고 신중한 대답을 요하는 질문을 하곤 했다. 예를 들면 이런 것이었다.

　"이 도시의 가장 훌륭한 사람은 누구냐?"

　혹은 이러했다.

　"이 사람의 품행에 대해 어떻게 생각하느냐?"

　소년들은 이를 통해 올바른 판단을 하고, 어릴 때부터 다른 시민들의 행실에 관심을 갖는 데 익숙해졌다. 만약 누가 훌륭한 시민이고 누가 명예롭지 못한 시민인지 물었는데 대답을 하지 못한다면, 그 소년은 탁한 정신을 가지고 있으며 뛰어난 사람이 되고자 하는 열망이 없는 것으로 간주되었다. 또한 대답은 이유와 증거로 뒷받침하고 짧고 간결한 언어로 표현해야 했다. 잘못된 대답을 하는 소년은 에이렌에게 엄지손가락을 물리는 벌을 받았다. 에이렌은 종종 어른들과 관리들이 있는 자리에서 소년들을 벌주기도 했는데 이로써 합당하고 적절한 벌이었는지 아닌지 가

---

* 스파르테의 신전 가운데 하나인 아르테미스 오르티아의 제단에서 행해지던, 청년들에게 채찍질을 가하던 의식. 이 의식이 플루타르코스가 살아 있을 때까지 전승되고 있었다는 의미다.

늠할 수 있었다. 소년들을 벌주는 동안은 아무 제재도 받지 않았지만 소년들이 사라진 뒤에, 그가 내린 벌이 필요 이상으로 가혹했거나 반대로 지나치게 관대하고 가벼웠다면 그 책임을 저야 했다.

소년의 연인들도 소년의 명예 혹은 수치를 함께 나누어 가졌다. 어느 연인은, 자신이 가장 아끼는 소년이 싸우는 와중에 옹졸한 비명을 질렀다는 이유로, 관리로부터 벌금을 부과받았다는 이야기도 전해진다. 더 나아가 이와 같은 사랑이 스파르테 사람들 사이에서 기꺼이 용납된 나머지, 처녀들도 훌륭하고 고귀한 여성들을 연인으로 삼곤 했어도 시기심으로 인한 경쟁은 없었다. 또 동일한 소년에게 애정을 갖고 있던 젊은이들은 오히려 이것을 서로 간의 우정의 바탕으로 삼았으며 사랑하는 소년을 누구보다 고귀하게 만들기 위해 공동의 노력을 기울였다.

XIX.

또한 소년들은 신랄한 동시에 품위 있는 화법을 쓰도록 교육받았고 여러 단상을 몇 개의 단어로 축약했다. 이미 언급했듯* 뤼쿠르고스는 철로 화폐를 주조함으로써 실로 엄청난 무게에 적은 가치를 부여했지만, 화법에 관하여서는 깊고 풍부한 의미를 단순하고 간결한 용어로 표현하는 방식을 통용시켰다. 침묵을 지키는 습관이 소년들의 대답을 간결하고 올바르게 만들어 주도록 한 것이다. 성적 방종이 대체로 불임을 야기하듯 이 말의 무절제 또한 대화를 헛되고 지루하게 만들기 때문이다. 이런 까닭에 아기스 왕은, 어느 아테나이 사람이 스파르테의 검을 짧다고 깔보며 무대 위의 곡예사도 거뜬히 삼킬 수 있겠다고 하자 이렇게 대답했다.

• 「뤼쿠르고스」편 IX.

"짧다고 찌르지 못하겠습니까."

스파르테 사람들의 말은 짧아 보일지는 몰라도 요점 하나는 확실히 전달하며 듣는 이의 생각을 사로잡는다는 것이 내 생각이다.

기록된 말로 미루어 보아 뤼쿠르고스 자신도 짧고 간결하게 말한 것으로 보인다. 예를 들어 나라 체제의 형태에 관하여, 민주 정치를 주장하는 사람에게는 이렇게 말했다.

"가서 그대 집안에서부터 민주 정치를 구현하시지요."

또한 왜 그토록 작고 값싼 제물을 올리도록 정하였는지 묻는 이에게는 이렇게 대답했다.

"그래야 자주 제물을 드릴 수 있지요."

또한 운동 경기에 관해서는 두 팔을 뻗는 일이 없는 경기*에만 시민들을 참여시켰다. 편지를 통해 시민들에게 간략한 답변을 전달하기도 했다. 적의 침략을 어떻게 막을 수 있냐는 질문에 그는 이렇게 대답했다.

"가난하면, 남보다 더 잘살려고 하지 않으면 됩니다."

또한 도시의 수비를 강화하는 법에 대해서는 이렇게 대답했다.

"벽돌이 아니라 용감한 사람들로 둘러싸인 도시가 수비가 잘된 도시입니다."

이와 같은 기록은 믿기도 어렵고, 믿지 않기도 어렵다.

XX.

스파르테 사람들이 긴 연설을 싫어했다는 것은 다음 경구들이 입증하고 있다. 누군가 몹시 중대한 이야기를 꺼냈으나 그 시기가 적절하지 않

• 페린에 따르면, 이는 정복당한 자들이 목숨을 살려달라고 애원하는 모습과 같기 때문이다.

자 레오니다스 왕은 이렇게 말했다.

"친구여, 중요한 사안에도 때가 있습니다."

뤼쿠르고스의 조카 카릴라오스는 숙부가 법을 조금밖에 만들지 않은 이유를 묻는 질문에 이렇게 대답했다.

"말이 필요 없는 사람은 법도 필요 없습니다."

아르키다미다스는 소피스테스* 헤카타이오스가, 함께 공동 식사를 하도록 받아주었는데도 아무 말도 하지 않는다고 그를 나무랐다. 그러자 헤카타이오스가 대답했다.

"말할 줄 아는 사람은 말할 때도 아는 법이지요."

앞서 언급했던 품위가 있으면서도 신랄한 언변의 실례는 다음과 같다. 데마라토스는 어느 귀찮은 자가 때 아닌 질문들로 그를 괴롭히고, 특히 스파르테 사람들 가운데 가장 뛰어난 자가 누구인지 계속해서 되묻자 마침내 이렇게 되받았다.

"가장 너 같지 않은 자."

그리고 누군가가 올림피아 경기를 공정하고 명예롭게 치른 엘리스 사람들을 칭찬하자 아기스는 이렇게 말했다.

"5년에 하루 공정한 것이 뭐 그렇게 대단합니까?"

한 이방인은 테오폼포스에게 친절을 베풀며 이렇게 자랑했다.

"우리나라에서는 나를 '친親라케다이몬 파派'라고 부릅니다."

그러자 테오폼포스가 응수했다.

"저, 차라리 애국자라고 불리는 편이 낫지 않을까 싶습니다만."

또 아테나이의 한 웅변가가 스파르테인들을 못 배운 사람들이라고 비난하자 파우사니아스의 아들 플레이스토낙스가 응수했다.

• 소피스테스는 원래 현자를 일컫는 말이었으나 이후 돈을 받고 문법, 수사, 정치, 수학 등을 가르쳐주는 사람을 일컫게 되었다. 나중에 궤변론자라는 의미로도 쓰이게 된다.

"지당한 말씀입니다. 헬라스 사람들 중에 당신네들의 악랄한 짓거리를 배우지 못한 것은 우리뿐이니까요."

또 아르키다무스는, 스파르테 사람이 몇 명이냐는 질문에 이렇게 대답했다.

"충분합니다. 악당들을 몰아내기에 충분합니다."

스파르테 사람들의 농담을 통해서 역시 그들의 성격을 가늠해 볼 수 있다. 그들은 절대로 마구잡이로 말하지 않았고 생각이 담겨 있지 않거나 진지한 성찰을 요구하지 않는 말은 입 밖에 내지도 않았다. 예를 들어 나이팅게일 울음을 기가 막히게 흉내 내는 사람이 있다는 소리에 한 스파르테 사람이 이렇게 말했다.

"그 새소리 직접 들어봐서 잘 아는데."

또 한 스파르테 사람은 다음과 같은 묘비명을 읽었다.

"잔인한 폭정의 불길을 끄려다 성장한 아레스의 손에 죽다. 셀리누스의 성문이 굽어보는 아래."

그리고 한마디 했다.

"죽어도 싸다. 폭정의 불길이라면 홀랑 타게 내버려 두었어야지."

또 한 청년은, 일단 붙으면 죽을 때까지 싸우는 닭을 준다는 말에 이렇게 응수했다.

"죽일 때까지 싸우는 놈이면 더 좋을 것을."

XXI.

음악과 시에 관한 교육을, 부러울 정도로 정결한 언어 습관보다 덜 중요시한 것도 아니었다. 실로 그들의 노래는 정신을 깨우고 열렬하고 효과적인 노력을 부추기는 자극 효과가 있었다. 형식은 단순하고 꾸밈없었고 주제는 진지하고 교훈적이었다. 대부분의 경우 스파르테를 위해 죽은 이들을 칭송하는 내용이었는데, 그들을 축복받은 행복한 이들로 칭하고 있었다. 비겁한 자들을 비난하며 그들의 지독하고 불운한 인생을 그리는 노래도 있었다. 연령에 따라 용감한 사람이 되기로 약속하거나 용맹을 자랑하는 노래도 불렀다.

스파르테 사람들은 전쟁에 능할 뿐만 아니라 누구보다 음악적인 사람들로 여겨지기도 했다.

칼과, 키타라 연주자의 아름다운 기술은 저울의 양쪽에서 균형을 이루니.

스파르테의 시인의 말이다. 일리가 있는 것이, 전투에 나가기 직전에 왕은 무사이 여신들에게 제물을 바쳤다. 이는 전사들에게 그들이 받은 훈련, 그들이 내린 굳건한 결심을 일깨워 두려운 앞일에 정면으로 맞서도록 촉구하고 기록에 남을 만한 무공을 세우도록 하기 위함이었다.

XXIII.

소피스테스 힙피아스는 뤼쿠르고스 자신도 전쟁에 매우 능했으며 여러 원정에 참가했다고 한다. 필로스테파노스는 스파르테의 기병들을 울라모스, 즉 기병 오십 명으로 이루어진 사각 대형의 분대로 나눈 장본인이 뤼쿠르고스라고 했다. 그러나 팔레론의 데메트리오스는 그가 그 어떤 호전적인 행위에도 가담하지 않았으며 평화로운 시대에 법률을 완성했다고 한다. 실로 올림피아 정전 협정을 고안한 것은 그가 온화하며 평화를 사랑하는 사람임을 말해주고 있다.

그러나 헤르밉포스가 일깨워 주고 있듯 뤼쿠르고스가 처음에는 이피토스와 그의 계획에 그 어떤 관여도 하지 않았다고 주장하는 사람들도 있다. 다만 우연히 그 길로 가게 되어 경기를 관람했다는 것이다. 그런데 관람하는 도중 갑자기 뒤에서 사람의 목소리가 들렸다. 목소리는 그가 스파르테의 시민들에게 경기에 참여할 것을 독려하지 않았다는 것에 놀라워하며 그를 나무라고 있었다. 뒤를 돌아보았을 때, 목소리의 주인이 어디에도 보이지 않았으므로 이를 하늘의 목소리라고 결론지은 뤼쿠르고스는, 이피토스에게 가서 경기가 더 큰 주목을 받을 수 있도록 재정비하고 더 지속적인 발판을 마련하는 데 도움을 주었다.

XXIV.

스파르테 사람들은 원숙한 성년이 될 때까지 계속해서 교육을 받았다. 누구도 마음대로 살 수 없었고 도시 내에서는, 마치 군영에서와 같이 정해진 규율과 일정에 따르며 공공을 위한 근무를 수행해야 했다. 그들은 온전히, 자기 자신이 아닌 나라에 속한 몸이었기 때문이다. 아무 임무도 주어지지 않으면 소년들을 지켜보기도 하며 그들에게 유용한 무언가를 가르쳐 주거나 더 웃어른들로부터 가르침을 받기도 했다.

뤼쿠르고스가 시민들에게 베푼 가장 고귀하고 은혜로운 특권 가운데 하나는 풍부한 여가였다. 그 어떤 기술을 요하는 작업이든 금지되어 있었을 뿐만 아니라, 부를 축적하기 위해 애써 노력할 필요가 없었는데 그것은 부가 그 어떤 부러움도 명예도 사지 못했기 때문이다. 게다가 농사를 짓는 일은 헤일로테스가 대신해 주고 있었다. 또 욕심도 부족함도 모르는 사람들이었기에 법정 문제도 완전히 사라졌다. 모두가 동일하게 잘사는 삶, 소박한 욕구만을 채우는 편안한 삶이 자리 잡았다. 원정을 떠나 있지 않은 동안은 합창이 어우러진 춤, 잔치와 축제, 그리고 사냥과

운동, 서로 간의 교제에 시간을 소비했다.

XXV.

서른 살이 되지 않은 사람들은 시장에 얼씬도 하지 않았으며 가족 친지나 연인들로부터 생활에 필요한 용품을 받아서 썼다. 또한 나이 든 사람들의 경우에도 '레스케'라고 하는 수련 공간에서 하루의 대부분을 보냈으며 시장에 너무 자주 어슬렁거리는 것은 꼴사납게 여겨졌다. 레스케에 모인 사람들은 함께 보람 있는 시간을 보낼 수 있었으며 돈벌이나 돈거래에 대해 이야기하지 않아도 되었기 때문이다. 대신 거기서 누군가의 고귀한 행위를 칭송하거나 비열한 행위를 비난하였다. 농담도 하고 웃어가며 이야기를 나누었는데 이것이 서로를 가르치고 잘못을 바로잡는 과정을 좀 더 수월하고 자연스럽게 해주었다.

알고 보면 뤼쿠르고스 자신도 지나칠 정도로 엄격하지 않았다. 실제로 소시비오스에 따르면 그는 웃음의 신의 모습으로 작은 조각상을 만들게 하여 봉헌한 적도 있으며, 고단한 삶과 간소한 식사를 보상하기라도 하듯 술자리를 비롯한 흥거운 자리에서 적절한 농담을 허용했다.

한마디로 말해 그는 시민들이 자기만을 위해 살고 싶다는 욕구, 혹은 그럴 수 있는 능력을 갖지 않도록 훈련시킨 것이다. 그들은 벌처럼 지도자 주위에 떼 지어 모여, 정신 나간 듯한 열성과 드높은 열망을 내보이며 언제나 사회 전체를 위한 필수적인 요소가 되어야 했으며, 나라에 자신을 전적으로 내맡겨야 했다.

이러한 생각은 그들이 한 말에서도 드러난다. 예를 들어 파이다레토스는 3백 명의 최고 시민 가운데 뽑히지 못하자 매우 만족한 얼굴로 돌아갔는데 마치 자신보다 나은 시민이 3백 명이나 된다는 사실에 매우 기뻐하는 것 같았다. 또 스파르테가 페르시아 왕 휘하의 장군들에게 보낸 사절단의 일원이었던 폴뤼크라티다스는, 사절단이 공적인 임무를 띠고 왔는지 사적으로 왔는지 묻는 장군들에게 이렇게 대답했다.

"임무를 완수한다면 공적으로 온 것이며 실패한다면 사적으로 온 것입니다."

또 브라시다스의 어머니 아르길레오니스는, 스파르테로 온 암피폴리스 사람들이 자신을 찾아오자 브라시다스가 명예롭게, 그리고 스파르테 사람답게 죽었는지 물었다. 그들이 브라시다스를 극찬하고 스파르테에 브라시다스 같은 인물이 또 없다고 하자 아르길레오니스는 이렇게 대답했다.

"그런 말씀 마십시오. 브라시다스가 고귀하고 용맹했던 것은 사실이나 스파르테에는 그 아이보다 훌륭한 이들이 많습니다."

XXVI.

내가 앞서 말했듯이* 원로원의 초대 의원들은 뤼쿠르고스와 모의를 한 이들 가운데서 임명됐으나 이후에 의원이 사망하여 빈자리가 생기면 60세 이상의 남자 가운데 가장 자격 있는 사람을 선출해 채우도록 했다. 세상 모든 경쟁 중에 이처럼 치열하고 논란이 뜨거운 경쟁이 없었을 것이다. 누구보다 발 빠른 사람도 아니고 누구보다 힘센 사람도 아니며 누구보다 훌륭하고 현명한 사람을 선출해야 했기 때문이다. 그 사람은 평생, 뛰어남의 대가로 승자에게 주어지는 상으로 나라 안 최고 권력이라고 칭할 만한 것을 갖게 되었다. 삶과 죽음, 명예와 불명예, 그리고 삶의

• 「뤼쿠르고스」 편 V.

모든 중대한 문제의 주재자가 되었던 것이다.

선출은 다음과 같이 이루어졌다. 민중이 군집하고 나면 선택된 사람들이 가까운 방에 들어가 문을 잠갔다. 볼 수도 없고 보이지도 않도록, 군중의 외침만을 들을 수 있도록 한 것이다. 다른 경우와 마찬가지로 여기서도 군중의 함성이 경쟁자들 간의 우위를 갈랐다. 경쟁자들은 한꺼번에 나타나지 않고, 제비뽑기를 한 순서대로 한 사람씩 소개되었고 말없이 군중들 사이를 지나갔다. 그러면 격리된 심사위원들은 들고 있던 서판에 매번 함성의 크기를 기록했다. 어느 함성이 누구를 향한 것인지 알지 못했고 다만 첫 번째 소개된 사람, 두 번째 소개된 사람, 세 번째 소개된 사람 식으로만 알 수 있었다. 가장 크고 많은 함성을 받은 사람을 선출된 것으로 선포했다.

XXVII.

더 나아가 뤼쿠르고스는 원로원 의원들의 장례를 치르는 데에 관해서도 뛰어난 법규를 제정했다. 먼저 고인을 성곽 내에 묻을 수 있도록 허락하고 성소 곁에서 제사를 지낼 수 있도록 허락함으로써 모든 미신적인 두려움을 일소했다. 젊은이들이 그러한 광경에 친숙해지고 거기 익숙해지도록 함으로써 혼란스러워하지 않고, 시체를 만지거나 묘지를 거닐면 죽음에 오염된다는 식의 공포스러운 생각에서 벗어나도록 했다.

다음으로 죽은 자와 함께 아무것도 함께 묻지 못하도록 했다. 시신을 묻을 때 진홍색 겉옷과 올리브 나뭇잎으로 덮었을 뿐이다. 전장에서 쓰러진 남자나 신성한 의무를 다하다가 죽은 여자가 아니면 고인의 이름을 비석에 새기는 것도 허락되지 않았다. 애도의 기간도 열하루가 넘지 못하도록 했다. 열이틀 되는 날은 데메테르에게 제를 올리고 슬픔을 멈추어야 했다.

실로 그 어느 것도 건드리지 않고 넘어간 것이 없었으며 삶에 필수적인 모든 세부적인 항목에 대하여 뤼쿠르고스는 올바른 길을 추천하고 올바르지 못한 길을 책망했다. 그리고 도시를 훌륭한 모범 시민들로 가득 채웠다. 모범 시민들의 지속적인 존재, 그리고 그들과의 교제는 당연히 명예의 길을 걷고자 하는 사람들에게 지배적인 영향을 끼치고 그들의 인격을 형성하였다.

바로 이런 이유에서 뤼쿠르고스는 시민들이 마음대로 나라 밖에 나가 살거나 낯선 땅을 방황하도록 허용하지 않았다. 훈련받은 적도 없고 판이한 나라 체제 안에서 사는 바깥 나라 사람들의 습관을 따르고 생활방식을 좇도록 허락하지 않은 것이다.

이것으로 모자라 그는 별다른 목적 없이 스파르테로 흘러 들어오는 수많은 이방인들을 쫓아버렸다. 투퀴디데스가 말하는 것처럼 그들이 스파르테의 나라 체제를 모방할까 두려워서 그랬던 것이 아니라 어떤 식으로든 나쁜 것을 가르치지 못하도록 하기 위해서였다. 낯선 사람들은 낯선 방식을 갖고 들어오는 법이고 새로운 방식은 새로운 결심을 하게 만드는데, 이것으로부터 기존의 정치 질서의 균형을 깨는 감정과 결의가 나올 수 있다고 생각했기 때문이다. 따라서 그는 안 좋은 생활방식과 관습이 침입하여 도시를 채우지 못하게 하는 것이 전염병을 막는 것보다 더 필수적이라고 생각했다.

XXVIII.

이 모든 것에는 한 치의 불의와 오만도 없었다. 이는 일부 사람들이 뤼쿠르고스의 법이 정의롭지 못하고 오만하며, 용기를 기르는 데는 효과적일지 몰라도 정의감을 기르는 데는 결함이 있다고 주장하는 것과 다르다.

스파르테 사람들의 '크립테이아' 즉 비밀 조직은, 이것이 만약 아리스토텔레스가 주장하듯 뤼쿠르고스가 도입한 제도가 맞다면, 플라톤에게도 뤼쿠르고스와 그의 나라 체제에 관하여 부정적인 생각을 심어주었다. 크립테이아는 다음과 같은 성격을 지니고 있었다. 관리들은 때때로 젊은 전사들 가운데 가장 조심성 있는 이들을 골라 단검과 최소한의 필수품만 가지고 지방으로 나가게 했다. 그들은 낮에는 눈에 띄지 않고 인적이 뜸한 곳에 흩어져 몸을 숨긴 채 잠복하고 있다가, 밤이 되면 도로로 나와 잡히는 헤일로테스를 닥치는 대로 죽였다. 헤일로테스가 일하고 있는 들판을 가로질러 그들 가운데 가장 건장하고 뛰어난 이들을 죽이는 일도 빈번했다.

펠로폰네소스 전쟁을 다룬 역사책에서 투퀴디데스는 이렇게 말하기도 한다. 스파르테 사람들은 용기가 남보다 뛰어나다고 인정된 노예의 머리 위에 해방의 증표로 화관을 올리고 여러 신들의 신전으로 행진을 시켰는데 얼마 후 그들 모두가 사라졌다고 한다. 2천 명이 넘는 헤일로테스가 사라졌는데 그때도, 그 이후에도 그들이 어떻게 죽음을 맞았는지 아무도 알 수 없었다고 한다. 또 아리스토텔레스에 의하면 스파르테의 관리 에포로스는 임명되자마자 헤일로테스에 대해 전쟁을 선포했는데, 이것은 그들을 죽이는 일이 불경스러운 일이 되지 않도록 하기 위함이었다고 한다.

다른 방식으로도 그들은 헤일로테스에게 가혹하고 잔인한 짓을 저질렀다. 예를 들어 억지로 진한 포도주를 잔뜩 마시게 한 다음 공동 식사장으로 데려가 젊은이들에게 술에 취하면 어떻게 되는지 보여줬다는 것이다. 또 천박하고 우스꽝스러운 춤을 추고 노래를 부르라고 명령했으되 품위 있는 춤이나 노래는 건드리지 말라고 했다. 또 훗날 테바이 사람들이 라코니케로 원정을 왔을 때 포로로 붙잡은 헤일로테스에게 스파르테 사람인 테르판드로스, 알크만, 스펜돈에 관한 노래를 부르라고 명령했는데, 그들은 주인이 허락하지 않을 것이라며 부르기를 거절했다고 한다. 이로써 그들은 다음과 같은 말이 사실임을 입증한 셈이다.

"스파르테의 자유민은 세상 그 어느 곳의 자유민보다 더 자유민답고 노예는 더 노예답다."

그러나 내 생각에 스파르테 사람들이 위와 같은 잔혹 행위를 처음 시작한 것은 훨씬 뒤의 일이며 무엇보다 첫 번째 대지진이 있고 난 뒤일 것이다. 당시 헤일로테스와 멧세니아 사람들은 함께 스파르테에 대항해 봉기하여 영토를 온통 엉망으로 만들어놓고 도시를 전에 없는 위험에 빠뜨렸다.

다른 모든 상황에서 그가 보여준 온화하고 의로운 성품에 기대어 판단했을 때 '크립테이아'와 같은 혐오할 만한 장치를 만든 것이 결코 뤼쿠르고스라고 말할 수 없다. 이것은 신의 목소리도 인정한 것이다.*

XXIX.

뤼쿠르고스가 확립한 주요 제도가 마침내 사람들의 관습 속에 굳게 자리 잡고 그의 나라 체제가 충분히 성장하여 스스로를 지탱하고 보존할 힘을 얻었을 때였다. 신이 우주의 탄생과 첫 운행을 보고 기뻐했다는 플라톤의 말처럼 뤼쿠르고스도 궤도에 올라 제대로 작동하고 있는 자신의 법률 체계의 규모와 아름다움을 보고 만족과 기쁨으로 가득 찼다.

• 「뤼쿠르고스」 편 V.

따라서 그는 인간의 선견지명으로 그 과업을 완수할 수 있는 한에서, 법률이 변함없이 후세에 전해지기를 열렬히 소망했다.

그리하여 온 나라 사람들을 한데 모은 그는 이미 만들어진 법률 조항들이 나라의 번영과 도덕성을 강화하기에는 충분하지만, 더 큰 무게와 중요성이 있는 무언가가 남아 있으며 델포이의 신에게 의탁하기 전에는 이것이 무엇인지 밝힐 수 없다고 했다. 따라서 그가 몸소 델포이에 갔다가 돌아오기 전까지는 이미 제정된 법을 따르고 바꾸거나 수정하지 말 것이며 돌아온 뒤에는 신이 최선이라고 생각하는 대로 하겠다고 했다. 사람들은 모두 이에 동의하고 어서 길을 떠나라고 그를 재촉했다. 뤼쿠르고스는 왕과 의원들로부터, 그가 돌아올 때까지는 확립되어 있는 나라 체제를 지속하고 지키겠다는 맹세를 받고, 그다음 모든 시민들로부터 맹세를 받은 뒤에 델포이로 길을 나섰다.

신전에 도착한 그는 아폴론에게 제를 올리고 자신이 제정한 법이 좋은 법인지, 나라의 번영과 도덕성을 증진하기에 충분한지 물었다. 아폴론은 뤼쿠르고스가 제정한 법이 좋은 법이며 도시는 그의 나라 체제를 지키는 한 계속해서 높은 존경을 살 것이라고 했다. 뤼쿠르고스는 이 신탁을 받아 적어 스파르테로 보냈다.

그러나 그 자신은 또다시 제를 올리고 친구들과 아들에게 애정 가득한 작별인사를 한 뒤, 시민들을, 그들이 한 맹세로부터 결코 놓아주지 않기 위하여 그 자리에서 스스로 생을 마감하기로 결심했다. 생이 짐이 될 정도는 아니었지만 죽음을 두려워할 나이도 아니었다. 자신뿐만 아니라 친구들도 충분히 넉넉하고 행복한 삶을 살고 있어 보였다. 이에 뤼쿠르고스는 음식을 끊고 죽음을 맞았다. 정치가의 죽음도 나라에 이익이 될 수 있으며 자신이 목숨을 끊는 것이 의미 있고 고결한 행위로 여겨지리라 생각했던 것이다. 자신을 위해서도, 무엇보다 고귀한 위업들을 달성한 뒤에 생을 마감하는 것이 오히려 운 좋고 복된 삶을 완성하는 길이라고 생각했다. 또 동료 시민들을 위해서도 자신의 죽음을, 자신이 생전에 그들에게 가져다준 모든 축복의, 일종의 수호자로 삼고 싶었다. 시민들은 그가 돌아오기 전까지 그의 나라 정체를 지키고 유지하기로 맹세한 터였기 때문이다.

그것은 헛된 기대가 아니었다. 뤼쿠르고스의 도시는 아르키다모스의 아들 아기스에 이르기까지, 열네 명의 왕 가운데 그 누구도 법률을 개정함이 없이 뤼쿠르고스가 확립한 대로 5백 년 간 이어졌고 그동안 질서 있고 평판이 좋기로 헬라스에서 으뜸이 아닌 적이 없었다. 에포로스의 도입 역시 나라 정체를 약화하기는커녕 강화하였고, 민중의 이익을 위해 이루어진 일이라고 여겨졌지만 실은 귀족층을 더 강력하게 만들어 주었다.

XXX.

그러나 아기스가 왕위에 있을 당시 금과 은이 처음으로 스파르테로 흘러 들어왔고 돈이 들어오자 부를 향한 욕심과 욕망이 뤼산드로스로 인해 널리 퍼졌다.* 뤼산드로스 자신은 흠잡을 데가 없는 사람이지만 전장에서 금과 은을 가져옴으로써 온 나라를 부와 사치에 대한 애정으로 가득 채우고 그로써 뤼쿠르고스의 법률을 뒤엎은 것이다.

이들이 권력을 쥐고 있는 동안 스파르테가 걸어간 길은 법률이 지배하는 도시에 어울리는 길이 아닌, 훈련이 잘된 지극히 지혜로운 개인에게 어울리는 길이었다. 시인들이 헤라클레스의 이야기를 엮듯, 그가 어

---

* 기원전 431~404년에 걸쳐 스파르테 중심의 펠로폰네소스동맹과 아테나이 중심의 델로스동맹 사이에 전쟁이 벌어졌고 404년 아테나이는 항복했다. 그 이후 아테나이의 부의 일부가 스파르테로 흘러 들어왔다. 뤼산드로스는 스파르테의 장군으로 아테나이를 항복시키고 과두정부를 출범시킨 당사자이다.

떻게 몽둥이를 들고 사자 가죽을 쓴 채 세상을 누비며 법 모르는 미개한 폭군들을 혼내 주었는지 이야기하듯, 우리도 스파르테가 어떻게 서신 지팡이*를 들고 사절단이라는 겉옷을 쓴 채 헬라스를 기꺼이 복종하게 만들었는지, 여러 다른 나라의 불법적인 과두정과 폭정을 무너뜨리고 폭동을 잠재웠는지 이야기할 수 있다. 대부분의 경우 방패 하나 까딱하지 않고 대신을 보내기만 하면 모두가 그 즉시 대신의 명령에 복종했는데 그 모습이 마치 우두머리 주변으로 모여들어 우두머리를 향해 정렬하는 벌떼의 모습과 같았다. 스파르테에 질서와 정의가 차고 넘쳤던 까닭이다.

이 때문에 나는, 라케다이몬 사람들이 복종할 줄은 알지만 명령할 줄 모른다고 주장하는 이들이 놀라울 수밖에 없다. 그들은 이 같은 주장을 하며 테오폼포스 왕의 이야기를 인용하고 거기 찬동한다. 스파르테가

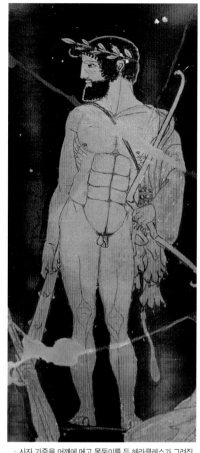

· 사자 가죽을 어깨에 메고 몽둥이를 든 헤라클레스가 그려진 항아리, 기원전 460-450년, 루브르 박물관.

난공불락인 이유는 스파르테의 왕들이 제대로 명령할 줄 알기 때문이라는 누군가의 말에 테오폼포스 왕이 이렇게 대답했다는 것이다.

"아니, 스파르테의 시민들이 제대로 복종할 줄 알기 때문입니다."

그러나 사람은 지배할 능력이 없는 이에게 복종하기 거부하는 법이기

• 스파르테에서는 지팡이에 가죽을 비스듬히 감아 그 위에 세로로 서신을 써 내려감으로써 그 가죽을 풀면 무슨 말인지 알 수 없도록 하는 방식으로 비밀 서신을 전하고는 했다.

에 복종은 지배자가 가르쳐야 하는 교훈이다. 훌륭한 지도자는 훌륭한 추종자를 만들고, 마술馬術의 마지막 관문이 말을 유순하고 순종적으로 만드는 것이듯 나라를 다스리는 기술은 백성에게 복종심을 심어 주는 것이 목적인 것이다. 라케다이몬 사람들은 나머지 헬라스 사람들에게, 복종하고자 하는 의지뿐만 아니라 그들의 추종자이자 신민이 되고자 하는 욕망까지 심어 주었다. 사람들은 스파르테 사람들에게 배를 달라거나 돈, 보병을 보내달라고 하지 않았고 단지 스파르테 지휘관 한 사람만 보내주기를 원했다. 그리고 원하는 지휘관을 얻으면 그에게 존경과 경의를 표하며 그를 떠받들었다.

XXXI.

그러나 스파르테가 여러 많은 나라를 지배하도록 남겨두는 것이 뤼쿠르고스의 주된 계획은 아니었다. 그는 도시 전체가 행복하려면, 개인과 마찬가지로 도시의 경계 안에 도덕과 화합이 널리 퍼져 있어야 한다고 여겼다. 따라서 그의 제도와 장치는 시민들이 자유로운 정신으로 자족하며 모든 면에서 절제하도록 만들고 그 상태를 가능한 오래 유지하도록 하기 위한 것이었다.

뤼쿠르고스가 설계한 나라 체제는 플라톤과 디오게네스, 제논을 비롯하여 이 주제에 관하여 인정받는 글을 쓴 모든 사람들이 채택했지만 그들은 말과 글을 남겼을 뿐이다. 반면 뤼쿠르고스는 말과 글은 남기지 않았으되 모방을 뛰어넘는 실제적인 나라 체제를 남겼다. 지혜의 본능적 추구가 이론상으로만 가능하다고 주장하는 이들에게, 도시 전체가 지혜에 대한 애정으로 가득한 사례를 보여주었기에 다양한 나라 체제를 수립했던 모든 헬라스인들 가운데 그의 명성이 가장 뛰어난 것은 당연하다. 그래서 아리스토텔레스는, 스파르테 사람들이 뤼쿠르고스를 누구보다 공경하지만 이조차 그에 마땅하지 않다고 한다.

스파르테에는 그에게 봉헌된 사원이 있고 스파르테 사람들은 매해 신에게 바치듯 그에게 제물을 바친다. 뤼쿠르고스의 유해가 고향으로 돌아왔을 때 그의 묘지에 번개가 떨어졌다는 이야기도 있는데, 이것은 마케도니아의 아레투사에 묻힌 에우리피데스를 제외하고 뤼쿠르고스 이후 그 어느 위인에게도 좀처럼 일어나지 않은 일이었다고 한다. 따라서 에우리피데스를 사랑하는 사람들은, 누구보다 성스럽고 신의 사랑을 듬뿍 받는 자가 겪은 일을 에우리피데스 또한 죽은 뒤 겪었다는 사실이 에우리피데스의 뛰어남을 뒷받침해 주고 있다고 여긴다.

어떤 이들은 뤼쿠르고스가 키르라에서 죽었다고 한다. 아폴로테미스는 그가 엘리스로 가 죽었다고 한다. 티마이오스와 아리스토크세노스는 그가 크레테에서 생을 마감했다고 한다. 아리스토크세노스에 따르면 크레테 사람들은 그의 묘지가 페르가모스의 공공도로 변에 있다고 말한다. 그가 외동아들 안티오로스를 남기고 떠났는데 아들이 자식을 낳지 못하고 죽자 대가 끊겼다고 하기도 한다. 그러나 뤼쿠르고스의 친구와 친지들의 도움으로 그를 기리는 주기적인 집회가 자리 잡았고 이것은 매우 오랜 세월 동안 계속되었다. 집회가 벌어지는 기간은 통틀어 '뤼쿠르고스 기간'이라고 하였다. 힙파르코스의 아들 아리스토크라테스는 뤼쿠르고스의 친구들이, 그가 크레테에서 죽자 그를 화장하고 재를 바다에 뿌렸다고 하며 이것은 뤼쿠르고스의 요청에 따른 것이었다고 한다. 그는 자신의 유해가 스파르테로 돌아감으로써 거기 있는 사람들이, 뤼쿠르고스가 돌아왔으니 맹세가 더 이상 효력이 없다며 자신의 나라 체제를 바꾸지는 않을까 걱정하였다고 한다.

뤼쿠르고스에 관하여 내가 할 말은 여기까지다.

PLUTARCH
LIVES

누마

누 마

I.

　누마 왕이 살았던 시대에 관해서도 마찬가지로 여러 논란이 있다.˙ 누마 왕까지 이어지는 가계도는 제대로 정립된 것으로 보인다. 하지만 클로디우스라는 사람은 『연대의 고찰』이라는 책에서, 갈리아 족이 도시를 약탈했을 때 오래된 기록이 사라졌으며 지금 옛 기록이라고 하는 것들은 위조되었다고 말한다. 건국 초기의 집안들과 가장 명예로운 가문들 사이에 자기 집안의 이름을 끼워 넣고자 하는 자들의 허영심을 채워주고자 날조된 기록이며 그런 집안들의 이름이 거기 나타날 이유가 없다는 것이다.

˙ 누마. 16세기 리옹에서 출간된 위인전기 모음(Promptuarii Iconum Insigniorum)에 수록된 삽화.

˙˙ 누마 폼필리우스.

˙˙˙ 누마 폼필리우스를 그린 목판화. 파올로 조비오.

누마가 퓌타고라스의 절친한 친구였다는 주장도 있
으나, 일부는 누마가 헬라스 문화를 배웠다는 사실을
철저히 부정하면서 그가 본성에 따른 스스로의 노력으
로 저절로 탁월함에 이르렀거나, 퓌타고라스가 아닌 다
른 타지 사람을 통해 교양을 쌓았다고 말한다. 다른 이
들은 철학자 퓌타고라스가 누마보다 많게는 다섯 세대
위의 사람이었다고 말하고, 퓌타고라스라는 스파르테
사람이 따로 있었으며, 그가 제16회 올림피아 경기

· 퓌타고라스.

가 즉위한 지 3년째 되는 해에 열린 대회의 달리기 시합의 승
자였다고 말한다. 이 퓌타고라스가 이탈리아 땅을 방랑하다 누마를 알게
된 뒤 도시의 체제를 수립하는 것을 도왔고, 그로 인해 퓌타고라스가 누
마에게 가르친 여러 스파르테 관습이 로마 관습과 섞이게 되었다고 한다.

어쨌거나 누마는 사비니 족의 후예였고 사비니 족은 자신들이 라케다
이몬으로부터 이주해 왔다고 주장한다. 그러나 연대는 확정하기가 어렵
다. 특히 올림피아 경기의 승자들의 이름에 기초해 추정한 연대는 더욱
그러하다. 엘리스의 힙피아스가 뒤늦게 펴냈다고 하는 이 승자들의 이
름 목록은 충분하고 뚜렷한 근거가 없다. 따라서 나는 적당한 지점에서
시작하여, 내가 누마의 생애에 관해 발견한 주목할 만한 사실들을 이야
기해 보기로 하겠다.

II.

때는 로마가 세워진 지 37년째였고 로물루스가 계속해서 왕위를 지키

• 「뤼쿠르고스」 편 I.

고 있었다. 그해* 7월 닷새 로물루스는 도시 밖 일명 '염소의 늪'에서 원로원과 대부분의 시민들이 보는 앞에서 나라의 제사를 올리고 있었다. 갑자기 대기가 요동쳤고 대지로 구름이 내려왔으며 맹렬한 비바람이 몰아쳤다. 민중의 무리는 겁을 먹고 온 사방으로 흩어져 도망쳤고 로물루스는 사라졌으며 산 채로도 죽은 채로도 다시 발견되지 않았다.

이에 원로원 의원들이 따가운 의심의 눈초리를 받았다. 민중들 사이에는 이들을 비난하는 소문이 돌았다. 의원들이 예전부터 왕의 지배에 불만이 많았고 권력을 빼앗아 오고 싶어서 왕을 해치웠다는 것이었다. 실로 왕은 한동안 의원들을 전보다 더 엄격하고 오만한 태도로 대하는 모습이었다. 의원들은 이러한 의심을 불식시키기 위하여 로물루스를 신처럼 받들었다. 그가 죽은 것이 아니라 더 나은 운명을 얻는 축복을 받은 것이라고 주장하면서 말이다. 또 명망 있는 프로쿨루스는 로물루스가 완전 군장을 하고 하늘로 올라가는 것을 보았으며 자신을 퀴리누스라고 부르라는 목소리를 들었다고 맹세했다.*

도시에서는 그를 대신할 왕이 누가될 것이냐는 문제를 놓고 새로운 분쟁과 파벌 싸움이 일어났다. 이주민은 원주민과 완전히 융합되지 않은 상황으로 평민은 여전히 일렁이는 바다 같았고 원로원 의원들은 국적이 다른 서로에 대해 시기심이 가득했다. 모두가 왕을 원했던 것은 사실이다. 그러나 누가 지도자가 될 것인가 하는 문제, 또 그가 어느 부족에서 나와야 하는가 하는 문제에 대해서는 모두가 옥신각신했다.

시작부터 로물루스와 함께 도시를 세운 이들은, 사비니 족이 도시와 영토를 나눠 받은 뒤에 그러한 특권을 허용해 준 이들을 지배하겠다고 고집하는 것이 참을 수 없었다. 반대로 사비니 족은 그들의 왕 타티우스

• 「로물루스」편 XXVII-XXVIII.

가 죽은 뒤 파벌을 만들지 않고 로물루스가 홀로 다스리도록 내버려 두었으니, 이제 사비니 족에서 지배자가 나와야 한다고 주장할 합당한 이유가 있다고 생각했다. 사비니 족은 로마 사람들이 더 우월하거나 사비니 족이 더 열등하다고 생각하지 않았기 때문이다. 오히려 자기네들이 합류함으로써 다른 나라에 비해 로마가 수적으로 우세해졌고 비로소 그럴듯한 도시가 되었다고 생각했다. 이리하여 파벌이 형성된 것이다.

그러나 지배자의 공백으로 모든 행정 업무가 중단된 이때에 파벌 싸움이 대혼란으로 이어지지 않도록 하기 위하여 원로원 의원 150명은 낮에 여섯 시간, 밤에 여섯 시간씩 돌아가며 왕의 상징을 지니고, 신들에게 관례대로 제를 올렸으며 행정 업무를 보았다. 시간을 이처럼 분배한 것은 두 파벌 사이에 형평성을 유지하기 위함이었으며, 같은 사람이 하루 낮과 밤 사이에 왕이 되었다가 다시 평범한 시민이 되는 것을 지켜봄으로써 민중이 그 어떤 시기심도 갖지 않도록 하는 것이 목적이었다. 이와 같은 체제를 로마 사람들은 인테르레그눔이라고 불렀다.

III.

그러나 이와 같이 헌법에 따라 압제하지 않고 다스렸음에도, 의원들은 나라 체제를 과두정으로 바꾸어 놓았다는 혐의를 피할 수 없었고 이들에 대해 떠들썩한 비난이 일기 시작했다. 의원들이 나라를 자기들 마음대로 감독하고 있으며 왕의 지배를 받고 싶어 하지 않는다는 주장이었다.

따라서 두 파벌은 서로 상대방의 파벌로부터 왕을 임명하는 데 동의했다. 그것이 당시 만연하던 파벌주의를 종식할 가장 좋은 방법으로 여겨졌기 때문이다. 또 그렇게 임명된 왕은, 한 파벌에는 자신을 뽑아 주었으니 감사할 것이고, 또 다른 파벌과는 혈연관계에 있으니 호의적일 터였다. 이어서 사비니 족이 로마 사람들에게 선택권을 넘겨주었고 로마 사람들은 사비니 족이 뽑은 로마 왕을 모시느니 자신들이 뽑은 사비니 왕을 모시는 것이 낫다고 여겼다.

그리하여 로마 사람들은 회의 끝에 사비니 족의 누마 폼필리우스를 추천했다. 그는 로마로 이주해 온 사람은 아니었으나 인품이 좋기로 칭찬이 자자하여 로마 사람들이 그를 지명했을 때 사비니 족은 그를 지명한 장본인들보다 더 흔쾌히 수락했다. 이어서 시민들에게 결과를 알리고 두 파벌의 지도자 격인 의원들을 누마에게 사절로 파견해, 왕권을 맡아 달라고 간청했다.

누마는 사비니 족이 세운 눈부신 도시 퀴레스 사람이었다. 로마 사람들과 이주해 온 사비니 족 사람들을 통틀어 퀴리테스라고 하는데, 이 말도 이 도시 이름에서 온 것이다. 누마의 아버지는 폼폰이라는 저명한 사람이었으며, 누마는 네 형제 가운데 막내였다. 게다가 누마는 신의 은총이라도 받은 듯 로물루스가 로마를 세운 날, 즉 4월 스무하루에 태어났다.

그는 태어날 때부터 모든 미덕을 행하고자 하는 경향이 있었고 더 나아가 수련하고, 난관을 이겨내고, 또 지혜를 닦아 자기를 더욱 절제했다. 그는 이러한 방식으로 영혼의 악명 높은 격정을 다스렸을 뿐만 아니라 바깥 나라 사람들이 떠받드는 폭력과 탐욕을 없앴다. 진정한 용맹은 이성으로 격정을 굴복시키는 데 있다고 믿었기 때문이다. 이런 이유로 그는 집에서 모든 사치와 낭비를 몰아냈다. 시민, 이방인 할 것 없이 그를 흠잡을 데 없는 판사이자 조언자라고 여기는 한편, 그는 홀로 있는 여가 시간을 돈과 기쁨을 추구하는 데 보내기보다 신들을 모시고 신들의 본성과 힘에 대해 이성적으로 사유하는 데 보냈다.

그 결과 그는 큰 명성을 얻었고, 로마를 함께 다스리던 타티우스 왕은 누마에게 자신의 외동딸 타티아를 주었다. 그러나 왕의 사위가 되었다고 해서 기고만장하여 장인어른과 함께 살 누마가 아니었다. 그는 나이 든 아버지를 모시고 사비니 족 사람들 사이에 남았다. 타티아 역시 아버지 덕분에 누렸던 명예와 명성보다 평범한 시민인 남편의 조용한 삶이 더 마음에 들었다. 그러나 타티아는 결혼한 지 13년째 되는 해에 죽었다고 알려진다.

IV.

그때 누마는 도시 생활을 접고 대부분의 시간을 한적한 시골에서 보낼 결심을 했다고 한다. 신들의 숲과 성스러운 초원, 고독 속에서 세월을 보내며 홀로 시골을 방황하고자 했던 것이다. 바로 이 때문에 그의 여신에 대한 소문이 돌았다. 소문에 따르면 그가 보통 사람으로 살기를 포기한 것은 슬픔이나 정신이상 때문이 아니라 보다 존귀한 관계에서 오는 기쁨을 맛보았기 때문이며 거룩한 혼인의 축복을 받은 덕분이라고 했다. 에게리아 여신이 그를 사랑하고 그에게 자신을 내어준 것이다. 누마가 축복받은 생을 살고 인간을 뛰어넘는 지혜를 갖게 된 것은 바로 이 에게리아 여신과 사귀었기 때문이라고 사람들은 말한다.

『누마와 에게리아가 함께 있는 풍경』, 푸생.
에게리아. 16세기 리옹에서 출간된 위인전기 모음(Promptuarii Iconum Insigniorum)에 수록된 삽화.
『요정 에게리아로부터 로마의 법을 받는 누마』, 지아니.

V.

본론으로 돌아가자면 로마에서 왕위를 맡아달라는 사절단이 왔을 때 누마는 이미 마흔 살을 꼭 채운 나이였다. 로마의 대변자는 프로쿨루스와 벨레수스였는데, 원래 시민들은 그 가운데 한 사람을 왕으로 선택할 것처럼 보였다. 프로쿨루스는 로물루스의 추종자들이 지지하는 후보였고 벨레수스는 타티우스의 추종자들이 지지했다. 그래서 이들 대변자는 누마가 굴러들어 온 복을 반기리라고 여기고 간략하게 말을 전했다.

그러나 쉬운 일이 아니었다. 평화와 고요 속에 살던 사람을, 전쟁으로 인해 생겨나고 발전했다고 말할 수 있는 도시를 지배하도록 만드는 데는 상당한 설득과 간청이 필요했다. 아버지와 친척 마르키우스가 있는 자리에서 누마가 한 대답은 이러했다.

"인간의 삶에서 모든 변화는 위험한 것입니다. 부족함을 모르고 현재의 운명에 아무런 불만도 없다면 정신이 나간 사람이 아니고서야 어찌하여 삶의 목적을 수정하고 주어진 삶의 길을 버리겠습니까? 현재의 삶에 다른 어떤 이점이 없더라도 적어도 안정적이고 편안하기에 모든 것이 불확실한 삶보다는 나은 삶이 아니겠습니까? 그러나 로물루스 왕의 자취로 미루어 짐작해 보건대 대신들의 왕이 되는 운명은 불확실하다고조차 말할 수 없습니다. 로물루스 왕은 동료 타티우스에 대해 비열한 계략을 꾸몄다는 의혹을 받았으며 의원들 또한 비열한 방식으로 로물루스 왕을 몰아냈다는 비난을 받지 않았습니까? 그러나 이와 같은 비난을 하는 사람들도 로물루스를 신들의 자식으로 받들며 그가 갓난아기였을 적부터 믿어지지 않는 방법으로 죽음을 면했고 기적적인 방식으로 젖을 먹었다고 말합니다.

하물며 나는 인간의 아들이고 여러분도 아는 사람들이 먹이고 가르쳤습니다. 게다가 나의 품성 가운데 칭찬받는 기질은 왕이 될 운명을 가진 사람을 나타내는 기질과는 거리가 멉니다. 무엇보다도 나는 은거하기를 좋아하고 보통 사람들의 일상생활과 거리가 먼 학문을 연구하는 데 몸 바치고 있습니다. 또 내가 열렬히 마음 깊이 사랑하는 것이 있다면 바로 평화, 그리고 전쟁과 관계없는 일들, 홀로 살며 농사를 짓거나 가축을 치다가 오직 신을 경배하고 친목을 도모하기 위해 모이는 사람들입니다. 이것은 누구나 다 아는 사실입니다.

그러나 로마 대신 여러분, 그대들이 원하든 원하지 않든 로물루스 왕은 여러 전쟁을 물려주었습니다. 전쟁에서 이기려면 전사의 경험과 능력이 있는 왕이 있어야 합니다. 게다가 로마 사람들은 전쟁에 익숙해졌고 잇따라 승리한 이후로 전쟁을 하지 못해 안달인가 하면 정복을 통해 성장하려는 욕망에 눈을 감지 않습니다. 그러니 왕보다는 군대의 지휘자를 원하는 도시에 내가 왕으로 가서 신들을 경배하면, 그리고 정의를 추구하고 폭력을 증오하라고 가르치면, 나는 우스갯감이 될 것이 뻔합니다.”

VI.

누마는 이와 같은 말로 왕국을 거절했다. 그러자 로마의 사절단은 누마의 의견에 온 힘을 다해 조목조목 반박하고 로마를 또다시 파벌 싸움과 내전으로 내몰지 말아달라고 간청했다. 두 파벌이 모두 인정하는 또 다른 사람이 없었기 때문이다. 사절단이 물러간 뒤에는 누마의 아버지와 마르키우스가 조용히 그를 불러 신들이 내린 커다란 선물을 받으라고 설득해 보았다. 그들은 이렇게 말했다.

“네가 돈에 대한 욕심이 없는 것은 안다. 이미 충분히 가졌으니까. 권위와 권력에서 오는 명성을 원치 않는다는 것도 안다. 미덕으로부터 오는 더 큰 명성을 가졌으니까. 하지만 진정한 왕이 되는 일을 신에 대한 봉사라고 생각해 보아라. 신은 네 안에 있는 그 위대한 정의감을 깨우고 그것이 가만히 잠들어 있도록 내버려두지 않으시려는 듯하구나. 그러니 이 책무를 피하거나 이로부터 도망치지 말거라. 현명한 자라면 왕위를 위대하고 고귀한 행위가 벌어질 수 있는 벌판으로 여길 것이며, 이 벌판에서는 신들을 웅장한 제사로서 경배할 수 있을 테니 사람들의 마음이 쉽고도 빨리 누그러져 신앙심으로 향할 것이 아니냐? 지배자에게는 사람들의 마음을 주무를 영향력이 있는 법이란다. 로마 사람들은 타티우스가 바깥 나라에서 온 왕인데도 그를 아꼈고 죽은 로물루스 왕을 추모하며 신처럼 받드는 사람들이다.

또 누가 아느냐? 잇따라 승리를 맛보았지만 이제 전쟁에 싫증이 났을지? 이제 승리와 전리품을 물리게 맛보았으니 정의와 친구하는 왕, 그들을 질서와 평화의 길로 이끌어 줄 온화한 왕을 원할지? 허나 그 사람들이 실로 과격하고 전쟁을 하고 싶어 안달이 났다면 네가 네 손에 통치의 고삐를 쥐고 그 사람들의 열의를 다른 곳으로 인도하는 것이 낫지 않겠느냐? 네 덕분에 네 고향과 사비니 족의 온 나라가 활기차고 강성한 도시와 선하고 우정 어린 관계를 맺는 것이 낫지 않겠느냐?"

들리는 바에 따르면 이러한 설득에는 여러 상서로운 징조, 그리고 사비니 족 사람들의 열광적인 지지가 뒷받침되었다고 한다. 사비니 족 사람들은 로마에서 사절단이 왔다는 것을 알고는, 누마가 사절단과 함께 로마로 돌아가 왕권을 잡은 뒤 시민들을 통합하고 융합해 주기를 간절히 빌었다고 한다.

VII.

이에 따라 누마는 사람들의 뜻에 따르기로 하고 신들에게 제를 올린 뒤 로마로 떠났다. 원로원 의원들과 시민들이 그를 마중 나왔다. 사람들은 그에 대해 놀랄 만한 애정으로 가득 차 있었다. 여자들은 적절한 환호로 그를 환영했고 신전에서는 그를 위해 제물을 바쳤다. 기쁨이 어찌나 충만하던지 왕이 아니라 왕국을 맞이하는 듯했다.

그들이 포룸에 이르자 마침 당시 인테르렉스°였던 스푸리우스 베티우스는 시민 투표를 집행했고 모두가 누마를 찍었다. 그러나 왕의 상징을 가져오자 누마는 시민들에게 잠시 멈추어 달라고 하고 먼저 하늘로부터 권위를 인정받고자 했다. 그리고 예언가들과 사제들을 대동하고 당시 로마인들이 타르페이아 언덕이라고 부르던 카피톨리움으로 올라갔다.

거기서 예언가들의 우두머리가 덮개를 씌운 누마의 머리를 남쪽으로 돌리고 그 자신은 누마의 뒤에 서서 누마의 머리 위에 오른손을 올리고 큰 소리로 기도하며 신들이 보낸 새, 혹은 그 밖의 징조들을 관찰하기 위해 온 사방을 둘러보았다. 포룸에 있던 수많은 군중들 사이로 믿기지 않을 침묵이 흘렀고 사람들은 징조를 기다리며 잔뜩 가슴을 졸였다. 그러다 마침내 우측에서 상서로운 새들이 나타나 그 장소로 접근했다. 그러자 누마는 왕의 차림으로 요새에서 내려와 군중에게로 갔다. 군중은 크게 환호하며 그 누구보다 경건하고 신들의 사랑을 받는 누마 왕을 환영했다.

『예언가와 누마』, 베른하르트 로데.

통치권을 쥔 뒤 그가 가장 먼저 시행한 것은 로물루스가 늘 곁에 두었던 켈레레스, 즉 재빠른 자들** 삼백 명을 해산시키는 것이었다. 누마는 자신을 신뢰하는 사람들을 불신하는 것을 용납하지 않았을 뿐더러, 자신을 신뢰하지 않는 자들을 다스리는 것 또한 용납하지 않았기 때문이다. 두 번째 시행한 일은 유피테르와 마르스의 두 사제에 덧붙여 세 번째 사제, 즉 로물루스의 사제를 봉한 것이다.*

VIII.

이와 같은 조치로 로마 사람들의 선의와 호의를 산 누마는 즉각 도시를 유연하게 변화시키려 했다. 무쇠를 불에 달구어 무르게 하듯 거칠고 호전적인 성질을 보다 온화하고 정의로운 성질로 변화시키려고 한 것이다. 플라톤이 말하듯 도시가 열병을 앓는 상태일 수 있다면 당시 로마가 바로 그런 상태였기 때문이다. 로마가 탄생할 수 있었던 것은 온 사방에서 꾸역꾸역 모여든, 누구보다 대담하고 호전적인 정신의 소유자들의 지나친 호기와 무모한 용기 때문이었다. 이후로도 로마는 여러 원정과 계속된 전쟁들로부터 자양분을 얻고 세력을 키워나갔다. 그리고 땅에 심은 것은 흔들수록 더 굳게 자리 잡듯 로마 역시 여러 난관을 겪으면서 더 강력해지는 듯했다.

따라서 누마는 그토록 배짱이 좋고 고집 센 민족을 부드럽게 하고 평화를 추구하도록 만드는 일이 간단하지도, 사소하지도 않으리라 판단하고 신들의 도움을 요청했다. 주로 누마 자신이 지명하고 집전한 제사나

• 인테르레그눔(「누마」 편 II) 체제 하의 왕.
•• 「로물루스」 편 XXVI.

행진, 종교 무용, 즉 경건한 의식에 재미와 유익한 기쁨으로 가득 찬 놀이가 어우러지는 이와 같은 행사들을 통해 시민들의 마음을 얻고 그들의 맹렬하고 호전적인 성질을 누그러뜨렸다. 또 때로는 신들이 보낸 막연한 공포, 신적인 존재들의 기이한 환영과 위협적인 음성을 전달함으로써 미신적인 두려움을 심어 시민들의 마음을 다스리고 겸허하게 만들고자 했다.

염소를 제물로 바치는 누마의 모습이 새겨진 동전. 기원전 97년.

누마의 지혜와 교양이 퓌타고라스와의 친분으로부터 왔다고 전해지는 주된 이유가 이것이다. 퓌타고라스의 철학과 누마의 나라 체제에서 모두 종교 의식과 행사가 큰 몫을 차지하기 때문이다. 또한 누마가 늘 엄숙한 행동거지를 취한 것은 그것에 대한 퓌타고라스의 생각에 공감했기 때문이라고 한다.

실제로 퓌타고라스는 독수리를 길들인 것으로도 전해지는데 높이 날아가던 독수

퓌타고라스. 라파엘로의 『아테나이(아테네) 학당』의 세부.

리가 그의 외침을 듣고 멈추어 내려왔다고 한다. 같은 식으로 누마에 관해서도 이미 언급하였듯이 어느 여신, 혹은 산의 요정이 그를 품었고 그와 은밀한 만남을 가졌다는 설화가 전해진다. 그가 무사이 여신들과 이야기를 나눈 것도 잘 알려져 있다. 그는 자신이 알고 있는 예언술의

대부분은 무사이 여신들이 가르쳐 준 것이라고 했으며 로마 사람들에게는 무사이 여신 중에서도 타키타, 즉 침묵의 여신, 혹은 말 없는 여신에게 특별한 예를 갖추도록 했다. 이것은 아마도 퓌타고라스 학파의 침묵에 대한 계율을 전하고 지키는 방법이었을 것이다.

문예를 관장하는 무사이 아홉 여신. 석관의 돋을새김. 루브르 박물관.

더 나아가 신들의 형상에 관하여 그가 만든 규정은 퓌타고라스의 교리와 부합한다. 이 철학자는 존재의 제1원리가 감각이나 느낌을 넘어서 있으며, 보이지 않는 것이고 창조되지 않은 것이며 정신으로만 인지할 수 있다고 주장했기 때문이다. 같은 맥락에서 누마는 로마 사람들이 사람이나 짐승의 모습을 한 신의 형상을 숭배하지 못하도록 했다. 더구나 그 옛날에는 채색하거나 조각한 신의 형상이 없었으며, 끊임없이 신전을 짓고 신성한 사원을 세우던 처음 170년 동안은 신전에 놓기 위하여 사람의 형상을 한 신상을 만들지 않았다. 높은 것을 낮은 것에 빗대는 일을 불경하다고, 신을 지능 이외의 것으로 깨닫는 것은 불가능하다고 생각했기 때문이다. 제사 역시 퓌타고라스 학파의 숭배 방식과 철저히 부합했는데 대부분의 경우 피를 흘리지 않고 밀가루로 만든 음식이나 제주祭酒, 지극히 값나가지 않는 선물을 바치곤 했다.

166

이 밖에도 두 사람이 서로 친분이 있었다는 주장에 힘을 싣는 외적 증거 자료들이 있다. 그 가운데 한 가지는 퓌타고라스가 로마 시민으로 등록되어 있었다는 점이다. 이 사실은 희극 시인 에피카르모스가 안테노르에게 헌정한 글에 기록되어 있는데 에피카르모스는 퓌타고라스 학파에 속했던 옛 사람이다. 또 다른 증거는 누마 왕이 네 아들 가운데 하나를, 퓌타고라스의 아들의 이름을 따 마메르쿠스라고 지었다는 것이다.

더 나아가 나 또한 로마 사람들이 종종 다음과 같이 말하는 것을 들었다. 어느 신탁이 로마 사람들에게 명령하기를 헬라스인들 가운데 가장 현명하고 용맹한 사람들에게 바치는 기념비를 세우라고 하였다. 로마인들은 이때 포룸에 동상 두 개를 세웠다는 것이다. 하나는 알키비아데스, 또 하나는 퓌타고라스의 상이었다. 그러나 누마와 퓌타고라스의 친분에 관한 문제는 많은 논란의 대상이므로, 더 오래 논하여 독자 여러분을 설득하고자 한다면 유치한 경쟁심으로 비칠 수 있으니 이만 하겠다.

IX.

누마는 폰티펙스라고 부르는 고등 사제의 자리를 만든 장본인이기도 하며 그 자신이 처음으로 그 자리를 채웠다고 한다.

여러 폰티펙스의 우두머리, 즉 폰티펙스 막시무스는 신의 뜻을 전하고 해석하는 임무, 더 정확하게는 신성한 의식을 지휘하는 임무를 맡고 있었다. 폰티펙스 막시무스는 나라에서 올리는 종교 의식을 관장할 뿐만 아니라, 개인이 올리는 제사도 살피며 확립된 관습을 벗어나는 것을 막았다. 신을 숭배하거나 달래는 데 필요한 모든 것도 가르쳤다. 베스타 여신을 섬기는 처녀 여사제들을 관리하는 것도 폰티펙스 막시무스의 몫인데, 베스타 처녀들을 신성한 지위에 놓은 것이 바로 누마이기 때문이다.

여사제들로 하여금 꺼지지 않는 불을 받들고 돌보게 만든 것도 누마다. 불의 성질이 순수하고 오염되지 않았었다고 생각했기 때문에 순결하고 더럽혀지지 않은 처녀들에게 맡겼거나, 열매를 맺지 못하는 불모의 성질을 가졌다고 생각했기 때문에 처녀성과 연결시켰을 것이다. 헬라스에서는 꺼지지 않는 불이 있는 곳이라면, 그러니까 델포이나 아테나이와 같은 곳에서는, 그 불을 처녀가 아닌 혼기가 지난 과부가 지킨다.

* 포룸에 위치한 베스타 여사제들의 집.
** 베스타 여사제. 돋을새김. 117-138년 경.
*** 『베스타 여사제들』, 장 라우.

아리스티온의 참주 체제 때 아테나이에서 신성한 등불이 꺼졌던 것처럼, 그리고 델포이에서 메데스가 신전을 불태웠을 때 그랬던 것처럼, 또 미트리다테스 전쟁*과 로마 내전 당시 제단이 파괴되고 불이 꺼졌던 것처럼 어떤 이유에서건 불이 꺼지면, 다른 불에서 불을 옮겨 붙여 와서는 안 되고 태양의 빛줄기로부터 순수하고 오염되지 않은 불꽃을 얻어 새로이 만들어야 한다. 이는 대개 금속으로 된 거울을 이용해서 하는데 거울의 오목한 정도는 직각 이등변삼각형의 변을 따르도록 되어 있고, 이 변은 거울의 중심과 가장자리를 직선으로 잇게 된다. 따라서 이러한 거울을 태양과 마주보게 놓았을 경우, 사방으로 흩어져 쏟아지는 빛줄기가 중앙으로 집중되고 산소가 희박해지면서 태양의 빛줄기가 불의 성질과 힘을 얻어 중앙에 놓인 가볍고 바싹 마른 물질을 화르륵 태운다.

더 나아가 어떤 이들은 신성한 베스타의 처녀들이 지키는 것은 이 꺼지지 않는 불밖에 없다고 이야기하는 반면, 다른 이들은 처녀들이 그 누구도 볼 수 없는 특정한 성물聖物을 숨기고 있다고 이야기하기도 한다. 이에 관하여 법을 거스르지 않는 선에서 배우고 또 이야기할 수 있는 것들은 「카밀루스」 편에 적어 두었다.

X.

처음에는 누마가 이 자리에 게가니아와 베레니아를 임명했다고 하고 이후 카눌레이아와 타르페이아를 더했다고 한다. 이후 세르비우스가 둘을 더했고 그로써 오늘날까지 이어오는 여사제의 수가 결정되었다고 한다. 왕이 정하기를 신성한 처녀들은 삼십 년 동안 순결을 지켜야 했다. 처음 십 년은 임무를 배우고 두 번째 십 년은 배운 임무를 수행하고 마지막 십 년은 이 임무를 다른 처녀들에게 가르친다. 삼십 년이 지나면 신성한 의무를 벗고 원하는 대로 결혼을 하고 다른 삶의 방식을 택할 자유가 생긴다. 그러나 그러한 자유를 기꺼이 누린 이들은 많지 않으며

• 기원전 88년부터 기원전 65년까지 벌어졌던 폰토스 왕국의 미트리다테스 왕과 로마와의 전쟁. 로마 장군 폼페이우스가 마지막 승리를 이끌었다.

누렸다고 해도 행복하지 않았고 평생 후회하며 실의에 빠져 살았다고 한다. 그 결과 나머지 처녀들 사이에는 이런 삶에 대한 두려운 미신이 생겼고 그들은 나이가 들어 죽는 날까지 처녀성을 지켰다.

그러나 누마는 그들에게 여러 커다란 혜택도 주었다. 부친이 살아 있을 동안 유언장을 쓸 권리와, 그 밖의 일에 관해서도 아이를 셋 둔 어머니와 마찬가지로 보호자 없이 스스로 처리하고 관리할 권리를 가졌다.

미국의 10센트 동전 뒷면에 새겨진 파스 케스.

거리로 나올 때는 파스케스고위 관리들이 앞세 우는 막대와 도끼 묶음를 앞세울 수 있었고, 우연히 사형장으로 가는 죄인과 마주치면 그 죄인은 목숨을 구했다. 대신 처녀는 그 만남이 의도적이지 않고 계획되지 않은 우연이었음을 맹세해야 했다. 처녀가 탄 가마 밑을 지나가는 자는 죽임을 당했다.

가벼운 잘못을 범했을 경우 처녀들은 채찍질을 당했으며 때로는 폰티펙스 막시무스 자신이, 장막이 가로놓인 어두운 곳에서 잘못을 범한 처녀의 맨 살갗을 채찍질했다. 순결 서약을 어긴 경우에는 콜라나 성문 근처에 산 채로 묻혔다. 이곳에는 성벽 안쪽을 따라 땅이 두둑을 이루고 있다. 그 밑에는 작은 방이 만들어져 있고 지상으로 계단이 나 있다. 방에는 덮개를 덮은 긴 의자, 불이 켜진 등불, 살아가는 데 필요한 최소한의 것들, 즉 빵, 물 한 그릇, 우유, 기름 등이 아주 조금씩만 있다. 종교라는 가장 고귀한 봉사에 봉헌된 삶을 살던 사람을 굶겨 죽였다는 비난을 면하기 위해서인 듯하다.

죄를 지은 이는 가마에 태우고 그 위에 덮개를 씌운 뒤, 안에서 찍소리도 흘러나오지 못하도록 끈으로 묶는다. 그리고 가마를 들고 포룸을 행진한다. 거기 있는 모든 사람들은 가마에 길을 내어주고 말 한마디 없이, 끔찍이 우울한 기분으로 가마를 따른다. 그보다 더 섬뜩한 장면은 없으며 그날보다 도시가 더 침울한 날도 없다. 가마가 목적지에 도착하면 수행원들이 덮개를 묶은 끈을 푼다. 최고 사제가 결정적인 행위를 앞두고 하늘로 팔을 뻗은 뒤, 알 수 없는 기도를 읊조린다. 그런 다음 얼굴을 철저히 가린 죄인을 앞으로 데리고 나와 방으로 내려가는 계단에 세운다. 그런 뒤 최고 사제와 나머지 사제들은 고개를 돌리는데, 죄인이 계단을 다 내려가면 계단을 치우고 방으로 들어가는 입구에 엄청난 양의 흙을 채워 막은 다음, 원래 있던 두둑과 같은 높이로 다진다. 순결 서약을 어기는 이에게 내려지는 벌은 이와 같다.

XI.

이 밖에도 누마는 꺼지지 않는 불이 보관되어 있는 베스타의 신전을 지은 것으로 알려져 있다. 신전은 둥그렇게 지었는데, 베스타가 대지의 여신이라고 믿었기 때문에 대지의 모양을 본떠 둥그렇게 만들었다는 말은 사실이 아니다. 우주 전체의 모양을 본뜬 것이다. 퓌타고라스 학파는 우주의 중심에 불이라는 원소를 놓고 이것을 '베스타와 단위모나드'라고 부른다. 그들은 대지가 움직임이 없지도 않으며 그것을 둘러싼 공간의 중심에 위치한 것도 아니라고 주장한다. 대지는 중심에 자리한 불 주위를 원을 그리며 도는데 우주에서 가장 중요한 요소도, 가장 기본적인 원소도 아니라는 것이다.

이것은 플라톤이 노년에 대지에 관하여 가진 생각과도 같다. 그는 대지가 2차적인 공간에 자리 잡고 있으며 중심에 있는 최고의 공간은 다른, 더 고귀한 물체를 위해 남겨져 있다고 생각했다고 한다.

· 로마 포룸 내에 자리한 베스타 신전.

XII.

폰티펙스는 또한 원하는 사람들에게 조상 대대로 내려온 매장 의식을 설명하고 절차를 지휘했다. 누마는 매장을 오염이라는 시각에서 바라보지 말고, 지하 세계의 신들에게도 다른 신들에게 하는 대로 제사를 지내라고 가르쳤다. 그들은 우리들의 가장 중요한 부분을 받아 가지게 되기 때문이다. 누마는 특히 죽은 자의 장례를 주관하는 여신 리비티나를 받들도록 했다. 이 여신이 페르세포네인지, 지극히 학식 있는 로마 사람들이 주장하듯 베누스인지는 중요하지 않다.

이로써 누마는 사람의 탄생과 죽음을 동일한 신의 권능에 부적절하게 연결시키지 않았다. 또한 나이에 따라 애도 기간을 다르게 규정지었다. 예를 들어 세 살이 되기 전에 죽은 아이는 애도하지 않았고 네 살 이후부터는 산 햇수와 동일한 달수 동안 애도할 수 있었으나 길어도 열 달을 넘길 수 없었다. 이것은 남편을 잃은 여자들이 과부로 지내야 하는 기간과도 일치했는데, 그 기간이 지나가기 전에 새 남편을 얻고자 하는 여자는 누마가 제정한 법에 따라 송아지를 밴 암소를 제물로 바쳐야 했다.

누마는 또한 여러 사제 계급을 확립했다. 나는 그 가운데 두 계급만 이야기하겠다. 바로 살리이와 페티알레스인데 이들은 다른 어느 사제 계급보다 누마가 가진 경건한 신앙심을 가장 잘 드러낸다.

페티알레스는 말하자면 평화를 수호하는 이들의 무리다. 페티알레스라는 이름은 그들이 수행하는 임무로부터 왔다는 것이 내 생각인데, 그 임무라는 것이 대화*로 분쟁을 해결하는 것이기 때문이다. 그들은 정의가 실현될 것이라는 모든 희망이 단절되기 전에는 나라가 적대적인 움직

• 페린은 여기서 플루타르코스가 '말하다', 즉 '파테리(fateri)', '파리(fari)'와 페티알레스를 연결 짓고 있다고 말한다.

임을 취하도록 내버려두지 않는다. 헬라스 사람들은 양측이 폭력을 쓰는 대신 서로 의논하여 분쟁을 해결하는 것을 평화라고 한다. 로마의 페티알레스는 상대방이 나쁜 짓을 저지르면 먼저 공정하게 대접해 주기를 사적으로 요청한다. 그러나 부당한 대접이 계속될 경우 신들을 증인으로 세우고, 로마가 부당한 이유로 무력을 사용하려고 한다면 사제들 자신과 나라에 끔찍한 불행을 내려도 좋다는 기도와 함께 상대방에게 전쟁을 선포했다.

그러나 페티알레스가 금지하거나 허락하지 않으면 로마의 그 어느 왕이나 병사도 합법적으로 무기를 들 수 없었다. 로마가 갈리아 사람들에게 겪은 끔찍한 참사는 이 사제들을 불법적으로 대우한 결과라는 이야기가 전해진다.

무슨 말인가 하면, 갈리아 사람들이 클루시움을 공격했을 적에 로마는 파비우스 암부스투스를 그들 진영으로 보냈다. 공격당한 이들을 대신해 적대 행위를 멈추도록 설득하려 한 것이다. 그러나 마음에 들지 않는 대답을 받자 사절로서의 자신의 임무가 끝났다고 생각한 파비우스는 클루시움 사람들을 대표하여 갈리아 사람 가운데 가장 용맹한 자에게 도전했고 싸움 한 판을 치렀다. 여기서 이긴 파비우스는 적을 말에서 끌어내리고 그의 군장을 벗겼다. 그러나 파비우스가 누군지 알아챈 갈리아 사람들은 로마에 전령을 보내, 파비우스가 정전 협정을 어겼으며 맹세를 어겼고 전쟁을 정식으로 선포하기도 전에 자신들을 상대로 싸움을 시작했다고 비난하였다.

로마의 페티알레스는 파비우스를 갈리아 사람들의 손에 넘기도록 원로원을 설득하였으나 파비우스는 군중 속에 몸을 숨겼으며 대중의 지지 덕에 처벌을 면했다. 결국 얼마 지나지 않아 갈리아 사람들이 치고 올라와 카피톨리움을 제외한 로마 전체를 약탈했다. 그러나 이 이야기는 「카밀루스」 편에서 좀 더 자세히 논하기로 하자.

XIII.

누마는 또 다른 사제 계급인 살리이를 다음과 같은 이유로 제정했다고 한다. 그가 왕위에 앉은 지 여덟째 해 전염병이 찾아왔다. 이탈리아 전역을 돌던 병이 로마 또한 괴롭혔다. 이야기에 따르면 사람들이 전염병으로 낙담하고 있을 당시 하늘에서 청동 방패가 떨어졌는데 이것을 손에 넣은 누마는, 에게리아 여신과 무사이 여신들로부터 들은 방패에 관한 놀라운 이야기를 전했다. 이야기에 따르면 방패는 도시를 구원하기 위해 온 것으로 동일한 형식과 크기, 형태를 갖춘 닮은꼴 열한 개를 제작하여 정성들여 보존해야 했다. 훔치려는 자가 있어도 새로 제작한 방패와 하늘에서 떨어진 방패를 구별하지 못할 정도로 닮아 있어야 했다.

· 안젤리카 카우프만이 그린 『누마에게 방패를 건네는 에게리아』.

그는 더 나아가 방패가 떨어진 지점과 무사이 여신들이 자신에게 말을 걸곤 하는 인접한 초원을 무사이 여신들에게 봉헌해야 한다고 했다. 또 그 초원에 물을 제공하는 샘을 성수로 선포하고 베스타 여사제들로 하여금 매일 신전에 뿌려 정화할 것을 명했다.

이야기에 따르면, 그 즉시 전염병이 멈추었고 그로써 누마가 진실을 말하고 있음이 드러났다고 한다. 또 누마가 장인들에게 방패를 보여주고 최대한 똑같이 만들어 보라고 일렀을 때 모두가 거절하였는데, 한 사람 베투리우스 마무리우스만이 승낙했다고 한다. 이 뛰어난 장인은 자신이 만든 닮은꼴에 매우 만족했고 열한 개 모두가 방패와 어찌나 흡사했는지 누마조차 구분하지 못할 정도였다고 한다.

누마는 이 방패를 지키고 보존하기 위해 살리이 계급에 사제들을 임명한 것이다. 그러니 살리이라는 이름이 사모트라키아, 혹은 마티네아 사람 살리우스로부터 왔다는 이야기는 잘못된 것이다. 살리우스는 이 사제들에게 군장을 하고 추는 춤을 처음으로 가르쳐 준 사람이라고 한다. 하지만 살리이라는 이름은 그 춤의 특징이 껑충 뛰는 데* 있기 때문에 지어진 것이다. 이 춤은 매해 3월 사제들이 신성한 방패들을 들고 도시의 거리를 행진할 때 추는 것이다. 사제들은 자주색 투니카 위에 넓은 청동 허리띠를 차고 머리에는 청동 투구를 쓴 채 작은 단검으로 방패를 때린다. 춤동작은 발놀림이 대부분이다. 우아하지만 힘차고 민첩하게 빠르고 반복적인 박자에 맞추어 다양한 방식으로 회전한다.

XIV.

이처럼 사제 계급을 제정하고 규정한 누마는 베스타 신전 가까이 일명 레기아, 즉 왕궁을 지었다. 여기서 신성한 직분을 수행하거나, 사제들을 가르치거나 신적인 것들에 관하여 고요히 명상하며 대부분의 시간을 보냈다. 그는 퀴리날리스 언덕에도 집을 갖고 있었다. 그 자리는 오늘날까지 잘 알려져 있다.

베네치아 팔라초 듀칼레에 있는 누마 폼필리우스의 돋을새김. 상단에는 '누마 폼필리우스 황제, 신전과 예배당의 건설자'라고 새겨져 있다.

• 라틴어 '살리레(salire)'는 껑충 뛴다는 의미.

사제들이 거리에서 장엄한 행진을 하는 날이면 전령들은 그 전에 도시를 누비며 사람들에게 모든 일을 멈추고 쉬라고 전한다. 퓌타고라스 학파 사람들이 신들에게 경배하는 일을 서둘러 얼렁뚱땅 하도록 허용하지 않고, 마음의 준비를 마치면 집을 나와 곧바로 신을 경배하는 곳으로 향한다고 전해지듯, 누마 역시 다른 문제에 신경이 쓰여 주의를 집중할 수 없을 때 신을 경배하는 의식을 듣거나 보아서는 안 된다고 생각했다. 모든 방해 요소로부터 자유로운 상태에서 가장 중요한 종교 의식에 모든 생각을 집중해야 한다고 생각한 것이다. 또한 거리에서 모든 잡음과 소란을 없애고 하찮은 육체노동에 수반되는 그러한 모든 것들을 없앰으로써, 신성한 의식에 대비해 거리를 깨끗하게 만들어야 한다고 생각했다.＊

누마의 여러 다른 규범 또한 퓌타고라스 학파 사람들의 계율을 닮아 있었다. 예를 들자면 퓌타고라스 학파 사람들은 이렇게 말한다.

"코이닉스＊를 의자로 쓰지 말라."

"칼로 불을 찌르지 말라."

"타지로 나갈 때 뒤를 돌아보지 말라."

"하늘의 신들에게는 제물을 홀수로 바치고 땅의 신들에게는 짝수로 바치라."

그런데 이와 같은 계율의 의미는 평범한 사람들에게 밝히지 않았다. 누마의 규범 가운데도 의미가 밝혀지지 않은 규범들이 있다. 예를 들자면 이런 것이다.

"자르지 않은 가지의 포도주를 신들께 바치지 말라."

"공복에 제물을 바치지 말라."

"제를 올리며 한 바퀴 돌아라."

• 1코이닉스를 헤아리는 데 쓰는 그릇을 지칭하는 말로, 옥수수 1코이닉스는 한 사람이 하루 먹을 정도의 분량이다.

"제를 올린 뒤 자리에 앉으라."

앞의 규범 두 가지는 땅을 다스리는 것이 종교의 일부라고 가르치는 듯 보인다. 그리고 제를 올리며 한 바퀴 도는 것은 우주의 회전을 흉내 내는 것이라고 한다. 그러나 내 생각은 이렇다. 신전을 들어서는 신도는, 신전이 동쪽으로 태양을 바라보고 있으므로 뜨는 해를 등지게 된다. 따라서 반 바퀴 돌아 해가 뜨는 방향을 바라보고 나머지 반 바퀴를 돌아 신전이 봉헌된 신을 마주 봄으로써 온전히 한 바퀴를 돌아 두 신 모두에게 기도를 하게 되는 것이다. 혹은 이런 식으로 자세를 바꾸는 것이 아이귑토스의 바퀴처럼, 인간사에는 안정이 없으며 우리는 신들이 우리 인생에 부여하는 그 어떤 우여곡절이라도 기꺼이 받아들여야 함을 가르치고, 또 은근히 암시하고 있을지 모른다. 제를 올린 뒤 자리에 앉는 것에 관하여서는 기도가 이루어질 것인지, 신들의 은총이 얼마나 갈 것인지 점치는 방법이라는 말이 있다.

또한 여러 의식 순서 사이에 휴식 시간이 있으므로 한 가지 순서를 마치고 신들이 임한 곳에서 자리에 앉는 것은, 그다음 순서 역시 신들의 은총과 함께 시작하기 위함이라는 것이다. 그러나 이 규범 역시 앞서 말한 것에 부합한다고 볼 수 있다. 즉 입법자 누마는 우리가 다른 문제로 바쁘고 마음이 급할 때 신에게 탄원하는 것이 아니라 시간이 있고 여유로울 때 탄원하는 습관을 들이려고 했던 것이다.

XV.

종교적인 일들에 관한 이와 같은 훈련과 교육이 있자 로마 사람들은 다루기가 매우 쉬워졌다. 뿐만 아니라, 누마의 힘을 경외한 까닭에 사람들은 그의 이야기들을 마치 전설처럼 기이하다고 해도 받아들였으며, 그가 시민들에게 믿거나 행하도록 권유하는 그 무엇도 믿기 어렵다거나 불가능하다고 여기지 않았다. 하루는 누마가 여러 시민들을 식사에 초대했다고 한다. 그리고 그들 앞에 매우 약소한 음식을 검소한 접시에 담아냈다. 시민들이 식사를 하기 시작했을 때 누마는 자신과 사귀는 여신이 자신을 만나러 왔다며 시민들을 놀라게 하였다. 그러자 갑자기 방은 값비싼 잔과 온갖 고기, 다양한 가구로 가득 찼다고 한다.

XVI.

이야기에 따르면 운명의 신과 테르미누스 신에게 바치는 신전을 처음으로 지은 것도 누마라고 한다. 그는 진지한 맹세를 할 때는 운명의 신의 이름을 앞세우도록 가르쳤고 로마 사람들은 여전히 그렇게 한다. '테르미누스'는 '경계'를 의미한다. 사람들은 자신의 땅에 경계선을 그을 때 이 신에게 개인적으로, 혹은 공적인 차원에서 제사를 지낸다. 요즘에는 산 제물을 바치지만 고대에는 이 제사 중에 피를 보지 않았다. 누마는 경계의 신이 평화의 수호자이며 공정한 거래의 증인이니 도살과 관계가 없어야 한다는 논리를 폈다.

도시의 경계를 정한 것도 누마라는 건 비교적 확실하다. 로물루스는 자신의 영토를 측량함으로써 남들로부터 얼마나 많은 땅을 빼앗았는지 인정하고자 하지 않았다. 그는 경계가, 그것이 지켜졌을 때는 무법적인 세력을 구속하지만, 지켜지지 않았을 때에는 부당한 행위의 증거가 된다는 사실을 알고 있었기 때문이다. 실제로 애초에 로마의 영토는 많지 않았으나 로물루스가 이후 대부분을 무력으로 획득했다.

누마는 이 모든 영토를 가난한 시민들에게 분배했다. 그는 사람을 악행으로 모는 가난을 없애고 농사를 권장하고자 했다. 사람들이, 자신이

178

경작하는 땅만큼 유연하고 부드럽게 될 수 있도록 하고자 함이었다. 농부의 삶만큼 평화에 대한 간절한 바람을 일으키는 직업은 없기 때문이다. 농부의 삶에서는 자기 것을 지키기 위해 싸울 수 있는 전사다운 용기는 늘 보존되어 있는 반면, 전사에게 허용된 욕심을 채우고 불의를 저지르고자 하는 욕구는 사라지기 때문이다. 따라서 농업을 일종의 평화의 영약으로 시민들에게 처방한 누마는 농업 기술이 부가 아닌 품성을 닦는 수단으로 자리 잡은 것에 만족하며 도시의 영토를 구역으로 나누었다.

그는 이 구역을 '파구스'라고 불렀고 각 파구스에는 감독관과 순찰관을 두었다. 그러나 때로는 몸소 구역을 점검하기도 했으며 밭의 상태를 보고 시민들의 성격을 판단하고는, 그들을 명예와 신임을 받는 지위로 격상시켰다. 반면 게으르고 부주의한 시민들의 경우 나무라고 꾸짖어 정신을 차리게 했다.

XVII.

그러나 그가 확립한 모든 제도 가운데 가장 큰 존경을 받은 것은 그가 사람들을 직업이나 기술에 따라 나눈 것이다. 앞에서 말했듯* 도시는 두 부족으로 구성된 것으로 여겨졌다. 그러나 융합되기는커녕 두 부족으로 나뉘어 있었고 이들은 통합되는 것, 즉 다양성과 차이를 지우는 것을 완강히 거부하고 있었다. 오히려 도시를 구성하는 두 부분 사이에는 끊임없는 충돌과 다툼이 잦았다.

잘 섞이지 않는 단단한 물질이라도 부수고 갈면 입자가 작아져 더 잘

• 「누마」 편 II.

섞이고 혼합된다는 것을 알고 있었던 누마는 전체 시민을 훨씬 더 많은 부분으로 나누고자 결심했다. 다른 구분 방식을 도입함으로써 처음부터 존재했던 뚜렷한 구분 방식이 더 세밀한 구분 방식 속에서 잊혀지고 사라지게 만들려고 한 것이다. 이에 따라 그는 시민들을 기술과 직업에 따라 구분했다. 악사, 금 세공사, 목수, 염색하는 사람, 가죽을 무두질하는 사람, 가죽 물건을 만드는 사람, 놋쇠로 물건을 만드는 사람, 그릇을 만드는 사람으로 나눈 것이다. 나머지 직업에 종사하는 사람들은 하나로 묶었다. 그는 또한 각 집단에 어울리는 사적 모임과 공적 집회, 종교 의식을 지명했다. 그로써 시민을 사비니 족이니 로마 사람이니, 타티우스의 백성이니 로물루스의 백성이니 구분지어 일컫고 생각하는 관습을 몰아냈다. 그리하여 그의 구분 방식은 시민들이 전부 조화롭게 섞이는 결과를 낳았다.

그는 또한 아들을 매매할 수 있게 허용한 법을 개정한 것으로도 칭송받는다. 그는 결혼한 아들의 경우, 그 결혼이 아버지의 허락과 승인을 받았다는 전제하에서, 아들을 팔아넘길 수 없도록 했다. 남편이 자유인이라고 생각하고 결혼한 여자가 노예와 함께 살게 되는 상황에 이르는 것은 가혹하다고 생각했기 때문이다.

XVIII.

그는 또한 달력을 조정하는 일에 착수했다. 엄밀히 조정한 것은 아니나 치밀하게 관찰하지 않았던 것도 아니다. 로물루스가 왕위에 있는 동안 달력은 비합리적이고 불규칙했는데, 이는 딜은 20일이 채 안 되고 어느 달은 35일이었으며 더 긴 달도 있었다. 그들은 해와 달의 1년 주기가 서로 다르다는 것을 전혀 몰랐으며 한 가지 원리만 따랐는데, 그것은 1년이 360일로 이루어져 있어야 한다는 것이었다. 그러나 누마는 두 주기의 차이를 11일로 계산했다. 이는 달의 1년 주기가 354일, 해의 주기가 365일이었기 때문이다. 그래서 11을 둘로 곱하여 2년마다, '페브루아리우스' 달 다음에 '메르케디누스'라는 윤달을 삽입했다. 메르케디누스는 총 22일이었다. 그가 이와 같이 오차를 수정했음에도 이것은 훗날 더 큰 수정을 요하게 된다.

누마는 달의 순서도 바꿨다. 첫 달이었던 마르티우스는 세 번째로 옮겼고 로물루스 치하에서 열한 번째 달이었던 '야누아리우스'는 첫 달로 옮겼다. 열두 번째이자 마지막 달이었던 페브루아리우스는 그렇게 해서 지금처럼 두 번째 달이 되었다. 그러나 야누아리우스와 페브루아리우스는 누마가 달력에 추가한 달이며 애초에 로마에서는 열 달을 1년으로 쳤다고 하는 사람들도 많다.※

XIX.

애초에 로마에서 열두 달이 아닌 열 달을 1년으로 쳤다는 것은 마지막 달의 이름을 보아도 알 수 있다. 아직까지 이 달은 '데켐베르', 즉 열 번째 달이라고 불린다. 또한 '마르티우스'가 첫 번째 달이었다는 것은 그 뒤에 이어지는 달의 이름이 입증한다. 마르티우스 다음으로 이어진 달 중에 다섯 번째를 '퀸틸리스다섯 번째 달', 여섯 번째를 '섹스틸리스여섯 번째 달'라고 했고 나머지도 그런 식으로 불렀다. 그러나 마르티우스 앞에 야누아리우스와 페브루아리우스를 놓자 일곱 번째 달에 다섯 번째 달이라는 의미의 퀸틸리스라는 이름을 붙이는 잘못을 범하게 된 셈이다.

아무튼 로물루스가 마르스 신에게 봉헌된 마르티우스를 처음에 놓고 아프로디테의 이름을 딴 아프릴리스를 그다음에 놓은 것은 충분히 있을 법한 일이다. 그다음에 오는 달은 순서대로, 메르쿠리우스의 어머니 마이아에게 봉헌하고 그 이름을 딴 '마이우스', 그리고 유노 여신의 이름을 딴 '유니우스'이다. 나머지 달의 이름은 목록상의 위치를 헤아려 지었는데 다섯 번째 달은 퀸틸리스, 여섯 번째는 섹스틸리스, 그리고 이어서 셉템베르, 옥토베르, 노벰베르, 데켐베르라고 불렀다. 나중에 다섯 번째 달은 폼페이우스를 굴복시킨 율리우스 카이사르의 이름을 따 '율리우스', 여섯 번째 달은 '아우구스투스'라는 칭호를 얻은 두 번째 카이사르의 이름을 따 '아우구스투스'라고 불렸다. 일곱 번째와 여덟 번째 달은 잠깐 동안 게르마니쿠스와 도미티아누스라는 이름을 얻었다. 이는 도미티아누스 황제가 지은 것이다. 그러나 그가 죽임을 당한 뒤 이름은 다시 셉템베르와 옥토베르로 돌아갔다. 마지막 두 달, 노벰베르와 데켐베르만이 처음의 순서에 의해 주어진 이름을 끝까지 변함없이 지켰다.

누마가 추가했거나 순서를 바꾼 달 중에 페브루아리우스는 정화와 관련되어 있을 것이다. 이것이 페브루아리우스라는 말의 의미와 가장 밀접하기 때문이며, 이 달에는 죽은 자에게 제를 올리고 '루페르칼리아'라는 축제를 벌였다. 이 축제의 여러 특색은 정화 의식을 닮아 있다. 첫 번째 달의 이름 '야누아리우스'는 야누스에서 왔다. 그리고 누마가 마르스의 이름을 딴 '마르티우스'를 맨 앞에서 뒤로 보낸 것은 언제 어디서든 전쟁의 힘이 사회와 정치의 힘에 자리를 양보하기를 원했기 때문일 것이다. 야누스는, 그가 반신이었든 왕이었든, 먼 옛날부터 나라와 사회의 질서를 수호했으며 인간 삶을 짐승 같고 야만적이던 상태에서 거둔 것으로 알려져 있다. 바로 이런 이유에서 그는 두 얼굴을 가진 것으로 그려진다. 그가 특정한 형편과 환경에

· 두 얼굴을 가진 야누스. 바티칸 박물관.

처해 있던 인간의 삶을 다르게 바꾸어 놓았음을 암시하고 있는 것이다.

XX.

　로마에는 야누스를 위한 신전도 있었는데 이 신전에는 양쪽으로 열리는 문이 있었으며 이를 '전쟁의 문'이라고 불렀다. 전시에는 신전의 문이 늘 열려 있고 평화가 오면 닫혔기 때문이다. 후자는 쉬운 일이 아니었으며 매우 드문 일이기도 했다. 덩치를 키우던 로마가 영토를 에워싼 바깥나라들과 늘 전쟁에 휘말려 있었기 때문이다. 그러나 아우구스투스 카이사르의 시대에는, 그가 안토니우스를 끌어내린 이후로 문이 닫혀 있었으며 그 이전에 마르쿠스 아틸리우스와 티투스 만리우스가 집정관일 당시, 잠깐 동안 닫혀 있었다고 한다. 그러다 어느새 또 전쟁이 발발해 문이 열렸다.

• 「야누스 신전」. 루벤스.
•• 로마의 동전에 비교적 상세히 그려진 야누스 신전.
••• 「야누스 신전」. 테오도르 판 튈덴. 루벤스의 그림을 판화로 되살린 작품.

그러나 누마의 재위 기간 동안에는 전쟁이 완전히 멈추어, 총 43년 간 단 하루도 열리지 않고 굳게 닫혀 있었다고 한다. 로마 사람들이 왕의 정의로움과 온화함에 감화되고 온순해졌을 뿐만 아니라, 주변 지역의 도시들 또한 마치 로마로부터 시원한 공기, 몸에 좋은 바람이 불어오기라도 하듯 기분이 달라지는 것을 느꼈기 때문이다. 안정적인 통치 체제를 기반으로 평화를 누리고, 땅을 갈며 조용히 아이들을 키우고 신을 숭배하고자 하는 간절한 바람으로 가득 찼던 것이다. 이탈리아 전역에서 축제와 잔치가 벌어졌고, 사람들은 두려움 없이 숱하게 오가며 서로를 환대하고 친밀하게 사귀었다.

또한 누마의 지혜의 샘물로부터 명예와 정의가 모든 이들의 마음속으로 흘러 들어갔고 그의 고요하고 침착한 정신이 널리 퍼져나갔다. 시인들의 과장법으로도 그 당시 사람들의 상태를 그려내기에 부족하다.

쇠로 휘감은 방패의 손잡이에는 누런 거미가 거미줄을 친다.
끝이 날카로운 창과 양날 검은 이제 녹이 평정하였고
황동 나팔 소리는 더 이상 들리지 않으며
눈꺼풀은 달콤한 잠을 빼앗기지 않는다.

실로 누마가 왕위에 있는 동안 그 어떤 전쟁도 당쟁도 정치 혁명도 기록되어 있지 않다. 더 나아가 누마에 대한 그 어떤 증오나 시기를 느끼는 이도 없었고 왕위를 차지하려는 야심으로 인해 계략과 음모를 꾸미는 사람들도 없었다. 오히려 그를 특별히 돌보고 있는 듯한 신들에 대한 두려움 덕분인지, 그의 인품에 대한 존경심 덕분인지, 혹은 재위 중 인간의 삶을 모든 악의 얼룩으로부터 해방시키고 순결하게 지킨 그의 놀라운 은총 덕분인지 몰라도, 그는 플라톤의 말의 명백한 실례이자 증거가

184

되었다. 후대의 플라톤은 나라를 다스리는 것에 관하여 다음과 같이 말했기 때문이다.

"어떤 신적인 은총에 의하여, 한 사람 안에서, 왕의 권력이 철학자의 통찰력과 결합되고 악이 덕성의 통제와 지배에 놓일 때 비로소 인간의 불행이 멈추고 사라질 것이다. 실로 그토록 현명한 사람은 스스로도 행복하고 그의 입에서 나오는 지혜로운 말을 듣는 자 또한 행복하다."

실제로 군중을 상대할 때 꼭 어떤 강요나 위협이 필요하지는 않기 때문이다. 그들이 지배자의 삶에서 덕의 뚜렷하고 빛나는 실례를 본다면, 이를 본떠서 제 발로 지혜의 길을 걸을 것이며 그를 본받아 우정과 서로 간의 이해 속에서, 의로움과 절제를 수반한 결백하고 축복받은 삶을 따를 것이다. 그러한 삶이 모든 나라 체제의 가장 고귀한 목적이며 백성에게 그러한 삶과 성품을 심어줄 수 있는 왕이 가장 왕다운 왕이다. 누마는 바로 이것을 누구보다도 잘 인지하고 있었던 것으로 보인다.

XXI.

그의 혼인 관계와 자식 관계에 대해서 역사가들은 서로 다른 이야기들을 하고 있다. 어떤 이들은 그가 타티아 이외에 다른 아내가 없었다고 하고 폼필리아라는 외동딸 이외에 다른 자식이 없었다고 한다. 다른 사람들은 그 밖에 아들 넷이 더 있었으며 네 아들, 즉 폼폰, 피누스, 칼푸스, 마메르쿠스는 각각 명예로운 가문의 시조가 되었다고 전한다.

그러나 또 다른 무리의 역사가들은, 유명한 가문들이 누마의 핏줄이라고 주장하는 역사가들에 대해 그들이 그 집안들의 비위를 맞추려고 거짓 주장을 하고 있다고 비난한다. 또한 폼필리아는 타티아의 딸이 아니며 누마가 왕이 된 후에 맞은 또 다른 아내가 낳았다고 한다.

그러나 폼필리아가 마르키우스와 결혼했다는 것에는 모두가 동의한다. 이 마르키우스는, 누마로 하여금 왕위를 받아들이도록 설득한 바로 그 마르키우스*의 아들이다. 그 마르키우스는 누마와 함께 로마로 와서 원로원 의원이 되는 영광을 얻었다. 누마가 죽자 그는 호스틸리우스와 왕위를 놓고 경쟁했는데 이에 패하자, 식음을 전폐하고 죽음을 맞았다. 그러나 그의 아들 마르키우스, 즉 폼필리아의 남편은 로마에 남아 아들 안쿠스 마르키우스를 낳았고 그는 호스틸리우스로부터 왕위를 물려받

았다. 이 안쿠스 마르키우스는 누마가 죽었을 때 다섯 살에 불과했다고 한다.

피소가 쓴 바에 의하면, 누마는 빠르고 갑작스러운 죽음을 맞은 것이 아니라 노령과 가벼운 병 때문에 서서히 쇠약해져 갔다고 한다. 그는 여든이 넘은 나이에 죽음을 맞았다.

동전에 함께 새겨진 누마와 안쿠스 마르키우스. 앞(왼쪽)이 누마이다.

XXII.

누마의 장례식은 그의 삶만큼이나 부러움을 살 만했다. 로마와 동맹을 맺고 우호 관계에 있던 나라 사람들은 장례 때 바칠 제물과 머리에 쓰는 관을 들고 장례 의식에 모여들었다. 원로원 의원들이 상여를 들고 신의 사제들이 호위했으며 여자들과 아이들을 포함한 나머지 백성은 신음을 하고 곡을 하며 뒤따랐다. 그 모습이 늙은 왕의 장례식에 참여한

• 「누마」편 VI.

것이 아니라 마치 한창 아름다울 때 죽음에 빼앗긴 가까운 친척을 묻는 것 같았다.

시신을 화장하지는 않았는데 누마가 금지했기 때문이라고 한다. 대신 석관 두 개를 만들어 그 석관을 야니쿨룸 언덕 밑에 묻었다. 석관 하나에는 그의 시신을 넣었고 다른 하나에는 그가 직접 손으로 쓴 신성한 책 여러 권을 넣었다. 그것은 헬라스의 입법자들이 법이 적힌 서판과 함께 묻힌 것과 비슷하다. 누마는 생전에 책에 담긴 내용을 사제들에게 가르친 바 있었으며, 그 내용과 의미를 그들의 가슴에 심어 주었던 던 터라 그 책을 자신과 함께 묻어달라고 명한 것이다. 그토록 귀한 비밀을 생명이 없는 종잇장에 맡겨 두어서는 안 된다고 확신했기 때문이다.

의롭고 선한 모든 사람들은 살아 있을 때보다 세상을 떠난 뒤에 더 많은 칭송을 받는다는 말은 사실임에 틀림없다. 질투는 그들보다 그다지 오래 살지 못하고 어떤 경우에는 먼저 죽기도 한다. 그러나 누마의 경우 그를 뒤따른 왕들이 맞은 불행이 그의 명성을 더욱 빛나게 만들었다.

그를 뒤따른 다섯 왕 가운데 마지막 왕은 폐위되어 유배지에서 노년을 맞았으며, 나머지 넷 가운데 자연적인 죽음을 맞은 사람은 하나도 없었다. 세 사람은 역적의 손에 죽음을 당했다. 누마 다음으로 왕위를 이은 툴루스 호스틸리우스는 누마의 모든 미덕, 특히 종교에 대한 그의 헌신을 조롱하고 비웃으며 이것이 사람들을 게으르고 무르게 만든다고 선언하고는, 시민들의 마음을 전쟁으로 돌렸다. 그러나 오만하고 그릇되게 주장하던 바와 달리 심각하고 복잡한 질병에 걸린 뒤 미신에 매달리게 되었는데, 이것은 누마의 경건한 믿음과는 완전히 동떨어진 것이었다. 전해지는 바에 따르면 그가 번개에 맞아 죽자 백성들은 미신에 더 심하게 시달리게 되었다고 한다.

I.

이제 누마와 뤼쿠르고스의 생애를 돌아봤고 두 생애가 모두 우리 앞에 명확히 놓였으니, 어려울지라도 두 생애의 차이점을 모아 서로 견주어 보도록 노력해야 한다. 두 왕의 이력으로 볼 때 둘의 닮은 점은 명백하기 때문이다. 둘 다 현명한 절제심, 독실한 믿음을 갖고 있었으며 다스리는 일과 가르치는 일에 소질이 있었고 신적인 원천으로부터 법을 이끌어냈다. 그러나 두 사람은 각각 자신만의 위업을 이루어냈다.

먼저 누마는 왕국을 받아들였지만 뤼쿠르고스는 거절했다. 한 사람은 요구하지도 않았는데 받았으며, 다른 한 사람은 손안에 있었는데 포기했다. 한 사람은 관직이 없는 바깥 나라 사람이었지만 다른 사람들이 군주로 만들었으며, 또 한 사람은 왕이었음에도 스스로 관직을 버렸다. 의로움으로써 왕국을 얻은 것도 고귀하지만 의로움을 왕국 위에 놓은 것 또한 고귀한 일이었다. 한 사람은 인품을 닦아 왕국을 맡을 만한 자격이 있다고 여겨질 만큼의 명성을 얻었고, 또 한 사람 역시 인품을 닦아 왕국을 가소롭게 여길 만큼 위대해질 수 있었다.

악사들이 뤼라[수금]를 조율하듯 뤼쿠르고스는 스파르테에서 사치로 느슨해진 현을 팽팽하게 당겼고 누마는 로마에서 음정이 높고 날카롭던 현을 느슨하게 푼 것으로 인정받는다. 그러나 뤼쿠르고스의 경우가 더 힘들었다. 그의 일은 갑옷의 가슴받이를 벗고 칼을 내려놓으라는 것이 아니라, 금과 은을 내던지고 값비싼 안락의자와 식탁을 버리라고 시민들을 설득하는 것이었기 때문이다. 전쟁을 멈추고 축제를 열고 제사를 지내자는 것이 아니라, 배불리 먹고 마시는 것을 포기하고 군인이나 운동선수처럼 혹독하게 훈련하자는 것이었던 탓이다. 따라서 한 사람은 설득을 통하여 그리고 시민들의 선의와 존경심에 힘입어 모든 목적을 이룰 수 있었지만, 다른 한 사람은 목숨을 걸어야 했고 상처를 입었으며 그러고도 가까스로 목적을 이룰 수 있었다.

그러나 누마의 방식은 친절하고 인간적이었으며 그는 사람들을 평화와 정의로 전향시키고 그들의 난폭하고 불같은 성질을 가라앉혔다. 그리고 헤일로테스에 대한 야만적이고 무법적인 행위가 뤼쿠르고스의 재임 기간에 이루어졌다고 본다면, 누마가 입법자로서 훨씬 더 헬라스 사람다웠음을 인정해야 한다. 그는 사투르날리아* 때 노예들이 주인과 함께 만찬에 참여하는 것을 관습으로 정착시킴으로써 노예들에게 자유의 존엄성을 맛보게 해주었기 때문이다. 전해지는 이야기에 따르면 이는 매해 열리는 대지의 열매를, 그것을 맺도록 도운 이들이 누릴 수 있게 한 것으로 누마가 확립한 제도이다. 그러나 어떤 이들은 이것이 그 유명한 사투르누스의 시대, 즉 노예도 주인도 없고 모두가 친족이며 동등한 지위에 있다고 여겨진 시대의 평등을 일깨우기 위한 관습이었다고 추측한다.

II.

대체로 두 사람 모두 백성들에게 자립적이고 올바른 정신을 심어주고자 한 것이 명백하나 다른 미덕에 관한 한, 한 사람은 용맹에 더 치중했고 다른 한 사람은 의로움에 치중했다. 물론 각각의 나라 체제가 그 밖의 본성이나 관습에 기반을 두고 있었다면 별개의 처방을 요구했을 것이다. 누마가 로마의 전쟁 도발을 멈추고자 한 것은 겁이 많아서가 아니

---

* 농경(農耕)의 신 사투르누스를 기리는 축제.

라 불의를 행하는 것을 막기 위함이었다. 또한 뤼쿠르고스가 백성을 전투적으로 만든 것은 불의를 행하기 위해서가 아니라 불의를 당하는 것을 막기 위해서였다. 마찬가지로, 과다한 것을 줄이고 부족한 것을 채우기 위하여 두 사람 모두 놀라운 혁신을 이루어냈다.

각자의 나라 체제 안에서 시민들을 분류하고 배치한 방법에 관하여 말하자면, 누마의 방법은 상당히 대중적이고 다수를 만족시키는 방향으로 기울었기에 금으로 물건을 만드는 사람들, 악사들, 가죽 물건을 만드는 다양한 평민들이 넘쳐났다. 그러나 뤼쿠르고스의 방식은 경직되고 계급 위주여서 수공예는 노예와 바깥 나라 사람들에게 맡기고, 시민들은 방패와 창을 사용하는 기술만 익히도록 한정지었다. 따라서 그들은 전쟁에 관한 한 명장名將이었고 전쟁신 아레스의 시종들이었지만, 지휘관의 명령을 따르고 적들을 굴복시키는 것 이외에는 아무것도 알지 못했고 상관하지도 않았다. 자유민들에게는, 그들이 완전히 그리고 영원히 자유로울 수 있도록 금전적인 거래조차 허용되지 않았고 그러한 거래 활동 전반을, 식사를 준비하거나 차리는 것과 마찬가지로 노예와 헤일로테스에게 넘겼다.

반면 누마는 그러한 구분을 두지 않았고, 전쟁에 대한 욕심을 멈춘 것 이외에는 다른 이득을 가져오는 활동을 금하지 않았다. 그로써 이어진 극심한 불평등을 줄이려고도 하지 않았고 부의 축적을 제한하지 않고 내버려두었으며, 가난의 급격한 증가에도, 도시로 가난이 서서히 흘러 들어오는 것에도 아무 관심을 두지 않았다.

그러나 시작부터, 즉 대부분의 사람들이 형편이 크게 다르지 않고 대체로 비슷한 수준에서 살 때부터, 뤼쿠르고스가 했듯 탐욕에 반대하고 탐욕이 가져올 여러 해악에 대한 예방책을 세워 놓았어야 했다. 그것들

190

은 하찮게 여길 것들이 아니었으며 훗날 자리 잡은 대부분의, 그리고 가장 심각한 악의 씨앗이자 원천을 제공했기 때문이다.

그러나 영토의 재분배에 관하여서는 뤼쿠르고스가 재분배를 했다고 해서 비난할 것도, 누마가 하지 않았다고 해서 비난할 것도 아니라는 것이 내 생각이다. 뤼쿠르고스의 경우 영토의 재분배의 결과로 이루어진 평등은 그의 나라 체제의 기초이자 기반이 되었다. 그러나 누마의 경우 영토의 분배가 있은 지 오래되지 않았기 때문에 또다시 분배하거나, 당시에도 여전히 유효했을 첫 분배 방식을 바꿀 시급한 이유가 없었다.

III.

혼인과 자녀 양육에 관하여서는 두 사람 모두가 안정적인 정책을 통해 남편을 이기적인 질투심으로부터 자유롭게 만들었으나, 그 방법이 전적으로 동일하지는 않았다. 로마의 남편은 키워야 할 아이들이 충분할 경우, 그리고 아이가 없는 남자가 그를 설득하는 데 성공할 경우, 아내를 아이 없는 남자에게 양도할 수 있었다. 완전히 양도하거나 일정 기간 양도할 권리가 있었던 것이다.

그러나 스파르테 사람의 경우 아내가 집안에 남아 있고, 혼인 관계의 애초의 권리와 의무가 유지되는 상태에서 다른 사람이 아내와 아이를 갖고 싶고 그의 승낙을 받고자 한다면 허용할 수 있었다. 앞서 말했다시피* 실제로 많은 남편들이, 자신에게 아름답고 고결한 아이들을 줄 것으로 여겨지는 남자들을 집 안으로 불러들이곤 했다.

• 「뤼쿠르고스」 편 XV.

그렇다면 두 관습의 차이는 무엇일까? 아마도 이렇게 말할 수 있을 것이다. 스파르테 사람은 아내와 대부분의 남자들의 마음을 휘젓고 집어삼키는 질투심에 완전한 무관심으로 일관한 반면, 로마 사람은 짐짓 겸허한 얼굴로 받아들이는 듯해도 아내의 새로운 혼인 서약이라는 장막 뒤에 숨어 아내를 나눠 갖는 것을 정말 견딜 수 없어 했음을 시인한 것이 된다.*

나아가 누마는 젊은 처녀들을 빈틈없이 보살펴, 보다 더 여자다운 몸가짐을 갖도록 했다. 반면 뤼쿠르고스는 처녀들을 다룸에 아무런 제약도 두지 않았고 여자다움을 강조하지도 않았기에, 시인들이 이를 소재로 삼을 정도였다. 그들이뷔코스도 포함한은 처녀들을 파이노메리데스, 즉 허벅지를 드러낸 여인들이라고 부르며 남자들에 미쳤다고 비방했다. 그래서 에우리피데스가 이렇게 말한 것이다.

집밖으로 쏘다니며 젊은이와 놀아나지,
허벅지를 옷 밖으로 환히 드러내놓고.

실로 스파르테의 처녀들이 입은 키톤의 옷자락은 허리 아래로 바느질이 되어 있지 않아서 걸을 때 뒤로 나부끼며 허벅지를 환히 드러냈다. 소포클레스는 그 모습을 다음과 같은 말로 퍽 생생하게 담아낸다.

꿰매지 않은 키톤을 걸친 저 젊은 처녀

---

* 스파르테 남자들은 특별한 절차를 거치지 않고 기꺼이 자신의 아내와 다른 남자가 잠자리를 가지게 하였다면, 로마 남자들의 아내가 다른 남자와 잠자리를 갖는 것은 일시적이든 영구적이든 새로운 혼인 관계 아래에서만 허용되었다는 뜻이다.

헤르미오네, 그 주름 사이로
윤기 나는 허벅다리를 드러내고 있네.

이처럼 스파르테 여인들은 지나치게 당당했다고 전해지며 심지어 남편 앞에서도 남자 같이 굴었는데, 이는 무엇보다 여자들이 집안을 온전히 다스렸기 때문이다. 나아가 공적인 자리에서도 가장 중대한 사안들에 대해 토론하고 마음껏 주장을 펼칠 수 있었기 때문이다. 반면 누마는 로물루스가 여인들에게 부여한 아내로서의 권리, 즉 품위와 명예를 보장하는 권리를 보존하는 데 신경을 썼다. 당시 로물루스는 너그러운 관습으로써 여인들이 당한 폭력의 기억을 지우려고 애쓴 바 있었다. 더불어 누마는 여인들에게 상당한 절제를 요구하였다. 괜한 참견을 금지하였고, 정숙하도록 가르쳤으며 침묵을 지키는 습관을 들였다. 포도주는 전혀 마셔서는 안 되었고 남편과 함께한 자리가 아니라면 아무리 중요한 주제라도 끼어들 수 없었다.

한번은 어느 여인이 포룸에서 자신의 처지를 호소했는데 원로원은 이것이 무슨 해괴한 징조인지 알아보고자 신탁을 구했다. 로마의 여인들이 대체로 상냥하고 말을 잘 들었다는 사실을 입증하는 것은 이처럼 비교적 덜 유순했던 여인들이 특이한 경우로 언급된 점으로도 알 수 있다.

헬라스 역사가들이 처음으로 친족을 살해하거나 형제에게 전쟁을 선포하거나 아버지를 죽이거나 어머니를 죽인 사람의 이름을 기록하였듯, 로마 역사가들은 스푸리우스 카르빌리우스가 로마 창건 230년 만에 처음으로 아내와 이혼했으며 이것은 전례가 없는 일이라고 적어 두었다. 이 밖에도 타르퀴니우스 수페르부스 치하에서 피나리우스의 아내 탈라이아가 처음으로 시어머니 게가니아와 다툰 것도 기록되어 있다.

IV.

나아가 젊은 처녀를 혼인시키는 문제에 관한 두 민족의 관습은 각 민족의 교육 체계와 상응하는 면이 있다. 뤼쿠르고스는 처녀들이 완숙하고 결혼을 간절히 원할 때에야 혼인을 시켰다. 본성이 진정으로 원할 때 맺는 남편과의 관계야말로 따뜻한 사랑을 낳는 법이고, 부자연스럽게 강제로 맺어진 관계는 두려움으로 인한 증오를 낳는다고 생각했기 때문이다. 또한 이 시기는 아이를 갖고 출산하는 힘든 과정을 버틸 수 있을 만큼 몸이 성장한 시기이기도 했다. 뤼쿠르고스는 결혼이 자식을 생산하는 것 이외에 다른 목적은 없다고 굳게 믿고 있었던 것이다.

반면 로마 사람들은 열두 살 처녀를 혼인시키기도 했고 더 어린 경우도 있었다. 이렇게 하면 무엇보다도 아내의 몸과 품성이 모두 순결하고 오염되지 않은 상태에서 남편의 통제권으로 들어가리라고 생각했던 것이다. 따라서 뤼쿠르고스의 방식은 자손을 이을 목적에서 본성을 더 중요시하고, 누마의 방식은 결혼 생활을 염두에 두고 품성의 형성을 더 중요시하고 있는 것이 명백하다.

뤼쿠르고스는 소년들에게 세심한 주의를 기울임으로써, 즉 소년들을 집단으로 나누고 훈련시키고 끊임없이 서로 교류하게 만들고, 또 식사와 신체 단련, 운동을 공들여 계획함으로써, 누마가 평범한 입법자에 지나지 않음을 입증한다. 누마는 젊은이의 교육을 아버지의 바람이나 필요에 맡겨 두었기 때문이다. 아버지는 자신의 바람대로 아들을, 밭을 갈거나 배를 짓는 사람으로 만들 수 있었고 대장장이나 피리 부는 사람으로 키울 수도 있었다. 모든 아이들을 처음부터 하나의 동일한 목적을 갖고 훈련시켜야 한다는 점은 전혀 중요하지 않다는 듯, 마치 그들이 같은 배

194

의 승객이기는 하나 서로 다른 목적과 의도를 갖고 배에 탔다는 듯 여긴 것이다. 승객들은 위험한 상황에서만 공동의 선을 위해 나머지 사람들과 힘을 모았다. 그마저도 개인적인 손해를 막기 위해서였고 다른 모든 경우에는 자신의 이해만 돌보았던 것이다.

무지하거나 나약해서 실패한 평범한 입법자들을 비난하는 것은 별 소용없는 일이다. 그러나 갓 구성된 민족, 지배자의 모든 바람에 굽힐 준비가 되어 있는 민족을 다스리기로 허락한 현인이라면 처음으로 신경 썼어야 할 문제가 무엇이었겠는가? 아이들을 가르치고 젊은이들을 단련시킴으로써, 그들이 서로 다른 품성 때문에 혼란을 일으키는 일 없이, 동일한 덕의 길을 발맞추어 걸어갈 수 있도록 처음부터 그들을 빚고 모양 잡는 일이 아니었겠는가? 실제로 이는 뤼쿠르고스의 법에 안정성과 지속성을 부여했다. 스파르테 사람들이 뤼쿠르고스의 법을 유지하겠다고 맹세를 한 것은 사실이지만, 뤼쿠르고스 자신이 창안한 훈련과 교육 체계를 통해 그 법을 시민들의 품성에 불어넣지 않았다면, 그리고 나라 체제에 대한 존경심 가득한 애정을 교육의 핵심적인 부분으로 만들지 않았다면, 그 맹세도 별 소용없었을 것이다. 그 결과 5백 년이 넘는 세월 동안 뤼쿠르고스가 만든 법의 궁극적 근본적 요소들이 마치 진하고 강한 염료처럼 효력을 유지한 것이다.

반면 누마가 수립한 나라 체제의 목적이자 목표, 즉 로마와 다른 나라 간의 평화와 우정의 지속은 누마가 죽자마자 그와 함께 땅 위에서 자취를 감추었다. 그가 죽은 뒤, 오랫동안 닫혀 있었던 신전의 양 문은* 활짝 열렸고 마치 그 안에 정말 전쟁이 갇혀 나오지 못하고 있었다는 듯 이탈

---

* 「누마」편 XX.

리아는 죽은 자들의 피로 뒤범벅되었다. 따라서 그가 키운 정의라는 아름다운 구조물은 잠깐 동안도 홀로 서 있지 못했는데 그것은 교육이라는 접합제가 결여되었기 때문이다.

그러나 이렇게 말하는 사람도 있을 것이다.

"로마는 전쟁을 통해 발전하고 살기 좋아진 것이 아닌가?"

안정과 평온, 정의로운 자족이 아닌, 부와 사치가 제국의 발전이라고 여기는 사람들을 만족시키려면 이 질문에 긴 대답이 필요할 것이다. 그러나 로마는 누마 시대에 정착된 제도를 포기함으로써 힘을 늘린 반면, 라케다이몬 사람들은 뤼쿠르고스의 법을 저버리자마자 최고의 자리에서 바닥으로 추락했으며 헬라스에 대한 지배권을 잃었고 철저히 파멸할 위기에 처했다는 사실은, 뤼쿠르고스가 더 우월하다는 것을 보여준다고 생각할 수 있다.

그럼에도 누마의 일생에서 가장 뛰어나고 실로 초인적이었던 점은 그가 이방인이었음에도 왕위에 앉도록 부름 받았고, 그 자리에 올라 설득의 힘만으로 도시의 본성 자체를 바꾸고 그때까지만 해도 그의 관점에 공감하지 않던 도시를 복종하게 만들었다는 점이다. 이 모든 것을 그 어떤 무기도 들지 않고 폭력 없이 해냈으며 (귀족들을 이끌고 평민들에 대항해 무기를 들었던 뤼쿠르고스와 달리) 지혜와 의로움만으로 시민들의 마음을 빼앗아 화합을 이루어낸 것이다.

196

솔론

I.

문법학자 디뒤모스는 솔론의 법전에 관하여 아스클레피아데스에게 답하면서 필로클레스라는 사람의 말을 언급했다. 그 말에 의하면 솔론의 아버지는 에우포리온이었다고 한다. 그러나 이것은 솔론에 관하여 쓴 다른 모든 사람들의 의견과 배치되는 것이다. 그들은 솔론이 엑세케스티데스의 아들이며, 엑세케스티데스가 형편으로 보나 영향력으로 보나 평균을 넘지 못하는 사람이기는 했어도 코드로스를 시조로 둔 으뜸가는 가문 출신이었다고 한다.

· 솔론. 로마 시대에 제작된 흉상.
·· 솔론. 미국 국회의사당 하원 회의장에 있는 돋을새김.
··· 1980년대에 발행된 그리스의 동전. 솔론의 옆얼굴이 새겨져 있다.

폰토스 사람 헤라클레이데스에 따르면 솔론의 어머니는 페이시스트라토스°의 어머니와 사촌지간이었다고 한다. 솔론과 페이시스트라토스는 어렸을 때 아주 친한 친구 사이였다. 그들은 친척이기도 했지만, 페이시스트라토스의 젊었을 적 미모를 솔론이 열렬히 사랑했기 때문이라도 한다.

이런 이유로 훗날 두 사람이 나라 문제에 관하여 의견 차이를 보일 때에도 상대편에 있는 두 사람 사이에 껄끄럽거나 사나운 감정이 없었으며, 과거에 가졌던 애정이 마음속에 남아 "제우스가 보낸 꺼지지 않는 불꽃으로 그윽하게 타오르고 있는" 그들의 우정에 대한 고마운 기억은 사라지지 않았다.

또한 솔론이 젊은이의 아름다움에 대해 무감각하지 않았다는 점, 그리고 감히 "사랑의 신과 육박전을 벌일 만한 사람이 아니었다"는 점은 그의 시를 보면 알 수 있다. 그는 또한 노예가 체육을 하거나 어린 소년을 연인으로 삼는 일을 금지했다. 그와 같은 일을 명예롭고 품위 있는 행위들의 범주에 넣은 것이며, 한편으로 자격 없는 자들에게 그와 같은 행위들을 금지시킴으로써 자격 있는 이들에게는 권하는 셈이 되었다. 페이시스트라토스 또한 카르모스라는 어린 소년을 연인으로 두고 있었고 아카데메이아에 사랑의 신의 조각상을 봉헌했다고 알려진다. 성스러운 횃불을 들고 경주하는 달리기 선수들이 바로 이 장소에서 횃불에 불을 붙였다고 한다.°°

• 아테나이 최초로 참주정을 실시한 정치가.
•• 플루타르코스가 말하는 어린 소년에 대한 사랑이나 감정은 모두 현대적으로 해석하면 동성애의 범주에 넣을 수 있다. 고대 아테나이나 스파르테에서는 남성 간의 동성애가 금기시되지 않았다.

II.

헤르밉포스가 전하는 바에 따르면 솔론의 아버지는 분별없이 남들에게 퍼주기만 하다 가산을 탕진했는데, 솔론에게는 그를 기꺼이 도와줄 친구들이 있었다. 그러나 늘 남을 돕던 집안 자손으로서 남의 도움을 받는 것이 수치스러웠던 그는 젊은 나이에 장사를 시작했다.

다른 사람들은 그가 돈을 벌기 위해서라기보다 경험과 배움을 얻기 위해 길을 떠났다고 한다. 그가 지혜를 사랑하는 사람이라는 것은 그 스스로도 인정한 사실이다. 그가 나이를 먹을 만큼 먹었을 때, 그는 "여러 가지 배움을 얻다보니 나날이 늙었다"고 했다. 그는 부를 숭배하지도 않았다. 그는 "은 덩어리, 금 덩어리, 보리가 자라는 넓은 땅, 말과 당나귀 여러 마리가 있는 사람"이나 "불편하지 않을 만큼의 음식과 옷, 신발이 있고 때가 오면 아이와 활짝 핀 아내를 가질 수 있으며, 그럴 만큼의 세월을 누릴 수 있는 사람"이나 부자이기는 마찬가지라고 말한다.

그러나 다른 곳에서는 이렇게 쓰고 있다.

재물은 갖고 싶다. 그러나 부당하게 얻는 것은 싫다. 정의의 여신은 굼뜰지언정 불확실하지는 않다.*

훌륭한 정치가가 넘치는 부를 쌓는 데 지나치게 집착하거나, 필요하고 또 요긴한 것들을 사용하는 것을 심하게 거부하거나, 둘 중 하나여야 한다는 법은 없다. 헤시오도스의 말을 빌리자면, 그 옛날에는 일이 수치스러운 것이 아니었다. 장사를 한다고 해서 사회적으로 열등한 것도 아니

---

* 정의의 여신은 부정하게 재물을 얻은 사람을 언젠가는 꼭 벌하고 만다는 뜻.

었으며 상인이라는 호칭을 얻는 것은 실제로 명예롭게 여겨지기도 했다. 나라 밖에 익숙해질 수 있었으며 외국의 왕과 우정을 쌓고 거래에 상당한 경험을 얻을 수 있었기 때문이었다. 실로 몇몇 상인들은 위대한 도시를 세우기도 했다. 로다노스론 강 유역에 살던 갈리아 사람들의 총애를 받은 프로티스는 맛실리아마르세이유를 세웠다. 탈레스도 장사를 한 것으로 전해지고 수학자 힙포크라테스도 마찬가지였다. 플라톤은 아이컵토스에 머무는 동안 필요했던 비용을 기름을 팔아 댔다고 한다.

III.

따라서 솔론의 삶의 방식이 실로 돈이 많이 들고 사치스러운 것이었다면, 그리고 그의 시에서 그가 쾌락에 대해 철학자답지 않게 너무 자유분방하게 이야기한다면 그것은 그가 상인으로서의 삶을 살았기 때문이라고 여겨진다. 여러 커다란 위험과 맞닥뜨렸기 때문에 각양각색의 사치와 즐거움을 그에 대한 보상으로 삼았던 것이다. 그러나 그가 스스로를 부자가 아니라 가난한 사람이라고 생각했다는 것은 다음 시구가 분명히 말해 주고 있다.

악한 사람들은 돈이 많기가 쉽고, 착한 사람들은 가난하기가 쉽다.
그래도 우리는 그들의 돈과 우리 마음씨를 바꾸지 않을 것이다.
마음씨는 언제나 우리 곁에 있지만 돈은 하루가 멀다 하고 그 주인을 바꾸니까.

그런데 솔론이 처음부터 진지한 목적이 있어 시를 쓰기 시작한 것은 아니다. 단지 여가 시간에 재미로, 혹은 기분을 전환하기 위해 쓴 것이다. 그러다 훗날 시에 철학적인 교훈을 넣었고 여러 정치적인 가르침도 짜 넣었는데, 단순히 기록하고 전달하고자 하는 목적이 아니라 자신의 행위의 당위성을 설명하거나 때로는 아테나이 사람들을 선동, 권고, 책망하기 위함이었다.

철학에 관한 한 그는 주로 정치 윤리 분야를 연구했다. 이는 당시의 현자들 대부분과 마찬가지였다. 자연과학에 관한 한 그의 생각은 매우 단순하고 구식이었다. 이것은 다음 시구에 분명히 나타난다.

탈레스.

> 눈과 우박은 구름으로부터 휩쓸려 떨어지고
> 천둥은 번쩍이는 번개를 뒤따른다.
> 바람은 바다를 채찍질하여 요동치게 만들지만
> 잔잔할 때에는 그만큼 유순한 것이 없다.

대체로 당시의 현인들 가운데 실용의 영역에서 벗어난 가설을 펼친 것은 탈레스가 유일했던 것으로 보인다. 나머지 사람들은 뛰어난 정치가로서 현인이라는 이름을 얻었다.

V.

특히 솔론과 아나카르시스, 그리고 솔론과 탈레스 간에 있었던 사적인 대화에 관해서는 다음과 같이 전해진다. 아나카르시스는 아테나이로 와서 솔론의 문을 두드리고는 자신은 비록 이방인이시만 그와 우정과 왕래의 끈을 맺고자 한다고 말했다. 그러자 솔론은 "친구는 집에서나 사귀시지요"라고 응수했다. 이에 아나카르시스가 말했다.

"그렇다면 집에 있는 선생께서 저를 친구이자 손님으로 맞아 주시면 되지 않겠습니까."

솔론은 아나카르시스의 날렵한 재치를 높이 사 그를 기꺼이 맞았고 그와 얼마간의 시간을 함께 보냈다. 이것은 그가 이미 공직에서 법률을 편찬하고 있을 때였다. 아나카르시스는 솔론이 무얼 하고 있는지에 관해 듣고, 시민들의 악의와 욕심을 성문법으로 제한할 수 있다고 여기는 그를 비웃었다. 그는 성문법이 마치 거미줄과 같아서 그 그물에 걸릴 만한 나약하고 가냘픈 이들만 붙잡고, 부와 권세가 있는 자들의 손아귀에서는 갈가리 찢길 것이라고 주장했다.

이에 대해 솔론이 대답하기를 사람들이 서로 합의한 내용을 지키는 것은, 그것을 어기는 것이 누구에게도 득이 되지 않을 때라고 말하며, 정의를 실천하는 것이 법을 어기는 것보다 더 이롭다는 것을 명백하게 만드는 방식으로서 시민들에게 알맞은 법을 만들고 있다고 했다.

그러나 결과적으로 솔론의 바람보다는 아나카르시스의 추측이 옳았다고 입증되었다. 민회에 참석한 뒤에, 헬라스에서는 현명한 자들이 대의를 펼치고 어리석은 자들이 결정을 내린다고 말한 것도 아나카르시스다.

VI.

탈레스를 만나러 밀레토스로 간 솔론은, 탈레스가 결혼과 아이를 갖는 것에 대해 철저히 무관심한 것을 보고 놀라움을 감추지 않았다. 당시 탈레스는 아무 답변도 하지 않았지만 며칠 뒤 솔론에게 한 나그네를 보내, 아테나이에서 열흘간의 여정을 마치고 막 돌아온 것처럼 꾸며대도록 했다. 솔론이 그에게 아테나이에서 가져온 소식이 있는지 묻자 남자는 주문 받은 대로 다음과 같이 대답했다.

"어느 젊은이의 장례식이 있었다는 것밖에는 없습니다. 온 도시 사람들이 무덤까지 따라가 문상했지요. 누구보다 덕이 뛰어난 명예로운 시민의 아들이었기 때문이라고 하더군요. 정작 자기 아들의 장례식에는 참석하지 못했습니다. 길을 떠난 지 오래되었다고 합디다."

"정말 불행한 사람이군요!"

솔론이 대답했다.

"그자의 이름이 무어랍디까?"

"이름을 듣기는 했는데 기억이 안 납니다."

남자가 대답했다.

"현명하고 정의로웠다는 이야기가 무성했다는 것만 기억나는군요."

남자가 대답을 할수록 불안감이 커진 솔론은 마침내 몹시 괴로워하며 나그네에게 자신의 이름을 말하고는, 죽은 것이 자신의 아들이냐고 물었다. 남자는 그렇다고 대답했다. 이에 솔론은 머리를 때리며 무수한 말과 몸짓으로 주체할 수 없는 슬픔을 나타냈다.

그러자 탈레스는 솔론의 손을 잡고 미소를 지으며 이렇게 말했다.

"솔론, 내가 결혼을 하지 않고 아이를 갖지 않는 이유를 아시겠습니까? 누구보다 담대한 그대마저 이처럼 압도해 버리는 것이니까요. 그러나 너무 슬퍼하지 마십시오. 이야기는 사실이 아닙니다."

아무튼 아이소포스의 영혼을 가졌다고 자랑하고 다니던 파타이코스가 이렇게 이야기했다는 것이 헤르밉포스의 주장이다.

VII.

그런데 잃어버릴까 두려워 원하는 것을 포기하는 일은 비합리적이고 비겁하다. 이런 식으로 생각하다 보면 부나 명예, 지혜를 갖고도 그것을 빼앗길까 두려워 행복할 수 없다. 실로 세상에서 무엇보다 귀중하고 기쁨을 주는 소유물인 덕德마저도 병이나 약물에 의해 종종 사라진다. 탈레스 자신도 결혼을 하지는 않았지만 친구나 친척, 조국을 멀리할 수 있다면 모를까 걱정거리에서 완전히 해방된 것은 아니었다. 오히려 그 반대로 누이의 아들 퀴비스토스를 양자로 삼았다고 한다.

영혼은 그 자체에 사랑할 수 있는 능력이 있으며 지각하고 이해하고 기억하는 만큼 자연스럽게 사랑을 한다. 영혼은 이와 같은 능력을 지닌 채 가깝지 않은 사람들에게도 달라붙는다. 법적인 상속자가 없는 집이나, 문중의 땅처럼, 사랑하고 싶은 마음에도 남의 자식이나 사생아 혹은 하인들이 들어와 자리 잡는 것이다. 이들은 애정을 불러일으키기도 하지만 이들의 안위에 대한 불안과 두려움도 함께 불러일으킨다. 그리하여 결혼을 하고 아이를 갖는 것에 반대하는, 약간은 거친 본성의 남자들도 하인이나 애인의 자식이 병에 걸려 죽기라도 하면 슬픔에 빠져 무참히 비통해 하는 경우를 볼 수 있는 것이다. 심지어 개나 말이 죽어도 보기 민망한, 견딜 수 없는 슬픔으로 빠지곤 한다.

그러나 어떤 이들은 귀한 아들이 죽어도 지독히 슬퍼하거나 어울리지 않는 행동을 보이지 않고, 여생을 이성의 지시에 따라 사는 것을 볼 수 있다. 이성으로부터 운명의 맹공을 견디도록 훈련받지 못한 사람이 끝없는 슬픔과 공포에 빠지는 것은 나약해서지, 마음이 따뜻해서가 아니기 때문이다. 그러니까 우리는 재산을 포기함으로써 가난에 대비하고, 친구를 사귀지 않음으로써 친구를 잃는 것에 대비하고, 또 아이를 갖지 않음으로써 아이가 죽을 것에 대비할 것이 아니라, 이성으로써 모든 난관에 대비해야 하는 것이다. 지금으로서는 이에 관해 이 정도로 족하다.

VIII.

한번은 아테나이 사람들이 살라미스 섬을 두고 메가라 사람들과 싸우다 지친 나머지 법을 제정했다. 누구든 죽기 싫으면 앞으로 아테나이가 살라미스를 갖기 위해 싸워야 한다는 주장을 말로도 글로도 해서는 안된다는 내용이었다. 솔론은 이 같은 수치를 견딜 수가 없었다. 전쟁을 원하는 젊은이들은 많아도 법 때문에 감히 절차를 밟지 못하고 있는 것을 보고 솔론은 정신이 나간 척하기 시작했다. 집안사람들은 그가 정신이상의 징후를 보이고 있다고 나라에 알렸다. 그런 뒤 솔론은 비밀리에 엘레게이아 형식*의 시를 지었다. 그리고 외워서 읊을 수 있도록 연습한 다음 갑자기 모자를 쓰고 시장으로 뛰쳐나갔다. 많은 군중이 모여들자 그는 전령의 바위 위에 올라가서는 다음과 같이 시작하는 시를 읊었다.

아름다운 살라미스에서 온 전령으로 나를 생각하시라.
설교가 아니라, 박자가 고른 노래를 듣고 왔노라.

이 시의 제목은 「살라미스」로 우아한 시 백 행으로 이루어져 있었다. 솔론이 낭송을 마치자 친구들이 그를 칭송하기 시작했고 특히 페이시스트라토스는 그의 말을 따르자고 시민들을 부추기고 선동했다. 그로써 그들은 법을 폐지하고 전쟁을 재개했다. 지휘는 솔론이 맡았다.

솔론의 원정에 대해서는 다음과 같이 널리 알려져 있다. 페이시스트라토스와 함께 콜리아스 곶으로 항해한 솔론은 그 마을에 사는 모든 여인들이 데메테르 여신에게 관습에 따라 제를 지내는 것을 보았다. 그래서

---

* 6보격의 시행과 5보격의 시행이 교차되어 나타나는 형식으로 훗날 애가(哀歌)를 짓는 데 많이 사용되었다.

믿을 만한 사람을 살라미스로 보내 탈주병 행세를 하며 메가라 사람들을 부추기도록 했다. 아테나이의 명망 있는 집안 여인들을 붙잡고 싶다면 당장 그와 함께 콜리아스로 가자고 말이다. 메가라 사람들은 그에게 설득당하여 그의 배에 사람들을 태워 보냈다.

그러나 솔론은 섬에서 배가 돌아오는 것을 보자마자 여자들에게 피하라고 명하고, 아직 수염이 나지 않은 어린 병사들에게 여인들이 하고 있던 옷과 머리띠, 신을 착용하게 한 다음, 단검을 숨기고는 적들이 배에서 내려 손안에 들어올 때까지 해변에서 장난을 치며 춤을 추도록 했다.

메가라 사람들은 눈앞의 광경에 끌려 배를 정박시키고는 다투듯 여자로 보이는 이들을 덮쳤다. 그 결과 단 한 사람도 빠져나가지 못하고 몰살당했으며 아테나이 사람들은 배를 띄우고 섬을 차지했다는 것이다.

IX.

그러나 다른 이들은, 살라미스를 이런 방식으로 차지한 것이 아니며 솔론이 먼저 델포이의 신으로부터 다음과 같은 신탁을 받았다고 전한다.

> 한때 자신들이 살았던 땅의 수호 영웅들,
> 그들을 성스러운 의식으로 달래주어라.
> 그 품에 오늘날 아소피아 들판이 숨어 있는 곳
> 거기 그들은 지는 태양을 바라보고 묻혀 있도다.

신탁을 받은 솔론은 밤을 틈타 배를 타고 섬으로 들어가 두 영웅 페리페모스와 퀴크레우스에게 제를 올렸다. 그러고는 참여를 자원한 아테나이 사람 5백 명과 함께 배를 띄웠다. 섬을 빼앗을 경우 그 섬을 최고의 자리에서 다스릴 수 있는 자격을 주겠다고 법령으로 정한 뒤였다. 솔론은 그들을 낚싯배 여러 척에 나누어 태우고 노 서른 개짜리 선박이 호위하게 하여 살라미스 섬에 닻을 내렸다. 에우보이아를 바라보는 지점이었다.

도시 내의 메가라 사람들은 무슨 일이 일어났는지에 관한 확실하지 않은 소식만 듣고는, 서둘러 군장을 하고 그곳으로 갔다. 동시에 적을 염탐할 배도 띄웠다. 이 배는 적진 가까이 다가갔다가 솔론의 손에 붙잡혔고 솔론은 배의 선원들을 가두었다. 그러고는 아테나이 병사들 가운데 최고만을 뽑아 그 배에 태우고, 가능한 한 들키지 않고 도시로 항해하도록 했다. 동시에 그는 나머지 아테나이 병사들과 함께 뭍에서 메가라 사람들과 전투에 임했다. 이 전투가 진행되는 와중에, 배에 탔던 병사들이 도시를 빼앗는 데 성공했다.

X.

이러한 상황에도 메가라 사람들은 저항을 계속했고 양측은 전쟁으로 인해 수많은 피해를 주고받았다. 그래서 마침내 라케다이몬 사람들로 하여금 이 분쟁을 중재하고 판정토록 했다.*

XII.

한편 아테나이는 퀼론으로부터 비롯된 오염으로 인해 오랜 괴로움을 겪고 있었다. 퀼론은 함께 음모를 꾸몄던 자들과 아테나 여신의 신전에 피신해 있었다. 당시 아르콘으로 있던 메가클레스가 그들에게 내려와 재판을 받으라고 설득하면서 사태가 시작되었다. 음모자들은 아테나 신상에 꼬아 내린 실을 고정하여 그 실을 붙잡고 있었는데, 에리뉘에스의 사원에 다다르자 그 실이 저절로 끊겼다. 이에 메가클레스와 다른 아르콘들은 여신이 그들을 탄원자로 인정하기를 거부했다고 주장하고 달려가 그들을 붙잡았다. 성역 밖에 있던 자들은 돌에 맞아 죽었고 제단으로 피한 이들은 그 자리에서 죽임을 당했다. 아르콘의 아내들에게 탄원을 했던 이들만 살아남은 것이다. 이에 따라 아르콘들은 부패한 자들로 여겨졌으며 저주를 받았다. 또한 퀼론의 추종자들 가운데 살아남은 작자들은 메가클레스의 후손들과 끝없이 대치하였다. 때는 반목이 최고조에 달하고 사람들이 두 편으로 나뉘어 싸울 무렵이었다.

어느새 드높은 명성을 얻게 된 솔론은 아테나이의 가장 고귀한 집안 사람들과 함께 두 파벌 사이에 개입하였으며, 오염되었다고 여겨지는 이들을 간청과 명령으로 설득해 재판에 응하도록 하고, 귀족들 가운데서 뽑힌 배심원 3백 명의 결정에 따르도록 했다. 플뤼아 출신 뮈론이 재판을 진행했고 메가클레스 가문은 유죄 판결을 받았다. 살아 있는 사람들은 추방했고 죽은 자들은 시신을 파내어 국경 밖으로 던졌다.

이와 같은 난국에 메가라 사람들까지 아테나이를 공격해 아테나이는 니사이아를 빼앗기고 다시금 살라미스에서 쫓겨났다. 또한 도시에는 미신으로 인한 공포와 기이한 현상이 찾아왔으며 예언자들은 희생 제물이 탐나 속죄를 요하는 부패와 부정이 있다고 점쳤다.

이와 같은 상황에서 그들은 크레테의 파이스토스 사람 에피메니데스에게 도움을 청했다. 그는 신들의 사랑을 받는 자이자 종교적인 문제에 관하여 하늘이 보낸, 신비로운 지혜를 갖고 있는 사람이라고 알려져 있었다. 아테나이로 온 그는 솔론을 친구 삼고 그를 여러 방면에서 도왔으며 솔론의 법을 위한 길을 닦았다. 아테나이 사람들로 하여금 종교 의식에 임할 때 품행을 바르게 하고 조심스럽게 할 것을 가르친 것도 에피메니데스이다. 그는 장례와 동시에 희생 제물을 바치도록 하고, 당시 대개의 여인들이 혹독하고 미개한 방식으로 애도하던 것을 멈추게 함으로써 상중의 의례를 보다 가볍게 만들기도 했다.

무엇보다도 각양각색의 정화, 위무 의식을 치르고 여러 성소의 기초를 닦음으로써 도시를 신성하게 만들었고 정의를 엄수하도록, 그리고 더 쉽게 의견 일치를 이룰 수 있도록 만들었다. 아무튼 에피메니데스를 무척이나 존경했던 아테나이 사람들은 그에게 큰돈과 높은 영예를 안겨주고자 했지만 그는 신성한 올리브나무의 가지 하나면 충분하다며 그것을 들고 고향으로 돌아갔다.

XIII.

그러나 퀼론으로부터 비롯된 사태가 끝을 맺고 부패한 자들이 위에서 말한 대로 추방당하자, 아테나이 사람들은 나라 체제에 관한 오래된 논쟁을 재개했고 도시는 다양한 땅의 생심새만큼이나 다양한 파벌로 나뉘었다. 언덕 사람들은 극단적인 민주정을 원했다. 평지 사람들은 극단적인 과두정을 원했다. 제3의 파벌을 이룬 물가 사람들은 그 중간의 혼합

된 나라 체제를 원했기 때문에 다른 두 무리에 반대하며 둘 중 어느 하나가 우세해지는 것을 막았다.

또한 당시에는 빈부의 격차가 절정에 달해 있었고 도시는 심히 위태로운 상태에 처해 있었다. 도시의 무질서를 바로잡고 소란을 멈추는 유일한 방법은 참주 체제를 수립하는 것인 듯했다. 평민들은 죄다 부자들에게 빚이 있었다. 부자들의 땅을 경작하여 얻은 이득의 6할을 바치거나, 아니면 스스로를 담보로 빚을 얻거나 했기 때문이다. 빚을 갚지 못하면 채권자에게 붙잡혀 고향 땅에서 노예로 전락하거나 다른 나라로 팔려나갔다. 또 많은 사람들은 가혹한 대금업자들 때문에 친자식을 파는 지경에까지 몰리거나 (이것을 금하는 법이 없었으므로) 나라를 떠나야 했다.

그러다 이들 대부분이, 그리고 그 가운데 가장 강건한 사람들이 힘을 합치기 시작했다. 그들은 부당한 처사에 굴복하지 말고 믿을 만한 사람을 지도자로 선택해 처벌받은 채무자들을 놓아주고, 땅도 새로 나누고, 나라 체제에 총체적인 변화를 가져오도록 하자고 서로를 부추겼다.

XIV.

바로 이 시점에 아테나이의 가장 현명한 사람들은 솔론에게 시선을 돌렸다. 그들은 솔론이 시대의 오류에 가장 덜 연루되어 있는 사람임을 알아보았다. 그는 부자들의 불의와도 연관이 없었고 가난한 자들의 궁핍과도 거리가 멀었다. 따라서 그들은 솔론에게 대중 앞으로 나와 만연한 불화를 끝맺어 달라고 부탁했다.

그러나 레스보스 사람 파니아스에 의하면, 솔론은 도시를 살리기 위해 자진해서 두 측을 상대로 속임수를 썼다고 한다. 가난한 자들에게는 그들이 원하는 대로 땅을 분배해 주겠다고 비밀리에 약속했으며 부자들에게는 담보를 보존해 주겠다고 한 것이다.

그러나 솔론 자신의 말에 따르면, 한쪽의 욕심과 다른 쪽의 오만이 두려워 할 수 없이 공직을 맡았다고 한다. 아무튼 그는 필롬브로토스의 뒤를 이어 아르콘으로 선출되었고 위기를 타개할 중재자이자 입법자 역할을 맡게 되었다. 부자들은 그가 부유했기 때문에, 가난한 자들은 그가 정직했기 때문에 그를 기꺼이 받아들였다. 솔론이 선출되기 직전 시중에 나돌았던 그의 말, 즉 평등은 전쟁을 유발하지 않는다는 취지의 말이 재산이 있는 자와 없는 자들을 동시에 기쁘게 했다고 하기도 한다. 전자는 가치와 탁월성에 기초한 평등을 기대했고 후자는 양과 수에 기초한 평등을 기대했던 것이다. 양측 모두 기대가 컸다. 각 측의 우두머리들은 솔론에게 참주 체제를 세울 것을 권하며, 이제 도시가 완전히 그의 세력에 들어온 만큼 당당하게 도시를 손안에 넣으라고 설득했다. 양측 어디에도 속하지 않던 여러 시민들 역시 법과 토론을 통해 변화를 가져오는 것이 고생스럽고 어려운 일임을 알고, 누구보다 의롭고 현명한 사람이 나라의 수장이 되는 것을 꺼리지 않았다.

더 나아가 솔론은 퓌토에서 다음과 같은 신탁을 받았다고 전해지기도 한다.

배 중앙에 자리를 잡으라,
키잡이의 임무는 너의 것이니.
수행하라. 아테나이 다수가 네 편이니라.

무엇보다도 그의 친한 친구들이, 그가 참주 체제라는 이름 때문에 절대 권력을 꺼린다며 그를 질타했다. 그들은 권력을 가진 자의 덕에 따라 참주 체제도 적법할 수 있다고 주장했다. 에우보이아의 경우 튄논다스가 이를 입증했고 핏타코스를 참주로 두고 있는 미틸레네 사람들도 마찬가지라고 했다.

그러나 아무것도 솔론의 결심을 흔들지 못했다. 전해진 바에 따르면 솔론은 친구들에게, 참주의 자리는 아름답지만 거기서 내려오는 방법은 없다고 말했다고 한다. 또 시 속에서 포코스에게 이렇게 적고 있다.

내가 만약 이 땅을, 내 고향 땅을 사양하고 참주 정치와 무자비한 폭력에
손을 대지 않는다면, 그로써 내 좋은 명성을 더럽히고 손상하지 않는다면,
나는 부끄럽지 않으리라. 그렇다면 오히려 나의 이름이 다른 모든 이들의
이름 위에 놓일 터이니.

이것으로 보건대 법을 만들기 전에도 솔론은 이미 명성이 높았던 것이 명백하다. 참주가 되기를 거부한다고 해서 여러 사람들이 그를 비웃은 데 관해서는 다음과 같이 적었다.

솔론은 생각이 가볍고 계획이 없는 사람이었다.
신들이 은총을 내려주었는데도 자기 의지대로 거부했다.
물고기로 가득한 그물을 보고 놀라워할 줄은 알아도 끌어올릴 줄을 몰랐
는데
다 기운이 부족하고 분별이 없어서 그러하였다.
나 같으면 그 권력과 무한한 부를 위해 하루라도 아테나이의 참주가 되겠
네.
가죽이 벗겨지고 가문에서 파문당할지언정.

XV.

군중과 신분이 낮은 자들이 그에 대해 이렇게 수군대고 있었던 것이다. 그러나 참주 체제를 거부하기는 했어도 업무를 집행할 때 무작정 너그러웠던 것은 아니다. 그는 법을 제정하는 데 조금의 나약함도 보이지 않았으며 힘 있는 자들에게 굽히지도, 유권자들을 기쁘게 하려고 들지도 않았다. 나아가 상태가 그럭저럭 괜찮은 곳에는 아무런 처방도 하지 않고 어떠한 혁신도 도입하지 않았다. 건드렸다가 오히려 총체적인 혼란이 일어나, 다시 세우거나 더 나은 상태로 복원할 수 없게 될까 두려웠기 때문이다. 그러나 설득이 쉬울 것 같은 문제, 혹은 강요하면 사람들이 따라올 것 같은 문제에 관해서는, 그의 말을 빌자면 힘과 정의를 모두 동원해 해결했다. 따라서 아테나이 사람들에게 최고의 법을 제정했느냐고 묻는 질문에, 그는 그들이 받아들일 수 있는 한 최고의 법을 제정했다고 대답하곤 했다.

훗날 역사가들이 짚어내듯 고대 아테나이 사람들은 추한 것들에 고상하고 정감 있는 이름을 붙임으로써 좋은 의미의 다정한 말로 그 추함을 감추곤 했다. 그래서 매춘부를 '동반자'라고 하고 세금을 '기여금', 도시의 주둔군을 '경비대', 감옥을 '방'이라고 했다. 이러한 장치를 가장 처음으로 사용한 이가 솔론으로 보인다. 그는 빚의 탕감을 '짐 덜기'라고 불렀다. 그가 처음으로 도입한 제도는 그 시점까지의 모든 빚을 탕감해 주고, 그 이후로는 누구도 자기 자신을 담보로 빚을 낼 수 없도록 하는 것이었기 때문이다.

그러나 안드로티온을 포함한 어떤 이들은 가난한 자들이 빚의 탕감을 통해 짐을 벗은 것이 아니라 빚에 대한 이자를 경감 받았으며 이 온정적인 행위에, 또 이를 수반한 추가적인 제도들과 돈의 구매력을 높인 조치

214

에 '짐 덜기'라는 이름을 붙여줌으로써 흡족함을 나타냈다고 한다. 솔론은 1므나에 73드라크메였던 화폐 가치를 1므나에 100드라크메로 만들어 갚아야 할 돈의 양은 같아도 그 가치가 덜하도록 했다. 덕분에 갚아야 할 빚이 있는 사람들은 큰 이득을 보았고 빚을 돌려받은 사람들도 손해를 보지 않을 수 있었던 것이다.

그러나 대부분의 저자들은 '짐 덜기'가 모든 빚의 탕감을 의미하며 솔론의 시가 이를 뒷받침한다는 데 동의한다. 솔론은 저당 잡혀 있던 땅에 관해 다음과 같이 자랑스럽게 이야기한다.

온 사방에 심겨 빚을 기록하고 있던 돌덩이를 치웠으니
구속되어 있던 대지는 이제 자유롭다.

한편 빚을 갚지 못해 팔려 간 사람들 중에는 앗티케의 말을 잊을 지경에 이를 정도로 길고 먼 방황을 해야 했던 비참한 사람들이 있었다. 솔론은 이들을 고국으로 데리고 들어오고, 고향 땅에 머물며 수치스러운 노예 생활을 해야 했던 일부 사람들도 해방시켰다.

이와 같은 노력은 솔론을, 일생을 통틀어 가장 괴로운 경험에 휘말리게 만들기도 했다. 그가 빚을 삭감하기로 결심하고 조치를 취하기 위한 합당한 논거와 적절한 기회를 찾기 위해 애쓰고 있을 때 가장 믿음직하고 친밀한 친구들, 즉 코논과 클레이니아스, 그리고 힙포니코스에게 말하기를, 땅을 만지작거리지는 않는 대신 빚을 탕감해 주기로 결심했다고 했다.

그들은 솔론이 그들을 믿고 한 말을 이용해, 솔론이 법을 공표하기에 앞서 부자들로부터 큰돈을 빌렸고 커다란 땅덩어리들을 사들였다. 그리고 법이 공표되자 토지를 계속해서 놀리면서도 채권자들에게 주어야 할 돈은 주지 않았다. 이 일로 솔론은 극심한 비난과 반감을 샀다. 그 역시 기만당한 것임에도 기만한 자들과 한편이라는 오해까지 받아야 했다.

그러나 잘 알려져 있듯이 그가 5탈란톤을 포기하자 이 비난은 일순간 사그라졌다. 솔론 자신이 빚으로 내어준 돈이 5탈란톤이었으며 그는 자신의 법에 따라 처음으로 이 빚을 탕감해 준 것이다. 어떤 이들은 그 액수가 15탈란톤이었다고 하고 로디아 사람 폴뤼젤로스도 그렇게 주장했다. 반면 솔론의 친구들은 그 뒤로 크레오코피다이, 즉 '빚 잘라먹은 자들'이라고 불렀다.

XVI.

그러나 솔론은 그 어느 측도 만족시키지 못했다. 부자들은 그가 빚에 대한 담보를 빼앗아갔기 때문에 분개했고 가난한 이들은 기대와 달리 그가 땅을 재분배하거나, 뤼쿠르고스가 했듯 모든 이들을 평등하고 동일한 형편으로 만들지 않았기 때문에 더욱 분개했다.

그러나 뤼쿠르고스는 헤라클레스의 11대 자손이고 여러 해 동안 라케다이몬의 왕이었다. 따라서 그에게는 엄청난 권위와 수많은 친구들, 그리고 나라 안 개혁을 추진할 힘이 있었다. 그는 또한 설득이 아닌 무력을 이용했고 그로써 한쪽 눈을 잃을 정도였으며* 모든 시민들을 가난하지도 부유하지도 않게 함으로써 도시의 안정과 의견의 일치를 효과적으로 확보했다.

반면 솔론은 나라에 이와 같은 것들을 정착시키지 못했는데, 그가 민중의 한 사람이었으며 평범한 신분이었기 때문이다. 그럼에도 그는 시민

---

* 「뤼쿠르고스」 편 XI.

들의 바람과 신뢰에만 의존하여 그에게 주어진 권력을 아낌없이 펼쳤다. 그런데도 대부분의 사람들이, 다른 결과를 기대했기 때문에 그를 불쾌히 여겼고 이에 대해 솔론 자신도 다음과 같이 말했다.

그때는 나를 대단하게 여기더니 지금은 몹시 성을 내며
내가 적이라도 되는 양 의심스러운 눈초리로 바라본다.

그럼에도 다른 사람이 자기와 동일한 힘을 얻었다면 다음과 같은 상황이 벌어졌을 것이라고 말한다.

시민들을 붙잡지도 말리지도 않고
그들 전부를 혼란에 빠뜨리고는 단물만 죄다 빨아먹었을 것이다.

그러나 머지않아 시민들은 솔론이 취한 조치들의 이점을 느끼고는, 개인 차원에서 흠집 내기를 멈추고 나라 차원에서 제를 올리기로 했다. 이 제사가 바로 '세이사크테이아', 즉 짐 덜기다. 그들은 또한 솔론에게 법을 개정하고 새로운 법을 만드는 일을 맡겼는데 그 어떤 제한도 두지 않고 관직과 민회, 법정, 의회까지 모든 것을 그에 맡겼다. 기존의 제도를 마음껏 폐지하거나 유지하면서, 그 수, 회의가 열리는 때, 자격을 얻기 위해 가져야 할 재산의 크기 등을 정할 수 있도록 한 것이다.

XVII.

그리하여 그가 가장 먼저 한 일은 드라콘의 법을, 살인에 관한 법만 제외하고 모두 폐지한 것이다. 지나치게 가혹하고 처벌이 지나치게 무거웠던 탓이다. 드라콘은 거의 모든 범죄에 한 가지 처벌을 정해 놓았다. 바로 사형이었다. 무위도식을 범한 자도 사형에 처해졌고, 채소나 과일을 훔친 사람 역시 신성모독이나 살인을 범한 사람과 동일한 처벌을 받았던 것이다.

따라서 데마데스가 훗날 드라콘의 법이 먹물이 아닌 피로 쓰여졌다고 말한 것은 핵심을 찌른 것이다. 왜 대부분의 범죄를 사형으로 처벌하느냐는 질문에 드라콘은 가벼운 범죄는 그렇게 처벌해야 마땅하고, 심각한 범죄는 더 무거운 처벌 방식을 찾을 수 없기 때문이라고 대답했다고 한다.

XVIII.

두 번째로, 모든 관직은 기존과 같이 부유한 사람들의 손에 남겨두되, 여태 소외되어 있던 민중들에게도 통치권의 일부를 주기 위하여 솔론은 시민들의 사유 재산을 평가했다.

한 해에 소득이 (마른 곡식과 술, 기름을 합쳐) 5백 단위인 이들을 첫 번째 등급으로 분류하고 펜타코시메딤노이라고 불렀다. 두 번째 등급은 말한 마리가 있고 한 해 소득이 3백 단위가 넘는 사람들이었고, 힙파다 텔룬테스라고 불렀다.※ 세 번째 등급으로 분류된 사람들은 한 해에 (마른 곡식과 술, 기름을 합쳐) 2백 단위의 소득을 올리는 사람들로, 제우기타이라고 불렀다. 나머지 모든 사람들은 테테스라고 불렀다. 테테스에 속하는 이들은 관직을 가질 수는 없어도 민회의 일원으로서, 그리고 배심원으로서 나라를 운영하는 데 참여할 수 있었다.

배심원으로서의 특권은 처음에는 큰 중요성이 없는 듯 보였지만 이후 매우 결정적인 역할임이 드러났다. 대부분의 분쟁이 결국 이들 배심원들의 손에 들어왔기 때문이다. 솔론이 관리들에게 결정을 맡긴 사건이라도 당사자들이 원하면 공공 법정에 항소를 하는 것이 허락되어 있었다. 게다가 솔론의 법은 의도적으로 의미가 명확하지 않고 이중적인 방식으로 표현되어 있었다. 이는 공공 법정의 힘을 키우기 위함이었다고 전해진다. 논란에 휘말린 당사자들이 법으로부터 만족스러운 답을 얻지 못했기 때문에 늘 배심원들이 판결을 내려주기를 원했으며 모든 분쟁이 그들 앞에 놓이게 되었으니, 그들은 어떤 의미에서 법의 주인이 되었던 것이다.

솔론 자신도 이것을 인정하며 다음과 같이 적고 있다.

민중에게 나는 충분한 힘을 주었으니
그들의 존엄성을 빼앗지도, 너무 많이 주지도 않았다.
힘이 있던 사람들, 놀라울 만큼 부유하던 사람들,
이들 역시 피해 보지 않도록 조치를 취하였다.

더 나아가, 나약한 군중의 힘을 보장하는 것을 자신의 임무로 생각한 솔론은 모든 시민에게 불의를 당한 사람을 대신해 소송을 할 특권을 주었다. 만약 누군가 공격을 당했거나 폭행으로 상처를 입었다면, 능력이 있고 의지가 있는 사람 누구나 잘못을 저지른 사람을 기소하고 처벌할 수 있었다. 입법자 솔론은 이러한 방식으로 시민들이 스스로 한 집단의 일원이라는 생각을 하도록, 또한 남이 불의를 당하면 측은히 여길 수 있도록 적절히 길들인 것이다. 솔론의 언사 또한 이러한 생각과 일치했다고 전해진다. 어떤 도시가 살기 좋은 도시냐는 질문에 그가 이렇게 대답했다.

"불의를 당하지 않은 이가 불의를 당한 이만큼 열심히, 잘못을 저지른 자를 벌하려고 노력하는 도시입니다."

XIX.

한 해 동안 아르콘을 역임한 이들로 구성된 아레이오파고스솔론 역시 아르콘이었으므로 이 집단의 일원이었다를 수립한 뒤, 솔론은 민중이 빚에서 해방된 이후 뒤숭숭하고 뻔뻔스러워진 것을 보고는 또 하나의 회의 기구를 만들었다. 이 기구는 네 부족에서 각각 백 명을 뽑아 구성한 4백 명으로 이루어져 있었다. 이들은 민중에 앞서 공적인 사안을 심사하게 되어 있었고 그러한 사전 심사 없이 그 어떤 사안도 민회로 보내서는 안 되었다. 솔론은 그런 뒤 이 상위 기구, 즉 평의회에 나라 문제 전반을 살피고 법을 수호하는 역할을 부여했다. 도시에 두 개의 회의 기구가 있으면 마치 두 개의 닻을 내린 듯, 파도에도 덜 흔들리고 민중도 더 잠잠해질 것이라고 생각했기 때문이다.*

XX.

솔론이 제정한 법 가운데 매우 특이하고 놀라운 법이 하나 있다. 파벌이 형성된 때에 그 어느 편도 들지 않는 사람으로부터 시민권을 박탈하도록 규정한 법이 그것이다. 아마도 공공의 복리에는 무감각하거나 무관심한 채, 내 일만 단단히 챙기고 나라의 말썽이나 어려움을 나눠 갖지 않았다는 사실에 뿌듯해하지 않기를 바라는 마음이 담겨 있을 것이다. 더 좋고 더 의로운 주장을 지지하고 거기 수반되는 위험을 함께 겪으며 도움을 주어야지, 자기만의 안위 속에서 어느 주장이 이기는지 지켜보아서는 안 된다고 생각했을 터이다.

그 밖에도 황당하고 터무니없다고 여겨질 수 있는 법이 하나 있다. 여자 상속인은 자신에 대해 법적으로 힘과 권위를 행사할 수 있는 남자가 자신과 잠자리를 같이할 수 없다면, 그의 가장 가까운 친척과 결혼할 수 있다는 법이 그것이다.

그러나 남편의 의무를 다할 수 없으면서도 재산을 탐하여 여자 상속인과 결혼함으로써 법의 보호 아래 자연의 법칙을 거스르려는 자들이 있었기에, 솔론의 법 제정은 현명했다고 말하는 사람들도 있다. 남자가 잠자리에서 의무를 다하지 못하는 한 아내가 원하는 누구하고든 잠자리를 할 수 있게 된다면, 남자들은 그러한 결혼을 애초에 피하거나 수치를 감수하고 결혼을 해야 할 터였고, 그것은 곧 탐욕스럽고 오만 방자한 남자들에 대한 처벌로 작용할 터였다. 여자 상속인이 아무나 잠자리 상대로 선택할 수 있는 것이 아니라 남편의 친척 가운데서 골라야 한다고 규정해 놓은 것 역시 현명했다. 자식을 낳아도 남편의 핏줄일 터이니 말이다.

이와 유사한 규정에는 신부가 마르멜로 열매를 먹고 신랑과 같은 방에 갇혀 있어야 한다는 의무 조항이 있고, 여자 상속인의 남편은 3개월에 한 번은 아내와 잠자리를 해야 한다는 조항도 있다. 아이는 못 가질 언정, 이것은 남편이 정숙한 아내에게 가져야 마땅한 존경과 애정의 표시인 것이다. 또 그와 같은 상황에서 발생하는 여러 골칫거리들을 없애주고 두 사람이 서로 간의 차이로 인하여 완전히 멀어지는 것을 막아준다.

다른 모든 결혼의 경우 솔론은 지참금을 금지했다. 신부는 갈아입을 옷 세 벌과 값나가지 않는 살림살이 몇 가지를 제외하고는 그 무엇도 가져올 필요가 없었다. 솔론은 결혼이 이득이나 값어치의 문제가 되어서는 안 된다고 여겼으며 남편과 아내가 사랑과 양육의 기쁨을 위해 함께 살기를 바랐던 것이다.※

XXI.

죽은 자를 흉보는 것을 금지하는 솔론의 법 또한 칭송받는다. 죽은 자를 신성시하는 것은 경건한 행위이며, 자리에 없는 이를 입에 올리지 않는 것은 의로운 행동이고, 증오의 파급을 막는 것은 훌륭한 정책이기 때문이다. 그는 사원이나 법정, 관청, 그리고 축제에서 남의 험담을 하는 것 또한 금했다. 이를 어기는 자는 험담으로 인해 피해를 본 사람에게 3드라크메를 지급하고 국고에 2드라크메를 바쳐야 했다.

단 한 번도 분노를 다스리지 못하는 것은 방종과 교육의 부족을 드러내지만, 언제나 다스리는 것은 어려우며 어떤 이들에게는 불가능하다. 그러니 법이란 다양한 가능성을 고려해야 하는 것이다. 입법자가 아무런 목적 없이 모두를 벌하는 것이 아니라 특정한 목적을 갖고 몇몇을 벌하고자 한다면 말이다.

솔론은 유서에 관한 법으로도 칭송을 받았다. 솔론 이전에는 유서를 쓸 수 없었고 죽은 자의 모든 재산이 가문에 남아야 했다. 반면 솔론은 자식이 없는 사람들로 하여금 원하는 사람에게 재산을 줄 수 있도록 허락함으로써 우정을 혈연관계 위에, 호의를 의무 위에 두었다.

반면 그가 모든 종류의 선물을 무제한적, 무조건적으로 허용한 것은 아니었다. 병이나 약물, 옥살이의 영향을 받은 것이 아니고 강제된 것, 혹은 아내의 설득에 넘어가서 준 것이 아닌 한에서 선물을 허용했다. 그는 남의 설득에 넘어가 잘못을 저지르는 것이 강요에 의해 저지르는 것보다 나을 것이 없다고 생각했다. 이것은 옳고 적절한 생각임에 틀림없다. 또한 속임수와 강요, 만족과 괴로움을 동일한 범주에 넣었다. 이 모두가 사람의 이성을 타락시킨다고 믿었기 때문이다.

그는 또한 여성의 외출과 애도, 축제를 법으로 규정하여 혼란과 방종을 종식시켰다. 여성은 외출할 때 옷을 세 가지 이상 입어서는 안 되었고 먹을 것이나 마실 것도 한 오볼로스* 이상 들고 다닐 수 없었으며 바구니는 높이가 한 페퀴스**가 넘어서는 안 되었다. 그리고 밤에는 길을 밝혀 줄 등불이 달린 수레를 타지 않고는 다닐 수 없었다.

솔론은 상중에 있는 사람들이 살갗을 찢는 것과 만가輓歌를 부르는 것을 금했고 누구든 남의 장례식에서 목 놓아 울지 못하도록 했다. 무덤에 황소를 제물로 바치는 것도 허용되지 않았으며 시신과 함께, 갈아입을 옷 세 벌 이상은 묻을 수 없었고, 가족의 무덤 이외에 다른 이의 무덤은 매장 당시를 제외하고는 참배할 수 없었다.

이와 같은 풍습 대부분은 우리의 법에서도 금지하고 있지만, 우리의 경우 법을 어기는 사람은 특별히 여성만을 단속하는 위원회에 의해 처벌을 받는다고 추가 조항을 넣고 있다. 상중에 슬픔을 주체하지 못하는 것은 남자답지 못하고 나약한 행동이기 때문이다.

XXII.

안정적인 삶을 찾아 앗티케로 꾸역꾸역 밀려들어오는 온 지방 사람들로 인해 도시가 들어차고 있다는 것, 또 나라 대부분이 비옥하지 못하고 쓸모없는 땅이라는 것, 게다가 바다 무역을 하는 사람들은 맞바꿀 것이 없는 사람들에게 물건을 수입해 주지 않는다는 것, 이런 것을 깨달은 솔론은 시민들의 관심을 제조 기술로 돌렸고 기술 교육을 받지 않은 아들은 아버지를 부양할 의무가 없다는 법을 제정하였다.

뤼쿠르고스의 경우는 달랐는데, 이방인이 우글거리지 않았고 에우리

• 6오볼로스가 한 드라크메인데 한 드라크메가 약 한 줌이니 매우 적은 양이다.
•• 팔꿈치 끝에서 중지 끝까지의 길이.

피데스의 말에 의하면 "사람 살기 넉넉하고, 곱절이 살아도 좋을 만큼 넓은 땅"이 있었기 때문이며 무엇보다도 헤일로테스가 나라에 넘쳐났기 때문이다. 이들은 놀리느니 끊임없는 노고와 노동으로 내리누르는 것이 나았기에, 뤼쿠르고스는 시민들을 힘들고 기계적인 업무로부터 해방시키고 대신 전투 행위에만 신경을 쓰도록 함으로써 시민들에게 단 하나만의 기술을 배우고 익히도록 할 수 있었던 것이다.

반면 솔론은 법에 상황을 맞추기보다 상황에 법을 응용하였다. 땅은 경작하는 사람만 겨우 먹여 살릴 수 있으며 일이 없는 유한有閑의 대중을 먹여 살릴 수 없다는 것을 깨닫고는, 모든 기술에 존엄성을 부여하였으며 아레이오파고스 회의에 명령하여 온 시민의 생계 수단을 검토하고 직업이 없는 이들을 처벌하도록 했다.

그런데 이보다 더 가혹한 법이 있었으니 폰토스 사람 헤라클레이데스가 전하듯, 사생아의 경우 아버지를 부양할 의무를 전부 면제받는다는 법이었다. 결혼이라는 명예로운 상태를 피하는 이는 자식을 위해서가 아니라 쾌락을 위해 여인을 취하는 것이 분명하다고 여겨졌기 때문이다. 그로써 아들이 자신을 돌보지 않는다고 꾸짖을 모든 권리를 아버지 스스로 박탈한다는 점에서, 아들의 존재 자체를 비난의 대상으로 만들어 버린 데 대한 적절한 처벌을 받게 되는 것이다.

XXIII.

그러나 대체로 여성에 관한 솔론의 법은 황당무계하다. 예를 들어 간통을 하다가 현장에서 잡히는 자는 사형에 처했지만, 남자가 자유시민인 여자를 강간하면 겨우 100드라크메의 벌금을 물렸을 뿐이다. 그리고 그가 설득을 통해 관계를 가졌으면 20드라크메를 물렸다. 이것은 물론 몸을 파는 여인일 경우, 그러니까 '동반자'의 경우 해당되지 않았다. 이러한 여인들은 값을 지불하는 사람이면 누구에게나 몸을 맡겼기 때문이다. 더 나아가 누구도 딸이나 누이를 팔 수 없었으나 처녀가 아니라고 밝혀질 경우는 예외였다.

그러나 같은 죄를 때로는 가혹하고 가차 없이 처벌했다가 때로는 하찮은 벌금으로 가볍고 너그럽게 처벌하는 것은 말이 되지 않는다. 당시 도시에 돈이 흔하지 않아 돈을 구하는 것이 이와 같은 벌금형을 무겁게 만들었다면 모르지만. 아무튼 희생 제물의 당시 가격을 보자면 양 한 마리, 혹은 곡식 1메딤노스*가 1드라크메였고 이스트모스의 경기에서 승리한 자는 100드라크메를 받게 되어 있었으며 올림피아 경기의 승자는 500드라크메를 받았다. 늑대를 붙잡아 오면 5드라크메를 쳐주었고 새끼 늑대는 1드라크메였다. 5드라크메는, 팔레론 사람 데메트리오스에 의하면 황소 한 마리 값이기도 했다. 1드라크메는 양 한 마리 값이었다.※

나라에 물이 마르지 않는 강이나, 호수, 풍부한 샘이 없었고 거주자 대부분은 우물을 파서 이용했으므로 솔론은 힙피콘** 안에 공용 우물이 있으면 그것을 쓰고, 그보다 더 멀면 스스로 물을 구해야 한다는 법을 만들었다. 그러나 자기 땅을 10오르귀이아*** 깊이로 파도 물이 나오지 않으면 이웃의 우물에서 물을 가져올 수 있었는데, 6쿠스****들이 물병으로 하루에 두 번 채울 수 있는 만큼만 허용되었다. 솔론은 자신의 의무가 궁핍한 자를 돕는 것이지 게으른 자를 먹이는 것이 아니라고 생각했던 것이다.

그는 또한 나무 심기를 제한하는 데에도 노련함을 발휘했다. 이웃하

• 1메딤노스는 약 53리터.
•• 약 800미터.
••• 1오르귀이아는 약 두 팔을 펼친 길이.
•••• 1쿠스는 약 3리터.

는 밭의 5푸스* 이내에는 나무를 심을 수 없었고 그 나무가 무화과나무이거나 올리브나무일 경우 9푸스로 제한했다. 무화과나 올리브나무는 뿌리가 더 많이 뻗어나가기 때문에 가까이 심으면 다른 나무의 영양을 빼앗고 유독한 날숨을 쉬기 때문에 해를 입힐 수 있다는 이유에서였다. 구덩이나 도랑을 파는 경우에는 그 깊이만큼 이웃의 땅으로부터 떨어진 거리에 파야 했으며 벌을 치려는 사람은 다른 사람이 이미 차려놓은 벌통으로부터 300푸스 떨어진 곳에 벌통을 놓아야 했다.

XXIV.

땅에서 얻은 수확에 관해서는, 기름만 바깥 나라에 팔 수 있도록 허락했고 다른 것은 수출하는 것을 금지했다. 만약 수출을 하면 아르콘이 저주를 선포하거나 국고에 100드라크메를 지급하게 했다. 솔론의 법률을 적은 서판 가운데 첫 번째 서판에 바로 이 법이 적혀 있다.* 그는 또한 짐승으로부터 상처를 입은 경우에 대한 법을 만들어, 사람을 문 개에게는 길이가 3페퀴스인 나무칼을 씌웠는데 이는 안전을 증진하는 유용한 장치였다.

그러나 귀화 시민에 대한 법은 애매한 구석이 있다. 솔론은 자기 나라에서 영원히 추방당했거나 기술로 장사를 하기 위해, 온 가족과 함께 아테나이로 이사 온 사람들에게만 시민이 되는 것을 허락했다. 전해지는 바에 따르면 이 조치는 다른 바깥 나라 사람들을 몰아내기 위한 것이 아니라 자격이 있는 사람들에게, 아테나이에 오면 시민권을 얻을 수 있다는 확신을 주기 위한 것이었다고 한다. 또한 솔론은 어쩔 수 없이 나

라를 버려야 했던 이들이나 뚜렷한 목적을 가지고 나라를 떠난 사람들은 신뢰할 수 있다고 생각했다.

솔론의 또 한 가지 특징적인 법은 마을 회관의 공공 식당에서 식사하는 것을 규정한 법이다.※ 동일한 사람이 거기서 자주 식사를 해도 안 되었고, 거기서 먹을 의무가 있는데 거절하면 처벌되었다. 솔론은 전자를 탐욕, 후자를 공공의 이익을 경멸하는 짓이라고 여겼다.

XXV.

솔론의 모든 법은 백 년간 효력이 있었고 악손이라고 불리는 나무판자에 적혔다. 이 여러 개의 악손은 길쭉한 틀 안에서 회전하도록 만들어졌다.※ 평의회는 솔론의 법을 비준하는 공동 맹세를 했고 제정법의 수호자들, 즉 테스모테타이는 각각 따로 시장에 있는 전령의 바위에서 맹세를 했다. 만약 어떤 방식으로든 법을 거역하면 델포이에 그에 상응하는 황금 상을 바치리라고 서약한 것이다.

달의 길이가 불규칙하다는 것, 달의 움직임이 태양이 뜨고 지는 것과 늘 일치하지 않으며 달이 종종 태양을 따라잡아 지나치는 날이 있다는 것을 관찰한 솔론은 그날을 '묵은 날이자 새 날'이라고 부르며 묵은 날을 지나가는 달에 넣고 나머지 날을 막 시작하는 달에 넣었다. 따라서 솔론이야말로 이 달이 지고 다음 달로 접어드는 날에 관해 이야기하는 호메로스의 시구※를 처음 이해한 사람으로 보인다. 솔론은 이다음 날을 초하루로 쳤다. 스무 날 이후로는 스물에서 더하여 셈하지 않고 서른에서 빼는 방식으로, 달이 기울듯 거꾸로 셈하였다.

• 『오뒷세이아』 xiv. 162=xix. 307. 오뒷세우스가 이타카로 돌아가는 날에 대하여 이야기하는 대목.

솔론의 법이 효력을 얻자마자 하루같이 누군가가 그를 찾아와 법을 칭송하거나 비난하거나, 법전에 더할 것이 있다고, 혹은 뺄 것이 있다고 조언하였다. 법에 대한 궁금증이나 질문을 갖고 그에게 오는 사람도 허다했다. 몇 가지 법령을 들고 와 그 의미나 목적을 명확히 가르쳐 달라고 그를 재촉했던 것이다. 솔론은 절대로 그렇게 할 수는 없다고 생각했지만 그렇게 하지 않으면 미움을 받으리라고 여겼기에, 이와 같은 곤란한 상황에서 벗어나고 시민들의 까다로운 반응과 불만을 피하기 위해그의 말에 따르면 큰일을 하는 데 모두를 기쁘게 하기란 힘든 법이다 나라 밖으로 여행을 간다는 핑계를 대고 배를 구해 항해를 시작했다. 아테나이 사람들로부터 십 년간의 휴가를 얻은 뒤였다. 솔론은 그동안 아테나이 사람들이 자신이 만든 법에 익숙해지리라고 생각했다.

XXVI.

그는 제일 먼저 아이컵토스로 가서 '네일로스나일 강이 범람하는 카노보스 근방 물가에 살았다. 또 학식이 높은 사제였던 헬리오폴리스의 프세노피스, 사이스의 손키스와 공부를 하며 시간을 보냈다. 플라톤에 따르면 솔론이 바로 이들로부터 사라진 아틀란티스 이야기를 들었으며 시의 형식을 빌려 헬라스인들에게 소개하고자 했다.

그런 다음 배를 타고 퀴프로스로 갔으며 퀴프로스 섬의 여러 왕 가운데 하나였던 필로퀴프로스의 총애를 받았다. 필로퀴프로스에게는 테세우스의 아들 데모폰이 세운 작은 도시가 하나 있었는데, 클라리오스 강가에 있던 이 도시는 입지는 좋았으나 다른 측면에서는 불편하고 아쉬웠다.

따라서 솔론은 도시를, 아래쪽에 있는 보기 좋은 평야로 옮겨 더 여유롭고 살기 좋게 만들도록 필로퀴프로스를 설득했다. 그는 또한 거기 남아 새 도시를 통합하는 일을 총괄했고 생활의 편리와 안전을 보장하는 최선의 방식으로 도시를 구성했다. 그 결과 여러 이주민들이 필로퀴프로스를 찾아왔고 그는 다른 왕들의 부러움을 샀다.

이에 필로퀴프로스는 새로 지어진 도시의 이름을 솔론의 이름을 따 '솔로이'라고 부르는 영예를 내렸다. 원래 도시의 이름은 아이페이아였다. 솔론 자신도 도시를 정비한 일에 대해 언급하고 있다. 엘레게이아 형식의 시에서 필로퀴프로스에게 이렇게 말하고 있는 것이다.

• 아프로디테의 바위라고 불리는 퀴프로스의 어느 해안 바위섬들. 퀴프로스는 아프로디테가 태어났다고 전해지는 섬으로, 퀴프리스는 퀴프로스 여인, 즉 아프로디테를 의미한다.

왕께서 여기 솔로이에 오래오래 군주로 주인으로 남기를.
왕 자신도, 왕의 가문도 대대로 이곳에 머물기를.
허나 이 유명한 섬을 떠날 차비를 하는 나와 내 빠른 배를,
보랏빛 왕관 쓴 퀴프리스께서 무사히 우리 갈 길로 보내주시고
왕의 마을에 호의와 영광을 내리시고,
나에게는 고향으로 순조로운 귀환을 허락하시길.

XXVII.

크로이소스*가 솔론을 접견했다는 점에 관해서 어떤 이들은 연대가 맞지 않는다며 사실이 아님을 입증하려 한다. 그러나 너무나도 유명하고 증거가 많으며 무엇보다 솔론의 성격과 잘 들어맞는 이야기, 그의 도량과 지혜를 그토록 훌륭하게 묘사하고 있는 이야기를, 공식 연표에 굴복하여 부인할 생각은 없다. 공식 연표라 해도 오늘날까지 수천 명 사람들이 그 모순에 대하여 대체적인 합의에 이르지 못하고 계속해서 수정하고 있기 때문이다.

아무튼 전해지는 바에 따르면 크로이소스의 초대로 사르데이스를 방문한 솔론은 처음으로 바다를 향해 가는 육지 사람과 같은 경험을 했다고 한다. 강이 나올 때마다 바다가 아닐까 생각하는 육지 사람처럼, 왕궁을 지나던 솔론은 왕의 여러 시종들이 값비싼 옷을 입고, 수많은 급사와 무장한 병사들 사이를 당당하게 움직이는 것을 보고 매번 이 사람이 크로이소스가 아닐까 생각한 것이다.

• 『크로이소스와 솔론』, 헨드릭 판 스테인베이크 2세.
•• 『솔론과 크로이소스』, 혼쏠스트.
••• 『뤼디아의 농부로부터 진상품을 받는 크로이소스』, 클로드 비뇽.

은, 사람들이 놀랍다고 혹은 사치스럽다고 혹은 부럽다고 여길 만한 온갖 귀한 보석, 다채로운 옷, 황금 장신구는 죄다 걸치고 있었다. 극도로 위엄 있고 화려한 광경을 펼쳐 보이고 싶었기 때문이다. 그러나 솔론은 그러한 크로이소스의 모습을 보고도 그 광경에 놀라움을 나타내지 않았고, 그가 기대했던 말도 해주지 않았을 뿐 아니라 자신이 그러한 하찮고 속된 짓을 경멸한다는 것을, 지각 있는 사람이라면 모를 수 없을 만큼 노골적으로 드러내기까지 했다. 이에 크로이소스는 손님을 위해 보물이 든 방을 활짝 열고, 손님에게 그의 다른 호화로운 물건들을 보여주게 했다. 그런데 그럴 필요가 없었다. 솔론은 이미 크로이소스 왕 자신만을 보고 그의 성품을 짐작할 수 있었다. 솔론이 모든 것을 보고 다시 제자리로 돌아왔을 때 크로이소스는 자신보다 더 행복한 사람을 본 적이 있냐고 물었다.

· 크로이소스가 발행한 금화와 은화.

솔론은 그렇다고 대답하고 그 사람은 바로 아테나이의 텔로스라고 했다. 텔로스는 정직하게 살았으며 훌륭한 아들들을 남겼고 심각한 부족함 없이, 나라를 위해 눈부신 용맹을 보인 뒤 죽음을 맞았다고 했다.

이야기가 끝나자마자 크로이소스는 솔론이 이상하고 불쾌한 사람이라

• 뤼디아(소아시아, 즉 지금의 터키 지역에 있었던 왕국)의 왕. 후에 전쟁에 패해 포로가 되었다.

고 생각했다. 금은이 얼마나 많은지를 놓고 행복을 셈하지도 않을 뿐더러 눈앞에 펼쳐진 자신의 권능을 보고도 평범한 평민의 삶과 죽음을 존경한다고 말하다니, 크로이소스가 그렇게 생각함직도 했다.

그럼에도 그는 또다시 텔로스 다음으로, 자신보다 더 행복한 사람을 아느냐고 물었다. 솔론은 알고 있다고 대답하고는 우애와 어머니를 향한 효심이 누구보다 깊은 클레오비스와 비톤을 꼽았다. 황소들 때문에 어머니가 타고 있던 수레가 지체되자 그들은 직접 어깨에 멍에를 지고 어머니를 헤라 여신의 신전으로 모시고 갔다. 아테나이 사람들은 어머니를 행복한 여인이라고 찬양했으며 어머니는 가슴이 뛸 듯이 기뻤다. 제를 올리고 만찬을 마친 뒤 휴식을 취하려고 누운 두 사람은 다시는 일어나지 않았고 그 멍에가 채 식지 않은 상태에서 고통 없고 평화로운 죽음을 맞은 것으로 밝혀졌다. 솔론의 이야기를 듣고 어느새 성이 나기 시작한 크로이소스는 이렇게 말했다.

"뭡니까! 그대는 나를 행복하다고 생각하지 않는다는 말입니까?"

그러자 그의 비위를 맞추고 싶지도 않았지만 그의 분노를 키우고 싶지도 않았던 솔론은 이렇게 말했다.

"뤼디아의 왕이시여, 신께서는 저희 헬라스 사람들에게 모든 축복을 그저 적당히 내리셨으니 이 적당함으로 인해 저희들의 지혜 또한 언제나 부족하고 미천할 뿐이지 눈부시고 위풍당당하지 못합니다. 부족한 지혜로나마 말씀드리자면 인생이 온갖 영고성쇠를 겪을 수 있음을 아는 저희들은 그것이 변할 가능성이 있는 한, 좋은 것을 가졌다고 우쭐하거나 남의 행복을 부러워하지 않는답니다. 우리 모두를 향해 오는 미래는 다양하고 불확실하지만 신께서, 죽는 날까지 풍족하게 지켜주신 사람을 저희는 행복하다고 합니다. 그러나 여전히 살아가며 삶의 위험과 마주하고 있는 사람을 행복하다고 부르는 것은 아직 포상을 좇아 경쟁을 하고 있는 선수에게 승리했다며 관을 씌워주는 격입니다. 불확실하며 근거가 없는 판단이라는 말이지요."

솔론은 이와 같이 말하고 떠났다. 크로이소스는 몹시 불쾌해 하기만 했지 배운 것은 없었다.

XXVIII.

한편 우화를 쓴 아이소포스이솝가 크로이소스의 부름을 받고 사르데이스에 와 있었다. 그는 크로이소스로부터 많은 영예를 받은 뒤였다. 그는 솔론이 융숭한 대접을 받지 못했다는 소문을 듣고 걱정하며 다음과 같이 조언했다.

"솔론이시여, 왕과의 대화는 짧게, 눈치껏 해야 좋은 법이지요."

그러자 솔론이 대답했다.

"아닙니다! 실로 왕과의 대화는 짧게, 사리에 맞게 해야지요."

『이솝 우화』를 쓴 것으로 잘 알려져 있는 아이소포스. 디에고 벨라스케스.

아무튼 당시 크로이소스 왕은 솔론을 이처럼 경멸했다. 그러나 이후 그는 퀴로스와의 전투에서 패한 뒤, 도시를 잃고 산 채로 잡혀 화형을 당할 처지에 놓였다. 모든 페르시아 사람들과 퀴로스 자신이 바라보는 앞에서 장작더미 위에 묶인 채 누운 그는 온 힘을 다하여, 가능한 크고 울려 퍼지는 목소리로 세 번 외쳤다.

"오, 솔론! 솔론! 솔론!"

이에 놀란 퀴로스는 사람들을 보내 도대체 솔론이 어떤 사람, 혹은 어떤 신이기에 그러한 곤경에서 그의 이름을 부르는지 알고 싶어 했다. 그러자 크로이소스는 아무것도 숨기지 않고 말했다.

"헬라스의 현인 가운데 한 사람입니다. 나는 당시 내게 필요했던 것을 듣거나 배우려는 마음에서가 아니라, 오로지 솔론에게 내가 즐기던 행복을 보여주고 그가 남들에게 소문을 퍼뜨려 주기를 바라는 마음에서 그를 불렀습니다. 그런데 이제 보니 그 행복을 잃은 데서 오는 괴로움이, 행복을 가졌을 때 느꼈던 기쁨보다 훨씬 큽니다. 행복을 가졌을 때, 거기서 오는 기쁨은 다른 사람들의 말과 의견에 달려 있었지만, 행복이 떠난 뒤 찾아온 끔찍한 고통과 돌이킬 수 없는 재앙은 이토록 생생하니 말입니다. 솔론은 그때의 내 모습만 보고 이와 같은 나의 미래를 넘겨짚고는, 내 인생의 끝을 보라고, 불확실한 판단에 기대어 오만하고 무례하게 살지 말라고 일렀습니다."

이 말이 퀴로스에게 전해지자 크로이소스보다 현명했던 퀴로스는 솔론의 말이 자신의 눈앞에서 입증된 것을 보고 크로이소스를 놓아 주었을 뿐만 아니라, 평생 솔론을 우러러보며 살았다. 이로써 솔론은 말 한마디로 왕 하나를 살리고 또 다른 왕을 가르쳤다는 명성을 얻게 된 것이다.

XXIX.

그러나 아테나이 사람들은 솔론이 없는 동안 노다시 파벌로 나뉘었다. 평지 사람들의 우두머리는 뤼쿠르고스였고 물가 사람들은 알크마이온의 아들 메가클레스, 언덕 사람들은 페이시스트라토스가 이끌고 있었다. 마지막 무리에는 테테스에 속하는 군중들이 포함되어 있었고 이들은 부유한 자들을 철천지원수로 여기는 자들이었다. 그 결과 시민들은 새 법을 따르는 와중에도, 모두가 혁명이 터질 것을 기대하며 다른 형태의 나라 체제를 갈망하였다. 모두가 평등하기를 바란 것이 아니라 각각의 파벌은 변화를 통해 제 파벌이 더 우월해지기를, 다른 파벌에 대한 철저한 지배권을 얻게 되기를 바랐다.

이것이 솔론이 아테나이로 돌아왔을 무렵 나라의 형국이었다. 모두가 솔론을 존경했지만 나이가 나이였으니만큼 솔론은 예전과 같이 대중 앞에서 말하고 움직일 수 있는 기력과 열성이 없었다. 그럼에도 그는 적대 관계에 있는 파벌들의 우두머리들과 사적인 회담을 가졌으며 그들이 서로 화해하고 화합할 수 있도록 애썼다.

우두머리들 중에서는 페이시스트라토스가 솔론의 말에 가장 귀를 기울이는 듯했다. 페이시스트라토스는 남의 환심을 살 만한 듣기 좋은 말을 하는 데 능했고, 가난한 자를 도울 준비가 되어 있었으며, 적의를 보이는 데도 합리적이고 적당한 수준을 알았다. 자연이 그에게 허락하지 않은 품성은 똑같이 흉내를 냈는데 얼마나 잘했는지, 실제 그러한 품성을 가진 이들보다 더 그럴싸해 보였다. 그는 조심스럽고 질서를 좋아하는 사람으로 여겨졌으며 무엇보다도 평등을 중히 여기고, 누구든 기존의 질서를 흔들고 변화를 가져오려고 시도한다면 불쾌히 여길 사람으로 보였다. 실로 이러한 점에서 대부분의 사람들은 그에게 완전히 속아 넘어갔다.

그러나 솔론은 재빨리 그의 진정한 품성을 눈치챘고 그의 은밀한 계획을 누구보다 먼저 감지했다. 그럼에도 그를 적대시하지 않고 가르침을 통해 그를 유연하게 만들고 모양 잡기 위해 노력했다. 실제 솔론은 페이시스트라토스 자신을 비롯하여 여러 사람들에게 말하기를, 영혼으로부터 명성을 드높이려는 욕구를 추방하고 참주가 되려는 열망을 치유한다면 덕을 키우기에 그만한 자질을 갖춘 사람도 없을 것이며 그만한 시민도 없을 것이라고 했다.

한편 테스피스가 비극이라는 것을 막 시작하고 있던 가운데, 많은 사람들이 이 참신한 시도에 관심을 가졌으나 본격적인 비극 경연이 이루어지기 전이었다. 그럼에도 새로운 것이라면 듣고 배우기를 좋아하는 성격 탓에, 그리고 나이가 든 뒤 그 어느 때보다 한가로운 오락 거리에 심취해 있었기에 솔론은 테스피스가 자신의 작품을 직접 연기하는 것_{이것은 고대 시인들에게는 흔한 관례였다}을 보러 갔다.

연극을 관람한 뒤 솔론은 테스피스에게 다가가 그토록 많은 사람들 앞에서 그런 거짓말을 하는 것이 수치스럽지 않느냐고 물었다. 테스피스가 극중에서 그렇게 말하고 행동하는 것에는 아무런 해가 없다고 대답하자, 솔론은 들고 있던 지팡이로 바닥을 세차게 내리친 뒤 이렇게 말했다.

"그러나 이러한 연극에 너무 많은 칭송과 영예를 안기기 시작하면 곧 중대한 일들에도 이것이 끼어들 것입니다."

XXX.

하루는 페이시스트라토스가 스스로 상처를 입힌 후에 전차를 타고 시장으로 들어왔다. 그리고 적들이 자신의 정치적 입장을 문제 삼아 자신을 해치려고 했다고 주장하며 민중의 분노를 유도하자 많은 사람들이 성난 외침으로 그의 주상에 동소했다. 그때 솔론이 가까이 다가가 페이시스트라토스에게 이렇게 말했다.

"힙포크라테스의 아들이여, 호메로스의 오뒷세우스를 연기하려면 제대로 하게. 오뒷세우스가 자신을 망가뜨렸을 때는 적을 속이기 위함이었는데 그대는 같은 시민을 속이려고 이런 짓을 하는가."

아무튼 이 일이 있고 페이시스트라토스를 위해 싸울 준비가 된 군중은 민회를 열었다. 여기서 아리스톤은, 페이시스트라토스에게 곤봉을 든 병사 쉰 명으로 이루어진 호위대를 붙여 주자고 제안했으나 솔론은 여기 정식으로 반대했다. 그리고 나서 그가 한 말은 그의 시 여러 편에 다음과 같이 담겨 있다.

그대들은 교활한 자의 말과 주장을 진심으로 믿고 있습니다.
그대 각자는 여우 같은 걸음걸이로 걸을지라도
모두가 모이니 정신이 빠졌군요.

그러나 가난한 자들이 페이시스트라토스를 만족시키지 못해 안달이 난 반면, 부유한 자들은 겁을 집어먹고 페이시스트라토스와 부딪히기를 피하는 것을 본 솔론은, 그 자신이 한쪽보다는 현명하고 다른 한쪽보다는 용감하다고 말했다. 무슨 일이 벌어지고 있는지 모르는 자들보다는 현명하고, 무슨 일이 벌어지는지 알고 있음에도 두려워서 참주 체제를 거부하지 않는 사람들보다는 용감하다는 말이었다.

어쨌든 법령을 통과시킨 민중은 곤봉을 든 호위병의 수를 엄격하게 제한하지 않았고, 페이시스트라토스가 원하는 수만큼 데리고 시내를 활보할 수 있도록 내버려 두었으며 마침내 그는 아크로폴리스를 점령하기에 이르렀다.

이와 같은 일이 벌어지고 도시가 소란에 휩싸이자, 메가클레스는 형제들과 함께 재빨리 몸을 피했다. 그러나 솔론은 지극히 노쇠한 데다 아무 지지자가 없었음에도 시장으로 나아가 시민들을 타일렀다. 한편으로는 그들의 어리석음과 나약함을 꾸짖기도 하고 다른 한편으로는 자유를 버리지 말라고 그들을 격려하고 설득하기도 했다. 참주 체제가 여전히 준비 단계에 있을 당시 그것을 막았다면 더 쉬웠겠지만, 땅에 심겨 성장을 시작한 뒤에 그 뿌리를 뽑고 멸하는 것은 더 위대하고 영광스러운 일이라는 그의 유명한 말도 이때 나온 것이다.

그러나 아무도 용기를 내어 그의 편을 들지 않았기에 그는 집으로 돌아가 무기를 꺼내 집 앞 거리에 펼치고 이렇게 말했다.

"나는 내 나라와 내 나라의 법을 지키기 위해 온 힘을 다했다."

그 이후 그는 조용히 은거하며 지냈다. 친구들이 아무리 도피하라고 부추겨도 꿈쩍하지 않고 시를 쓰는 데만 몰두하며, 그 속에 아테나이 사람들에 대한 비난을 가득 담았다.

지금 스스로의 비겁함으로 가혹한 고통을 받고 있다면
신들께 분풀이하지 말라.
그대들 스스로 호위병을 내주고 폭군의 힘을 키운 것이니,
그리하여 지금 그 비천한 처지에 빠진 것이니.

XXXI.

이러한 상황에서 많은 사람들은 솔론이 참주의 손에 죽임을 당하리라고 우려했다. 그들이 솔론에게 대체 뭘 믿고 그렇게 분별없이 행동하느냐고 묻자 솔론은 이렇게 대답했다.

"이제 늙은이잖소."

그러나 상황을 수습한 뒤 페이시스트라토스는 솔론을 예우하고 호의를 보이며 궁으로 초대하는 등 솔론을 대접해 주었고 솔론은 심지어 그

의 조언자가 되어 그의 여러 행위를 승인하였다. 페이시스트라토스가 솔론이 만든 법 대부분을 그대로 유지했기 때문이다. 그는 먼저 자신이 그 법을 지키고 동료들 역시 지키도록 만들었다. 예를 들어, 참주가 된 뒤에도 살인 혐의로 아레이오파고스 앞에 부름을 받았으며 절차에 따라 자신을 변호하기 위해 출석했으나 원고가 모습을 나타내지 않았다.

그는 직접 법을 만들기도 했다. 그중에는 전쟁에서 불구가 된 이의 경우, 나라가 생계를 유지해 주기로 정한 법도 있었다. 그러나 헤라클레이데스에 의하면 이미 솔론이 동일한 효력을 가진 법령을 통과시킨 적이 있었다. 그것은 전쟁에서 불구가 된 테르십포스를 위한 법령이었고 페이시스트라토스는 다만 솔론의 본보기를 따른 것이다. 한편 나태함을 금지함으로써 나라를 더욱 생산적으로, 도시를 더욱 평화롭게 만든 법은 사실 솔론이 아니라 페이시스트라토스가 만든 법이라고 테오프라스토스는 말한다.

이때쯤 솔론은 사라진 아틀란티스에 관한 이야기, 혹은 설화를 기록하는 대작업을 포기한다. 사이스의 학식 있는 이들로부터 들은 대로라면, 아테나이 사람들과 직접적인 연관이 있는 이 이야기를 포기한 이유는 여가 시간이 없어서는 아니었고 고령 때문이었다는 것이 플라톤의 말이다. 그는 일의 규모가 너무 방대해질 것을 두려워했다는 것이다.*

XXXII.

플라톤은 사라진 아틀란티스라는 주제가 마치 아름다운 땅덩어리의 흙이고, 솔론과의 친척 관계인 자신에게 그 땅덩어리에 대한 합법적인 소유권이라도 있다는 듯 닦고 꾸미고 싶은 마음이 간절했다. 그래서 커다란 현관을 놓고 담벼락을 세우고 마당을 다졌는데 이것은 그 어떤 이야기나 설화, 시에서도 볼 수 없는 규모였다. 그러나 시작이 늦었고 플라톤은 작업을 마치기 전에 생을 마감했다. 따라서 그가 쓴 부분에 대한 기쁨이 클수록 그가 쓰지 않고 남겨둔 부분에 대한 우리의 슬픔은 더욱 크다. 아테나이에 있는 올림피에이온제우스의 신전이 그렇듯, 사라진 아틀란티스에 대한 이야기는 플라톤의 지혜가 담긴 수많은 아름다운 작품들 가운데 유일한 미완성작이기 때문이다.[•]

아무튼 폰토스 사람 헤라클레이데스에 의하면 솔론은 페이시스트라토스가 스스로 참주가 된 뒤에도 오래오래 살았다. 그러나 에레소스의 파니아스에 의하면 2년을 채 못 살았다고 한다. 페이시스트라토스가 참주정을 세운 것은 코미아스가 아르콘으로 있던 시절인데, 파니아스에 의하면 솔론은 코미아스의 후임자 헤게스트라토스가 아르콘으로 있던 때에 죽었다. 그의 시신을 화장하고 유골을 살라미스 섬에 뿌렸다는 괴이한 이야기는 도무지 믿기가 어렵고 터무니없게 들리지만, 주목할 만한 사람들이 기록했으며 그중에는 철학자 아리스토텔레스도 포함되어 있다.

• 플라톤의 저서 『크리티아스』를 말하고 있다.

푸블리콜라

I.

솔론의 일생은 앞서 이야기한 바와 같고 이제 그와 푸블리콜라를 견주어 보고자 한다. 푸블리콜라라는 이름은 로마 사람들이 훗날 명예의 표시로 붙여준 것이다. 그 이전에 그의 이름은 푸블리우스 발레리우스였으며, 잘 알려진 바대로 그의 선조 가운데에는 로마 사람들과 사비니 족 사람들을 적대적인 관계에서 하나로 통합하는 데 누구보다 결정적인 역할을 했던 발레리우스가 있었다. 로마와 사비니 족의 왕을 설득하여 의견 차이를 좁히고 화합하도록 설득한 사람이 바로 이 발레리우스였던 것이다.

푸블리우스 발레리우스 푸블리콜라.

혈통이 이와 같았던 푸블리우스 발레리우스는 로마가 여전히 왕국일 적 언변이 좋고 부유하기로 소문이 나 있었다. 그의 언변으로 말할 것 같으면 언제나 정의를 위해 정직하고 담대하게 사용했으며, 부로 말할 것 같으면 가난하고 부족한 사람들을 돕기 위해 너그럽고 친절하게 베풀었다. 따라서 로마가 민주 정체政體를 가지게 될 경우 그가 즉시 요직에 오르리라는 것은 명백했다.

한편 타르퀴니우스 수페르부스는 정당한 방법으로 권력을 얻은 것이 아니라 신과 인간의 법을 모두 거슬렀으며, 권력을 왕다운 방식으로 행사하기는커녕 뻔뻔하고 오만한 폭군처럼 사용했다.[*]

따라서 사람들은 그를 증오했고 그의 압제를 경멸했으며, 폭행을 당하고 스스로 목숨을 끊은 루크레티아의 최후[**]에서 반란의 빌미를 찾았다. 반란에 참가한 루키우스 브루투스는 누구보다 먼저 발레리우스를 찾았고 그의 열렬한 지지를 받아 왕들을 몰아냈다. 그리고 시민들이 왕을 대신하여 한 사람을 우두머리로 앉히리라고 생각한 발레리우스는 브루투스가 그 자리에 앉는 것을 적절하다고 여기고 묵인했다. 그가 자유로 향한 길에 앞장섰던 까닭이었다.

• 자살을 감행하는 루크레티아. 『루크레티아』. 크라나흐.
•• 『타르퀴니우스와 루크레티아』. 루벤스.
••• 『섹스투스 타르퀴니우스와 루크레티아』. 티치아노.

그러나 군주제라는 이름조차 혐오스럽게 여긴 사람들은 양분된 권력에 복종하는 것이 덜 괴로우리라 생각했고, 두 사람을 집정관으로 선출하여 최고의 지위에 앉힐 것을 제안하고 요구했다. 그러자 브루투스 다음으로 선택되어 그와 함께 집정관이 되리라고 생각한 발레리우스는 실망할 수밖에 없었다. 브루투스의 바람과는 달리 발레리우스가 아닌 루크레티아의 남편 타르퀴니우스 콜라티누스가 그의 동료 집정관으로 선출되었기 때문이다.

그가 발레리우스보다 뛰어난 점은 없었다. 그러나 영향력 있는 시민들은 여전히 바깥에서 여러 방면으로 힘을 쓰고 있는 왕족들을 두려워하고 있었고 도시 내부의 증오심도 다스려야 했으므로, 왕가에 가장 큰 원한을 갖고 있는 사람을 우두머리의 자리에 두고자 했다.

· 루키우스 브루투스와 루크레티아. 빈 쇤브룬 궁전.
·· 타르퀴니우스 콜라티누스.
··· 루키우스 브루투스의 흉상. 로마.

II.

발레리우스는 폭군의 손에 직접적인 피해를 입은 적이 없다는 이유로 나라를 위해 온 힘을 다하고자 하는 자신의 열망이 진심으로 받아들여지지 않자, 의회에서 사임하고 변호인으로서의 업무도 그만두었으며 바깥 생활에서 완전히 손을 뗐다. 이에 군중이 불안감을 느끼기 시작했다. 군중은 그가 화가 난 나머지 추방된 왕가와 손을 잡고, 이미 위태로운 길을 걷고 있던 도시의 기존 질서를 뒤엎을까 두려웠던 것이다.

브루투스도 발레리우스를 포함한 특정한 몇몇 사람들을 수상쩍게 여진 나머지, 의원들로 하여금 희생 제물에 걸고 맹세를 하게 만들기로 하고 의식을 치를 날짜를 잡았다. 발레리우스는 이날 밝은 표정으로 포룸으로 갔고 누구보다 먼저 맹세하기를, 타르퀴니우스 집안 그 누구에게도 굽히거나 양보하지 않고 자유를 수호하기 위해 온 힘을 다해 싸우겠다고 했다. 이것은 원로원을 만족시켰고 집정관들에게는 용기를 심어 주었다.

그는 또한 맹세한 바를 발 빠르게 행동에 옮겼다. 마침 타르퀴니우스가 사절단의 편에, 시민들을 유혹하도록 계산된 편지들을 보낸 것이다. 편지에는 군중을 현혹할 만한 허울 좋은 말이 담겨 있었다. 왕은 어느덧 겸손해졌으며 과한 부탁은 하지 않을 것처럼 보였다. 집정관들은 이 사절단을 군중 앞에 세워야 한다고 생각했지만 발레리우스는 이를 허락하지 않았다. 그는 독재보다 전쟁을 더 큰 부담이라고 생각하는 빈민들에

- 2대 왕 누마 이후 로마 왕은 3대 툴루스 호스틸리우스, 4대 앙쿠스 마르키우스, 5대 타르퀴니우스 프리스쿠스, 6대 세르비우스 툴리우스, 7대 타르퀴니우스 수페르부스에 이른다. 타르퀴니우스 수페르부스는 불법적으로 왕위에 올랐다.
- •• 타르퀴니우스 수페르부스의 아들 섹스투스는 비열한 방법으로 정숙한 여자인 루크레티아를 겁간했고, 이에 루크레티아는 사람들에게 진실을 알린 다음 자살했다.

게 반란을 일으킬 기회도 핑계도 주어서는 안 된다고 굳게 버티었다.

III.

이 일이 있은 후 또 다른 사절단이 찾아와 타르퀴니우스의 요구를 전했다. 타르퀴니우스는 왕위를 포기하고 도시를 공격하는 것을 그만두었으나 자신과 동료들, 그리고 친척들의 돈과 재산을 돌려받고 싶어했으며 그 돈으로 나라 밖에서 살고자 했다. 많은 사람들이 이 부탁을 들어주는 쪽으로 기울었으며 콜라티누스는 특히 앞장서 지지했다.

그러자 성격이 거칠고 올곧은 브루투스가 포룸으로 뛰어나와 동료를 역적이라고 비난하였다. 빈털터리로 만들기는 하였으되 목숨을 지킬 수 있도록 허락하고 추방한 것조차 끔찍한 실수였던 자들에게 재산을 내어주는 것은, 도시를 공격하고 독재를 이어갈 수 있는 수단을 제공하는 것과 다름없었기 때문이다.

시민들의 회의가 열리자 그들 가운데 처음으로 입을 연 이는 공직이 없는 가이우스 미누키우스였다. 그는 폭군 무리의 재물이 폭군의 편에서 시민들에 대항해서 싸우도록 하지 말고, 시민들의 편에서 폭군 무리에 대항해서 싸우도록 하자고 브루투스를 부추기고 시민들을 타일렀다. 그러나 로마 사람들은 전쟁을 통해 얻으려던 자유를 이미 얻은 뒤였으므로, 재물을 지키고자 평화를 희생하지 말고 폭군의 무리와 같이 그들의 재물 또한 추방하기로 결정했다.

물론 타르퀴니우스에게 그 재물은 있어도 그만, 없어도 그만이었다. 다만 재물을 요구한 것은 시민들의 심중을 떠보고 그들 사이에 불신을 조장하려는 수단이었다. 바로 이런 이유로 사절들이 분주하게 움직였던 것이다. 재산의 일부는 팔고 일부는 남겨두고 일부는 보내느라 바빴지만 이는 도시에 남으려는 구실일 뿐이었다.

그들은 마침내 로마의 두 귀족 가문을 꾀는 데 성공했다. 아퀼리우스 가문과 비텔리우스 가문이었는데 아퀼리우스 가문에는 원로원 의원이 셋, 비텔리우스 가문에는 의원이 둘이었다. 이 모든 의원들은 집정관 콜라티누스를 외삼촌으로 둔 그의 조카들이었으며 더 나아가 비텔리우스 집안 의원들은 브루투스와 친척 관계이기도 했다. 브루투스가 그들 누이와 결혼을 했고 둘 사이에 아들이 여럿이었기 때문이었다.

그 가운데 성인이 된 브루투스의 두 아들, 즉 비텔리우스 집안 의원들의 가까운 친척이자 절친한 동무였던 이들은 의원들의 설득에 넘어가 반역에 동참하기로 했다. 그들은 다시 왕위를 넘보던 위대한 타르퀴니우스 가문의 편에 서기로, 그로써 아버지 브루투스의 어리석음과 잔혹함에서 벗어나기로 했다. 이들이 아버지를 잔혹하다고 말한 것은 죄인들을 가차 없이 다루었기 때문이며, 어리석다고 한 것은 브루투스가 폭군들의 잔혹한 음모로부터 안전을 확보하기 위해 오랫동안 어리석은 척 가장했기 때문이다. 그래서 (우둔하다는 의미에서) 붙은 브루투스라는 이름은 그 뒤로도 떨어지지 않았다.

IV.

설득된 두 젊은이들이 아퀼리우스 집안 의원들과도 협의를 마쳤을 때 음모에 가담한 모든 사람들은 진지하고 무시무시한 맹세를 하기로 했다. 제를 올려 죽은 자의 피를 헌주하고 시신의 내장에 손을 대기로 한 것이다. 그들은 이와 같은 목적으로 아퀼리우스 가문의 사택으로 모여들었다.

마침 의식을 하기로 한 방은 장식이 없고 어두컴컴하며 다소 외떨어진 곳이었다. 따라서 그들은 빈디키우스라는 노예가 그 방에 숨어 있다는 사실을 알지 못했다. 빈디키우스는 숨으려고 숨은 것도 아니고 그 방에서 무슨 일이 일어날지 짐작을 한 것도 아니었다. 다만 우연히 거기 있다가 사람들이 서둘러 들어오는 것을 보고 눈에 띨까 두려워 궤짝 뒤에 숨은 것이다. 그리고 거기서 그들이 한 짓을 지켜보았고 그들의 결의를 들었다. 집정관을 죽이기로 결심한 그들은 이와 같은 내용을 담아 타르퀴니우스에게 편지를 쓴 뒤, 타르퀴니우스의 사절단에게 이 편지를 건넸다. 사절단은 아퀼리우스 집안의 손님으로 그곳에 머물고 있었고 음모를 꾀하는 자리에도 참석했다.

음모꾼들이 일을 처리하고 자리를 떠나자 빈디키우스는 몰래 집을 빠져나왔다. 그는 자신에게 벌어진 사태를 어떻게 이용해야 좋을지 궁리에 궁리를 거듭했다. 아버지 브루투스 앞에서 그의 두 아들에게 그토록 가공할 죄를 묻는 것도, 외삼촌 콜라티누스 앞에서 조카들의 죄를 묻는 것도 몹시 두려운 일이라고 생각했고 실제로도 그러했다.

그러나 공직이 없는 아무 로마 사람에게나 그토록 중대한 비밀을 맡길 수는 없었다. 그렇다고 해서 입을 다물 수도 없는 노릇이었기에 음모에 대해 알게 된 이상 어쩔 수 없이 발레리우스에게 가기에 이르렀다. 무엇보다 발레리우스의 온화하고 친절한 행실에 끌렸기 때문이었다. 발레리우스는 가난한 사람들이 다가가기 쉬운 사람이었다. 늘 집을 열어 두었으며 신분이 천하다고 해서 귀를 기울이거나 돕기를 거부하지 않았던 까닭이다.

V.

따라서 빈디키우스가 발레리우스에게 가서 그의 아내와, 형제 마르쿠스만이 지켜보는 자리에서 모든 이야기를 털어놓자 발레리우스는 놀라움과 두려움에 휩싸였다. 그는 빈디키우스를 보내지 않고 방 안에 숨긴 다음 아내에게 문을 지키도록 했다. 그러고 나서 마르쿠스를 시켜 왕이 머물던 곳을 포위하게 한 다음 가능하다면 편지를 압수하고 하인들을 붙잡도록 하였다.

발레리우스 자신은 늘 그의 주변에 있던 수많은 사람들, 즉 그의 클리엔테스*와 친구들을 대동하고 하인들까지 떼로 거느린 채 아퀼리우스 집안의 사택으로 갔다. 집에는 아무도 없었다. 모두가 놀라움을 감추지 못하고 지켜보는 가운데 발레리우스는 강제로 문을 열고 들어가 사절단의 숙소에 나뒹굴고 있는 편지를 발견했다.

그때 아퀼리우스 집안사람들이 황급히 돌아왔고 편지를 돌려받으려는 과정에서 문 앞에서 싸움이 벌어졌다.

그러나 발레리우스와 일행은 아퀼리우스 집안사람들의 공격을 막아냈고 적들의 목을 토가로 휘감았으며 격투를 벌인 끝에, 마침내 적을 거리로 놓아 포룸까지 끌고 가는 데 성공했다. 왕이 머물고 있던 곳에서도 마르쿠스가 마찬가지의 성공을 이루었고 짐 속에 숨겨 옮길 예정이었던 다른 편지들도 찾아냈다. 그런 뒤 왕의 편에 있던 사람들을 최대한 많이 붙잡아 포룸으로 끌고 갔다.

VI.

집정관들이 소란을 잠재우자 발레리우스는 집에서 빈디키우스를 불러왔고 역적들을 고발했으며 편지를 소리 내어 읽었다. 겁을 먹은 피고

• 의지하는 사람들이라는 뜻. 「로물루스」 편 XIII.

인들은 아무 말도 하지 못했다. 대부분의 사람들은 슬픔에 빠진 나머지 침묵을 깨지 않았지만 몇몇 사람들은 브루투스를 보아서라도 처벌은 추방으로 끝내야 한다고 말했다. 콜라티누스의 눈물과 발레리우스의 침묵 역시 이들의 희망을 키워 주었다.

그러나 브루투스는 두 아들의 이름을 부르며 말했다.

"이리 오너라, 티투스. 이리 오너라 티베리우스. 왜 이런 고발을 당하고도 너희 스스로를 변호하지 않는 것이냐?"

그러나 그가 세 번을 물어도 두 아들이 아무 대답도 않자 브루투스가 수행원들을 보고 말했다.

"나머지는 그대들에게 맡기겠네."

이들은 곧장 두 젊은이들을 붙잡아 토가를 잡아 벗기고 손을 등 뒤로 묶은 다음 들고 있던 막대로 매질을 했다. 나머지 사람들은 그 광경을 차마 지켜보지 못했으나 아버지는 눈을 돌리지도 않았다. 그는 매정한 분노로 뒤덮인 안색이 연민으로 누그러지는 것조차 거부하고, 수행원들이 젊은이들을 바닥에 내동댕이쳐 도끼로 머리를 자를 때까지 그 끔찍한 형벌을 지켜보았다고 한다. 그런 뒤 일어나 자리를 떴다. 다른 죄인들의 처벌은 동료 집정관에게 맡긴 뒤였다.

그의 행동은 한껏 칭송하기도 비난하기도 어려운 행동이다. 지나치게 고결한 덕성이 정신을 고통에 무감각하도록 만들었거나 괴로움이 너무 커 아픔을 느낄 수조차 없었거나 둘 중 하나였을 터이기 때문이다. 어떤 경우든 그의 행동은 하찮은 것도 인간 본성에 의한 것도 아니었으며 오히려 신이나 짐승다운 행동이었다. 그러나 우리의 판단을 그 사람의 명성과 일치시키는 것이 옳지, 우리 안의 나약함으로 인해 그의 덕성을 의심해서는 안 된다. 실로 로마 사람들은 도시를 세운 로물루스의 공도 로마의 나라 체제를 확립한 브루투스의 공을 따라가지 못한다고 생각한다.

VII.

브루투스가 포럼을 뜬 후 남아 있는 사람들은 벌어진 일을 곱씹으며 한동안 놀라움과 공포, 침묵에 휩싸여 있었다. 그러나 곧 콜라티누스의 나약함과 우유부단함이 아퀼리우스 집안의 사람들에게 새로운 용기를 심어 주었다. 그들은 변호를 준비할 시간을 달라고 요구했다. 또 노예 빈디키우스를 고발자 발레리우스의 손에 두어서는 안 된다며 돌려줄 것을 요청했다. 콜라티누스는 그들의 청을 들어주고자 했고 합의 후 군중을 해산시키려고 했으나, 발레리우스는 역적들을 풀어 주어서도, 군중을 해산시켜서도 안 된다고 고집했다. 그리고 노예 빈디키우스를 넘겨줄 수도 없다고 했다. 당시 빈디키우스는 모여든 사람들 사이에 섞여 있었다.

발레리우스는 아퀼리우스 집안 사람들을 붙잡고 브루투스를 다시 호출했다. 또 콜라티누스가, 동료 집정관으로 하여금 제 아들을 죽일 수밖에 없게 만들어 놓고는 자기 집안 여자들을 위하여서는 역적들의 목숨을 살려주는 수치를 범하고 있다고 크게 외쳤다. 집정관 콜라티누스는 이에 크게 분노하여 빈디키우스를 데려가라고 명령했고 수행원들은 군중을 헤치고 빈디키우스를 붙잡았다. 그리고 그를 구하려는 사람들을 매질했다. 그러자 발레리우스와 그의 친구들이 나서 빈디키우스를 보호했고 사람들은 브루투스를 외쳐 불렀다.

그러자 브루투스가 발길을 돌려 포럼으로 돌아왔다. 그리고 주위가 조용해지자 말하기를, 두 아들의 경우 자신의 판결로 족했지만 다른 역적들의 운명은 자유 시민들의 투표에 맡기겠다고 하고는, 누구든 말로써 민중을 설득하고자 한다면 그래도 좋다고 했다. 그러나 때는 이미 연설이 소용없어진 뒤였다. 투표가 이루어졌으며 민중은 만장일치로 역적들에게 유죄 판결을 내렸고 죄인들은 참수형을 당했다.

왕의 집안과의 관계로 인해 이미 얼마간의 의심을 받고 있던 콜라티누스는 중간 이름이 타르퀴니우스였던 까닭에, 타르퀴니우스라는 이름만 들어도 몸서리를 치던 로마 사람들에게 그 이름마저 미움을 받고 있던 터였다. 게다가 이런 일까지 벌어지자 자신이 비난의 대상이 되었음을 깨달은 콜라티누스는 집정관직을 사임하고 소리 없이 도시를 떠났다.

그 결과 새로운 투표가 치러졌고 발레리우스가 당당히 집정관으로 지명되었다. 애국의 열정에 합당한 보상을 받은 것이다. 발레리우스는 이 보상을 빈디키우스와 나눠 가지는 것이 마땅하다고 여겨, 그를 자유민이자 로마의 시민으로 만드는 법령을 통과시켰으며, 그에게 원하는 쿠리아*에 이름을 올리고 그 일원으로서 투표할 권리도 주었다.※

VIII.

이후 왕의 집안의 재산은 로마 사람들이라면 자유롭게 가져갈 수 있게 되었고 곧 왕궁과 사택은 쑥대밭이 되었다. 그러나 타르퀴니우스의 소유였던, 마르스의 들판캄푸스 마르티우스 가운데 가장 쾌적한 부분은 마르스에게 헌정되었다.※

IX.

그런데 역모를 꾀해 왕위를 되찾으려다가 실패한 타르퀴니우스를 에트루리아 사람들은 두 팔 벌려 환영했고 막강한 병력을 보내 왕위를 되찾아 주고자 했다. 집정관들은 로마 병사들을 이끌고 이들을 만나러 나

• 로물루스는 정치, 종교적 필요에 의해 로마 인들을 서른 개의 쿠리아로 나누었다.

섰으며 두 성역에 군대를 정렬시켰다. 그 가운데 하나는 아르시아 숲, 다른 하나는 아이수비아 초원이었다고 한다.

전투가 시작되자 타르퀴니우스의 아들 아룬스와 로마 집정관 브루투스가 맞대결을 시작했다. 이 대결은 우연히 이루어진 것이 아니었으며, 두 사람 모두 증오와 분노에 사로잡힌 채 달려들었다. 한 사람은 폭군이자 나라의 적을 물리치고자, 또 한 사람은 자신을 추방한 자에게 복수하고자 했던 것이다. 그들은 말을 부추겨 싸움에 임했으나 계산에 의해서가 아니라 격분에 휩싸여 달려들었으므로, 싸움은 무모했고 각자 서로의 손에 쓰러져 죽었다. 이와 같이 무시무시하게 시작된 전투는 마찬가지로 비참하게 끝이 났다. 양측 군대는 서로 동일한 피해를 입고 폭풍우가 오고 나서야 서로 떨어졌다.

발레리우스가 어리둥절했던 것은 당연하다. 승자가 누구인지 알 수 없는 상황이었고, 병사들은 아군이 입은 피해에 좌절한 만큼 적이 입은 피해에 힘을 얻고 있었던 것이다. 이처럼 양측이 입은 살육의 피해는 분간이 어려울 정도로 동일했다. 그러나 병사들은 적군의 전사자들을 상상하면서 승리를 확신하기보다 코앞에 있는 죽은 아군들을 보면서 패전을 확신하기가 더 쉬웠다.

그런데 전투가 끝난 뒤 어김없이 찾아온 밤, 양 진영이 적막에 휩싸였을 때 숲이 흔들리고 거기서 커다란 목소리가 들렸다고 한다. 그 목소리는 에트루리아 측 전사자가 로마 측 전사자보다 한 명이 많다고 선언하고 있었다. 이 목소리는 신의 목소리임이 분명했다. 목소리에 감명 받은 로마 사람들은 의기충천하여 함성을 지른 반면 에트루리아 사람들은 공포에 휩싸여 우왕좌왕 진영을 내버리고 도망갔으며 대부분이 흩어졌다. 남아 있는 사람들은 그 수가 5천이 채 되지 않았고 로마 사람들은 그들을 덮쳐 포로로 잡고 진영을 약탈했다. 양측의 전사자들의 수를 따져보니 적군의 전사자 수는 일만 일천삼백 명, 로마 사람들의 수는 그보다 하나 적었다고 한다.

전투는 2월의 마지막 날에 있었다고 한다. 발레리우스는 승리를 자축하며 처음으로 말 네 마리가 끄는 전차를 타고 로마로 들어온 집정관이 되었다. 개선 행진은 위엄 있고 웅장한 광경을 연출했다. 몇몇 사람들이 말하듯 밉살스럽거나 불쾌하지 않았다. 만약 그랬다면 수없이 많은 해에 걸쳐 그토록 열렬히, 발레리우스의 개선 행진을 모방하며 지속하지 않았을 것이다.

사람들은 또한 발레리우스가 동료 집정관의 장례 예식에서 그에게 내린 영예를 흐뭇하게 생각했다. 발레리우스는 브루투스를 기리는 장례 연설을 하기도 했는데 로마 사람들이 이를 얼마나 높이 사고 마음에 들어 했는지, 그 이후 위대하고 선한 사람들이 세상을 떠나면 가장 훌륭한 시민이 그를 찬양하는 연설을 하는 것이 관례가 되었다.

X.

그러나 시민들이 발레리우스에 대해 마음에 들어 하지 않고 심지어 불쾌하게 여긴 것이 있었다. 시민들에게 자유를 가져다 준 브루투스는 홀로 다스리는 데 동의하지 않고 두 번에 걸쳐 함께 다스릴 동료를 뽑았다. 그러나 발레리우스에 대해서 시민들은 이렇게 말했다.

"자기 자신에게 모든 권력을 집중하는 저 발레리우스는 브루투스의 집정관직을 넘겨받은 사람이 아닙니다. 그럴 자격도 없습니다. 발레리우스는 타르퀴니우스의 참주 체제를 넘겨받은 사람입니다. 아니라면 어찌 입으로는 브루투스를 찬양하면서 행동으로는 타르퀴니우스를 흉내 내는 것입니까? 자신이 파괴한 왕의 사택만큼 으리으리한 집을 나와, 막대와 도끼를 든 수많은 수행원들을 대동한 채 포룸으로 내려오지 않습니까?"

실제로 발레리우스는 (팔라티누스 언덕 위) 벨리아에 자리한 호화로운 집에 살고 있었다. 이 집은 포룸을 내려다보는 높은 곳에 있어 포룸에서 벌어지는 모든 광경이 보였고 가파른 절벽에 둘러싸여 접근하기 어려웠으므로, 그가 집에서 내려오는 모습은 꽤나 큰 볼거리였으며 그 행렬은 왕에게나 어울릴 만큼 화려했다.

이에 발레리우스는 권력과 높은 지위를 가진 사람이 아첨보다는 정직한 말과 진실에 귀를 열어놓는 것이 얼마나 중요한 것인가를 보여주었다. 군중은 그가 선을 넘고 있다고 여겼고 이에 대해 친구들로부터 하나도 빠짐없이 전해 들은 발레리우스는 고집을 피우거나 분노하기는커녕 신속하게 여러 인부들을 동원했다. 그리고 날이 밝기도 전에 집을 부수어 완전히 밀어버렸다.

다음 날 아침 무슨 일이 벌어졌는지 알아챈 로마 사람들은 무리를 지어 모여들었다. 사람들은 발레리우스의 도량에 감동하여 애정과 존경심을 가지게 되었지만 동시에 집이 없어진 것에 마음 아파했고 그 당당했던 아름다움의 소실을 사람이 죽은 듯 애도했다. 시기심에 에워싸여 부당하게 파괴된 까닭이었다. 또 집 없는 사람처럼 남의 집에 얹혀사는 집정관을 보는 것도 마음 아팠다. 그래서 발레리우스가 친구들의 집을 전전하는 동안 사람들은 그에게 땅을 내어주고 집을 지어 주었다. 전에 살던 집보다는 좀 더 소박한 규모였다.

이제 발레리우스의 소원은 자신뿐만 아니라 나라 체제 역시 군중에게 두려움을 일으키기보다 군중에게 복종하고 편안함을 주는 존재로 만드는 일이었다. 그래서 수행원들이 들고 다니던 막대와 도끼 묶음_{파스케스}에서 도끼를 없앴고 민회에 들어갈 때는 군중을 향해 막대 묶음을 기울여 낮춤으로써 민중의 주권을 강조했다. 오늘날의 집정관들도 이러한 관례를 지켜오고 있다.

그렇게 발레리우스는 스스로의 권위를 축소하는 것처럼 보였지만 사람들이 눈치채지 못하는 사이 그들에 대한 실질적인 영향력을 키우는데 성공했다. 사람들은 그가 스스로를 낮춘다고 생각했지만 실은 절제를 통해 대중의 시기심을 억제하고 없앴던 것이다. 사람들은 기꺼이 그에게 복종하고 자진해서 그의 멍에를 썼다. 그리하여 그의 이름이 민중을 아끼는 사람이라는 의미의 푸블리콜라가 된 것이다. 이 이름은 그가 이전부터 써오던 이름보다 더 유명해졌으므로 여기서 그의 나머지 생애를 이야기하면서 역시 새 이름 푸블리콜라를 쓰도록 하겠다.

XI.

그는 누구든 명단에 이름을 올리고 집정관직을 노릴 수 있도록 허용하기도 했다. 그러나 동료 집정관을 임명하기 전에 자신이 고안한 최고의, 가장 중요한 법률을 제정하는 데 독점적 권한을 이용했다. 동료 집정관이 누가 될지도 몰랐고 그가 시기심 혹은 무지로 인하여 법에 반대할까 두려웠기 때문이다.

먼저 그는 원로원의 빈자리를 채웠다. 여러 의원들이 이미 오래전 타르퀴니우스의 손에 죽거나 근간에 벌어진 에트루리아와의 전쟁에서 목숨을 잃었기 때문이었다. 푸블리콜라가 새로 의원으로 임명한 이들은 164명에 이르렀다고 알려져 있다.

이후 푸블리콜라는 여러 새로운 법을 제정했는데 그 가운데 하나는 특히 평민들의 지위를 강화한 것으로 피고인이 집정관의 판결을 두고 민중에게 항소할 수 있게끔 한 것이다. 두 번째 법은 민중이 수여하지 않은 관직에 앉는 것을 극형에 처할 만한 죄로 규정한 것이다. 이다음에 제정한 세 번째 법은 가난한 자들을 위한 것이다. 이 법은 시민들에게 세금을 면제해 주어 제조와 상거래에 더 부지런해지도록 만들었다. 집정관들에게 복종하지 않았을 경우에 관한 법 역시 민중에 우호적이었으며 권세 있는 사람들보다 다수의 사람들을 위한 것이었다. 불복종에 대한 벌금은 황소 다섯 마리와 양 두 마리에 불과했기 때문이다. 당시 양 한 마리는 10오볼로스, 황소 한 마리는 100오볼로스였는데 로마 사람들은 주화를 잘 쓰지 않았고 주로 양떼와 소떼를 재산으로 갖고 있었다.※

XII.

이렇게 대중적이고 온건한 모습을 보였던 푸블리콜라도 극단적인 범죄의 경우 극심한 처벌을 내렸다. 참주가 되고자 하는 사람은 재판 없이 죽여도 된다는 법을 만든 것이다. 죽인 자는 범죄를 입증할 수 있다면 피를 흘린 대가를 치르지 않아도 되었다. 참주가 되려는 자가 그러한 거사를 전혀 들키지 않는 것은 불가능하지만, 재판을 피할 수 있을 만큼 강력해질 동안 들키지 않는 것은 가능한 일이기 때문이다. 범죄가 성공한다면 재판 따위는 없게 되는 것이다. 따라서 푸블리콜라는 능력이 있는 사람에게 죄인의 재판을 앞당길 수 있는 특권을 갖도록 했다.

그는 또한 국고에 관한 법을 만든 것으로도 칭송받는다. 시민들이 전쟁을 이어가기 위해 벌이의 일부를 기여해야 할 때가 오자 그는 직접 그 임무를 집행하거나 친구들에게 맡기고 싶지 않았다. 공금을 개인의 집으로 들여오는 것 자체를 꺼렸던 것이다. 따라서 사투르누스의 신전을 나라의 금고로 지정하였다. 이는 오늘날까지 이어지고 있다. 그리고 민중에게 두 젊은이를 콰이스토르, 즉 재무관으로 임명할 특권을 주었다.

처음으로 임명된 두 재무관은 푸블리우스 베투리우스와 마르쿠스 미누키우스였고 이들은 큰돈을 모았다. 기여금을 면제받은 고아와 과부를 제외하고도 재산이 신고 된 사람이 13만 명이었기 때문이다.

이와 같이 규정한 푸블리우스는, 이어서 루크레티아의 아버지 루크레티우스가 동료 집정관으로 임명되도록 했다. 그리고 윗사람인 루크레티우스에게 우선권을 양보하고 그에게 파스케스, 즉 오늘날까지 이어지는 연장자의 특권을 맡겼다. 그러나 루크레티우스는 며칠 가지 못하고 죽었으며 새로운 선거를 통해 마르쿠스 호라티우스가 집정관직에 선출되어 남은 한 해 동안 푸블리콜라와 집정관직을 함께했다.*

XVI.

한편 타르퀴니우스는 아들이 브루투스와의 대결 끝에 죽은, 치열했던 전투가 있은 뒤 클루시움으로 도피하여 에트루리아의 왕 라르스 포르세나에게 탄원했다. 라르스 포르세나는 이탈리아 땅에서 가장 강력한 왕으로, 고귀한 열망을 가진 훌륭한 사람으로 여겨졌다. 그는 타르퀴니우스를 돕고 그와 협력하기로 약속했다. 그래서 먼저 로마로 사람을 보내 타르퀴니우스를 왕으로 맞으라고 명령했다. 로마가 이를 거절하자 로마에 전쟁을 선포하였고 공격할 시간과 장소를 선언하고는 거대 병력을 데리고 그곳으로 행군했다.

푸블리콜라는 로마를 떠나 있는 동안 두 번째로 집정관으로 선출되었고 동료 집정관으로는 티투스 루크레티우스가 뽑혔다. 따라서 로마로 돌아온 푸블리콜라는 자신이 포르세나에 견주어, 보다 고매한 정신을 갖고 있음을 보이고자 적들이 이미 가까이 접근한 뒤였음에도 시글리우리아라는 도시를 건설하기 시작했다. 큰 비용을 들여 성벽을 세운 뒤 이주

258

민 7백여 명을 보내 전쟁을 걱정하지도 두려워하지도 않음을 보인 것이다.

그러나 포르세나는 시글리우리아의 성벽에 맹렬한 공격을 퍼부었고 도시를 지키던 병력은 쫓겨났다. 그들은 로마로 도망쳤고 뒤쫓던 적은 그들을 따라 시내로 들어오려고까지 했다. 그러나 때마침 푸블리콜라가 성문 앞으로 뛰어나가 그들을 도왔고 강가에서 전투가 벌어졌다. 그 수가 엄청났던 적군은 계속해서 밀어붙였고 이를 막던 푸블리콜라는 치명상을 입고 전장에서 실려 나갔다. 동료 집정관 루크레티우스 역시 같은 상황에 처했고 좌절한 로마 병사들은 시내로 도피했다. 적군은 나무다리를 건너오려고 하고 있었으며 로마는 함락될 위기에 처했다.

그때 먼저 호라티우스 코클레스가 나섰고 그와 함께 로마의 가장 걸출한 두 사람, 헤르미니우스와 라르티우스가 적들에 맞서 나무다리를 지켰다.* 코클레스가 나무다리 저편에서 적들이 건너오는 것을 막을 동안 두 동료들은 코클레스 뒤에서 나무다리를 동강냈다. 그러자 코클레스는 무장한 그대로 강물 속으로 뛰어들었고 반대편으로 헤엄쳐 갔다. 에트루리아 창에 맞아 둔부에 상처를 입은 상태였음에도 그는 끝내 용감했다.

푸블리콜라는 그의 용기에 감탄하여 모든 로마 사람들로 하여금 하루에 소비하는 양식의 양만큼 그에게 기부하도록 하였고 하루에 경작할 수 있는 양만큼의 땅을 수여했다. 이 밖에도 불카누스의 신전 앞에 그의 동상을 세웠는데 이는 상처로 인해 절름발이가 된 그를 위로하기 위해 내린 영예였다.

XVII.

포르세나가 도시를 샅샅이 포위하고 있는 동안 로마에는 기근이 찾아왔고 또 다른 에트루리아 군대가 또 다른 이유로 로마의 영토를 점령했다. 세 번째로 집정관 자리에 오른 푸블리콜라는 포르세나의 경우 도시 내에서 소리 없이, 경계를 늦추지 않는 방식으로 상대해야겠다고 생각했다. 그러나 또 다른 에트루리아 군대에 대해서는 달려나가 전투를 벌여 패주시켰으며 오천 명을 죽였다.

무키우스에 대한 이야기는 여러 번, 다양하게 전해졌지만 나는 내가 사실이라고 믿는 대로 전해야겠다. 여러 방면으로 훌륭한 사나이였지만 전장에서 가장 뛰어났던 무키우스는, 포르세나를 죽이려는 심산으로 에트루리아 사람처럼 꾸미고 에트루리아 말을 하면서 포르세나의 진영으로 숨어들어 갔다. 왕이 다른 이들과 함께 높은 자리에 앉아 있는 것을 보고 그 주변을 어슬렁거리던 무키우스는 왕이 누구인지 확실치 않았고, 누구인지 물어보기에는 두려웠던 까닭에 칼을 뽑아 가장 왕다워 보이던 사람을 죽였다.

이에 붙잡혀 심문을 받던 중, 제물을 바치려던 포르세나에게 불타는 석탄이 담긴 그릇이 도달했다. 무키우스는 불꽃 위에 오른손을 올리고

· 무키우스, 빈 쉔브룬 궁전.

는 살이 타들어 가는데
도 담대한 눈빛으로 포
르세나를 응시했다. 이
를 높이 산 왕은 무키
우스를 놓아 주었고 그
자리에서 칼을 돌려주
었다. 무키우스는 왼손
을 뻗어 그 칼을 받았
다. 그래서 왼손잡이라
는 의미의 별명, 스카이
볼라가 붙은 것이다. 그

『라르스 포르세나 앞의 무키우스 스카이볼라』, 루벤스, 안토니 반 다이크.

루이 피에르 드센의 『고통에 맞서는 무키우스 스카이볼라』. 무키우스가 불꽃 위에 손을 올리고 있다.

런 뒤 그가 말하기를 포르세나가 유발한 공포심에는 이겼으나 그가 드
러낸 고매함에는 졌으니 감사의 표시로, 강요했더라면 말하지 않았을 비
밀 하나를 알려주겠다고 했다. 그는 이렇게 말했다.

　"나와 같은 결의를 가진 로마 사람 3백 명이 이 진영 안을 배회하며 기
회를 살피고 있습니다. 나는 제비뽑기를 통해 그대를 공격할 첫 번째 사
람으로 선정되었는데, 일이 이렇게 된 것이 하나도 안타깝지 않습니다.
내가 죽이지 못한 이가 이토록 고귀하고, 로마의 적이기보다 동지가 되
어 마땅한 분이시니 말입니다."

　무키우스의 말을 듣고 이를 사실이라고 믿은 포르세나는 로마와 협정
을 맺는 쪽으로 기울었는데, 3백 명이 두려워서라기보다 로마 사람들의
고결한 정신과 용기에 대한 놀라움과 존경심 때문이었다는 것이 내 생
각이다.※

XVIII.

게다가 푸블리콜라 자신도 포르세나가 위험한 적이 아니라 귀중한 친구이자 동지가 될 수 있다고 여겼기 때문에, 그로 하여금 타르퀴니우스와의 분쟁을 중재하게 하는 데 소극적이지 않았으며 타르퀴니우스에게도 이를 허락하라고 부추겼다.

푸블리콜라는 이로써 타르퀴니우스가 누구보다 저속하며 왕국을 빼앗길 만하였다는 것을 입증하고 싶었다. 타르퀴니우스가 거칠게 대답했다.

"나는 그 누구의 판결도 따를 수 없고 포르세나의 판단이라면 더더욱 따를 수 없소."

포르세나는 타르퀴니우스가 자신과의 동맹 관계에서 벗어나려고 함을 알고 이를 불쾌히 여겼으며 그를 돕는 것이 소용없는 일임을 깨달았다. 포르세나의 아들 아룬스 역시 로마 사람들의 편에 서서 포르세나에게 진심으로 간청했다. 그 결과 포르세나는 로마에 대한 공격을 멈추었다. 대신 그 조건으로 빼앗은 에트루리아 땅과 붙잡힌 포로, 또 탈영병들을 돌려달라고 했다. 로마는 조건을 지키겠다는 약속의 증표로 지체 높은 집안의 젊은이 열 명을 골라 인질로 내주었고 같은 수의 처녀들도 내주었다. 푸블리콜라의 딸 발레리아도 여기 포함되어 있었다.

XIX.

조건이 모두 지켜진 후의 어느 날이었다. 포르세나가 협정을 믿고 모든 전투 장비를 철수시킨 뒤였다. 포로로 잡힌 로마 처녀들은 목욕을 하러 강으로 내려갔다. 구부러진 둑이 만을 이루어 물이 잔잔하고 파도가 없는 지점이었다. 보초도 없고 강물을 지나는 사람도, 건너는 사람도 없는 것을 보자 처녀들은 헤엄쳐 도망치고 싶은 욕구에 사로잡혔다. 깊은 강물과 거센 물살도 이들을 말리지 못했다.

일설에 따르면 그 가운데 클로일리아라는 처녀가 말을 타고 강물을 건너며, 헤엄쳐 강을 건너는 나머지 처녀들을 부추기고 격려했다고 한다. 그러나 무사히 푸블리콜라 앞에 당도한 처녀들을 그는 칭찬하지도 따뜻하게 맞아주지도 않았다. 자신이 포르세나에 견주어 믿을 수 없는 사람으로 여겨질까, 처녀들의 무모한 행위 때문에 로마 사람들이 비겁한 사기꾼으로 여겨질까 괴로웠기 때문이다. 따라서 그는 처녀들을 붙잡아 다시 포르세나에게 보냈다.

그런데 때마침 이 소식을 들은 타르퀴니우스와 졸개들이 숨어 있다 지나가는 처녀들과 호위병 일행을 덮쳤다. 타르퀴니우스 측의 숫자가 훨씬 많았다. 그럼에도 공격받은 일행은 맞서 싸웠고 푸블리콜라의 딸 발레리아는 싸우는 병사들 사이를 질주하여 도망쳤다. 그리고 자신과 함께 무리를 벗어난 시종

• 『에트루리아 사람들로부터 도망치는 클로일리아와 동무들』, 프란스 바우터.

셋의 도움을 받아 안전하게 피신했다. 나머지 처녀들은 싸우는 병사들 사이에 섞여 목숨이 위태로운 지경에 처했으나 소식을 전해들은 포르세나의 아들 아룬스가 득달같이 달려와 적의 병사들을 쫓고 로마 사람들을 구했다.

이렇게 돌아온 처녀들을 맞이한 포르세나는 누가 제일 먼저 도망을 치자고 나머지를 부추겼느냐고 물었다. 그리고 클로일리아가 그 장본인 이라는 소리를 듣자 인자하고 환한 낯빛으로 처녀를 바라보았다. 그런 뒤 자신의 말 한 마리를 가져오라고 이르고는, 왕의 말처럼 화려하게 치 장한 이 말을 클로일리아에게 선물했다.[*]

이처럼 로마 사람들과 화해에 이른 포르세나는 여러 번에 걸쳐 로마 에 자신의 크나큰 도량을 보여주었다. 무엇보다도, 에트루리아 병사들이 진영을 철수할 때 무기를 제외한 다른 아무것도 가져갈 수 없도록 하고, 그들이 남긴 풍부한 양식과 온갖 귀중품을 로마 사람들에게 넘겨주었 다.[*]

XX.

이 일이 있은 뒤 사비니 족이 로마 영토를 공격해 왔을 때 푸블리콜라 의 형제 마르쿠스 발레리우스가 집정관에 선출되었고, 그와 함께 포스투 미우스 투베르투스가 집정관에 올랐다. 푸블리콜라의 조언과 도움으로 중대한 사안에 대한 결정이 이루어지는 동안, 마르쿠스는 두 번의 큰 전 투에서 승리했고 그 가운데 두 번째 전투에서는 로마 병사를 단 한 명 도 잃지 않은 채 적군 1만 3천 명을 쓰러뜨렸다.[*]

XXI.

이듬해 사비니 속과 라티니 족이 힘을 합쳐 전쟁을 일으킬 것이 예상 되는 가운데, 다시 푸블리콜라가 집정관이 되었고 이것이 네 번째였다. 동시에 일종의 미신에서 비롯된 공포가 도시를 사로잡았는데 임신한 여자들이 모두 조산으로 기형아를 낳았기 때문이었다. 따라서 푸블리콜라는 시빌라의 서書에 적힌 방법에 따라 플루토 신을 달래는 희생 제물을 바치고 아폴론이 추천했던 경기를 부활시켰다. 이로써 시민들로 하여금 신들에게 좀 더 긍정적인 바람과 기대를 갖게 한 푸블리콜라는 이제 시민들이 같은 인간에게 느끼고 있던 공포에 눈을 돌렸다. 적들이 로마를 공격하기 위해 동맹을 맺고 노골적으로 엄청난 규모의 전쟁 준비를 하고 있었기 때문이다.

한편 사비니 족 사람들 가운데 압피우스 클라우수스라는 자가 있었는데 부유한 덕에 권세도 컸고 본인의 무용으로 명성도 얻었지만, 무엇보다도 고결한 성품과 유려한 언변으로 칭송을 받던 사람이었다. 그러나 그는 다른 모든 위인들과 마찬가지로 시기와 증오의 대상이 되는 운명을 벗어나지 못했다. 그래서 그가 전쟁을 멈추자고 했을 때 그를 미워하던 사람들은 그가 자기 나라의 참주가 되기 위해 로마의 세력을 키워주려 한다고 비난했다.

군중이 이러한 이야기에 기꺼이 귀를 기울이고 있으며 전쟁에 찬성하는 자들의 무리, 그리고 군대까지 자신을 미워하고 있음을 깨달은 그는 어떤 결과가 벌어질지 두려웠다. 그러나 힘 있는 친구와 친척들이 많았고 그들이 자신을 지지해 줄 것을 알았기에 그는 반대를 이어나갔다. 이에 사비니 족은 전쟁을 미루고 연기하게 되었다.

한편 푸블리콜라는 이와 같은 사정을 캐내는 것으로 모자라 적들의 파벌 싸움을 키우고 조장하기 위하여 추종자들을 통해 클라우수스에게 다음과 같은 내용을 전달했다.

"시민들이 귀하게 잘못을 저질렀다고 해서, 귀하처럼 훌륭하고 의로우신 분이 자기 보존을 위하여 동료 시민들을 해치실 리 없다는 것을 알고 있습니다. 그러나 원하신다면 스스로의 안전을 위하여 귀하를 미워하는 나라에 충성하기보다 그곳을 떠나십시오. 푸블리콜라는 귀하의 훌륭함, 그리고 로마의 명성에 어울리는 영예를 개인적인 차원에서, 또 나라의 관리로서 귀하게 안길 것입니다."

클라우수스는 여러 번 심사숙고 한 끝에 이 길이 자신에게 열린 최선의 길이라고 여겼기에 친구들을 불러들여 함께 가기를 권했고, 그 친구들은 같은 방식으로 더 많은 친구들을 불러들였다. 그리하여 아내와 자식들을 포함하여 5천 가구가 집을 떠났다. 사비니 족 가운데서도 가장 평화로운 사람들로 평온하고 조용한 삶을 살고 있던 이들이었다.

클라우수스가 이들을 이끌고 로마로 오고 있다는 것을 전해들은 푸블리콜라는 그들을 기꺼이, 다정하게 환영했고 그들에게 모든 권리와 특권을 허용했다. 모든 가족을 로마의 일부로 맞아들였고 한 집에 땅 두 유게룸*을 주었다. 아니오 강가에 있는 땅이었다. 그러나 클라우수스에게는 땅 25유게룸을 주었고 그를 원로원 의원으로 임명했다.

클라우수스는 이렇게 시작된 정치권력을 지극히 현명하게 사용했으며 그로써 최고의 지위에 올랐고 굉장한 영향력을 얻었다. 그로부터 대대로 이어진 클라우디우스 집안은 그 어떤 로마 집안에도 뒤지지 않는 명성을 누리고 있다.

XXII.

이들이 이주해 옴으로써 사비니 족과의 불화가 종식되었지만 사비니 족의 민중 지도자들은 얌전히 물러나려고 하지 않았다. 그들은 클라우수스가 망명하여 적이 됨으로써 고국에서 설득에 성공하지 못한 것을

• 1유게룸은 1평방킬로미터에 조금 못 미친다.

이루려 한다고 몹시 불평했다. 로마가 저지른 잘못에 대해 아무 대가도 받아내지 않으려 한다는 것이었다.

따라서 그들은 커다란 병력을 데리고 나가 피데나이 근방에 진을 치고 철저히 무장한 병사 2천 명을 로마 외곽의 숲 속에 잠복시켜 두었다. 날이 밝자마자 기병 몇몇을 보내어 과감히 로마의 영토를 유린하도록 만들 속셈이었다.

이들은 도시로 접근하는 동안 공격을 받을 때마다 점점 뒤로 물러나라는 명령을 받고 있었다. 그로써 적을 함정으로 끌어들이려고 했던 것이다. 같은 날 푸블리콜라는 적의 탈주병으로부터 이 계획을 들었고 군사를 둘로 나눠 적절한 조치를 취했다. 푸블리콜라의 사위 포스투미우스 발부스는 저녁이 지나가기 전에 철저히 무장한 병사 3천 명을 데리고, 사비니 족이 밑에서 잠복 중이던 언덕을 점령해 적들을 세심히 관찰했다. 무장이 가볍고 언제든 튀어나갈 준비가 되어 있는 병사들을 시내에 남겨놓은 푸블리콜라의 동료 루크레티우스는 영토를 짓밟는 적의 기병들을 공격하라는 명령을 받았다. 푸블리콜라 자신은 나머지 병사들을 데리고 적의 진영을 포위했다.

짙은 안개로 유리한 위치에 놓인 포스투미우스는 새벽이 오자마자 우렁찬 함성과 함께 잠복한 병사들을 위에서 덮쳤고, 도시로 말을 몰고 오던 기병들에게는 루크레티우스의 명령을 받은 병사들이 덤벼들었다. 푸블리콜라도 적의 진영을 공격했다. 사비니 족은 모든 지점에서 철저히 패배하였다. 모든 지점의 병사들이 아무 방어조차 하지 않고 줄행랑을 쳤고 로마 병사들은 곧장 그들을 쓰러뜨렸다. 서로에게 품었던 기대가 가장 치명적인 실수였음이 입증된 것이다. 세 무리로 나뉘어져 있던 사비니 족 병사들은 각각 다른 무리가 더 안전할 것으로 여긴 나머지, 자리를 지키고 싸우려는 생각은 하지 않고 진영에 있던 병사들은 잠복해 있던 병사들에게로, 잠복해 있던 병사들은 진영에 있는 병사들에게 달려갔던 것이다. 도망자들을 만난 도망자들은, 도움을 줄 것이라고 여겼던 이들에게 도움을 요청받는 상황에 처한 것이다. 그리하여 근방의 피데나이가, 진영이 습격당했을 때 도망친 몇몇 병사에게 피난처를 제공하지 않았다면 사비니 족 병사들은 전멸하였을 것이다. 피데나이로 도망가지 못한 모든 병사들은 죽임을 당하거나 포로가 되어 로마로 끌려갔다.

XXIII.

로마 사람들은 이 승리를, 평소처럼 신들의 위업으로 돌리지 않고 모두 총사령관의 공으로 돌렸다. 병사들의 입에서는 무엇보다 먼저 다음과 같은 말이 나온 것으로 전해진다. 푸블리콜라가 적을 절름발이에 장님으로 만들어 가둔 다음 그들 손에 쥐어 주었으며, 그들은 칼로 처리했을 뿐이었다는 것이다. 전리품과 포로들 덕분에 시민들은 한결 부유해졌다.

그러나 푸블리콜라는 승리를 축하하고 도시를 다음 집정관들에게 넘겨준 직후 세상을 떠났다. 명예롭고 선하다고 여겨지는 사람들이 달성할 수 있는 모두를 달성하고 완벽한 인생을 마감한 것이다. 시민들은 생전에 그에 대한 존경심을 전혀 보이지 못했다는 듯, 뒤늦게라도 가능한 모든 방식으로 경의를 표해야 한다고 생각하는 것처럼 나라가 주관하는 장례를 치렀고, 그를 기리기 위해 모든 시민이 1쾨드란스*를 기부해야 한다는 법을 제정했다. 여인들은 1년 간 고상하고 훌륭한 방식으로 그를 애도하기로 스스로 합의하였다. 그의 무덤은 시민들의 신속한 투표를 거쳐 성벽 안에 자리하게 되었는데 벨리아**라고 하는 곳 근방이었으며 푸

• 로마의 화폐 단위로 1아스의 4분의 1. 로마의 목욕탕 입장료가 대략 1쾨드란스였다.
•• 「푸블리콜라」 편 X.

블리콜라 집안의 다른 사람들도 이곳에 묻힐 특권을 얻었다.

   그러나 지금은 실제로 그곳에 묻히는 집안사람들은 없으며 시신을 그리로 가져가 내려놓고는 횃불을 붙여 상여 아래 잠깐 넣었다 뺀다. 그 자리에 묻힐 권리는 있으나 망자가 그 특권을 포기하였음을 보이는 것이다. 이후 시신은 다른 곳으로 옮겨진다.

I.

이 두 사람의 비교는 정말 특별한 경우라고 할 수 있으며 지금까지 다른 비교에서 볼 수 없었던 점이 있다. 뒷사람이 앞사람을 모방하는 한편 앞사람이 뒷사람에게 증인이었다는 점이다.

솔론이 크로이소스에게 말한 행복에 관한 소견은 텔로스보다는 푸블리콜라에게 더 적절하다. 솔론은 텔로스가 자기가 아는 한 가장 축복받은 사람이라고 말했는데 그것은 그가 운이 좋았고 덕이 높았으며 자식이 잘됐기 때문이었다. 그런데 텔로스는 솔론의 시 속에서 훌륭한 사람으로 칭송받지 못했으며 직접 관직에 나가 이름을 얻거나 자식이 명성을 얻지도 않았다.

반면 푸블리콜라는 살아 있는 동안 영향력으로 보나 인품으로 보나 로마 사람들 가운데 최고로 꼽혔고 죽은 후에도, 푸블리콜라 집안이나 멧살라, 발레리우스 집안과 같은 오늘날의 가장 이름 높은 가문들은 6백 년 동안 이어져 오면서 고귀한 태생의 영광을 그에게 돌리고 있다.

게다가 텔로스가 자기 자리를 지키고 용감하게 싸우기는 했어도 적의 손에 죽은 반면 푸블리콜라는 적을 무찔렀다. 이것만 해도 적에게 죽임을 당하는 것보다 운이 좋은데 집정관이자 총사령관으로서 애쓴 덕에, 나라가 승리하는 것을 보았으며 솔론이 그토록 칭송한 훌륭하고 축복받은 죽음을 맞기 전에 명예와 승리의 영예를 누렸다. 더 나아가 솔론은 적절한 인간의 수명에 대해 밈네르모스와 논쟁을 하다가 이런 말을 뱉은 적이 있다.

"내 죽음을 슬퍼하는 사람이 없지 않길 바란다네. 내 친구들이 내 죽음으로 인해 슬퍼하고 한숨을 쉬기를 바란다네."

이것은 푸블리콜라가 얼마나 행복한 사람이었는지 잘 보여준다. 그가 죽었을 때 그의 죽음을 슬퍼한 것은 그의 친구들과 친척들뿐만이 아니었기 때문이다. 도시 전체, 그러니까 시민 수만 명이 눈물과 그리움과 슬픔에 사로잡힌 것이다. 로마의 여인들은 아들이나 오라비, 혹은 모두의 아버지를 잃은 듯 그를 애도했다.

솔론은 이렇게 말한 적도 있다.

"재물은 갖고 싶다. 그러나 부당하게 얻는 것은 싫다."

부당하게 재물을 얻으면 처벌이 따를 것이라고 믿었기 때문이다. 푸블리콜라의 재물은 부당하게 얻은 것이 아니었을 뿐만 아니라 가난한 자들을 돕기 위해 고귀하게 쓰였다. 그러니 솔론이 누구보다 현명했다면 푸블리콜라는 누구보다 행복한 사람이었다. 그는 솔론이 원했던 가장 크고 아름다운 축복을 누리는 특권을 얻었고 죽는 날까지 즐겼기 때문이다.

II.

이와 같이 솔론은 푸블리콜라의 명성을 더욱 드높였다. 푸블리콜라 또한 정치적인 활동을 통해 솔론의 명성을 높였는데, 민주적인 나라 체제를 마련하려는 사람에게는 솔론이 가장 훌륭한 모범이라는 것을 보인 것이다.

푸블리콜라는 집정관이 누리고 있던 교만한 권력을 빼앗았고 모두에게 자비롭고 만족스럽도록 만들었으며 솔론의 법률도 여럿 도입했다. 예를 들어 지배자를 임명하는 일을 민중의 손에 쥐어 주었고 피고인들이 민중에 항소할 수 있도록 했다. 솔론이 배심원을 둔 것과 같다. 그는 솔론처럼 새로운 의회를 만들지는 않았지만 이미 존재하는 의회를 거의 두 배의 크기로 키워놓았다. 또 국고를 관리하기 위해 재무관을 임명한 것도 비슷한 이유에서였다. 집정관이 그 지위에 어울리는 관리일 경우, 그에게 더 중요한 임무를 처리할 여유를 주는 게 그 목적이었고 지위에 어울리지 않는 관리일 경우, 나랏일의 집행과 국고 모두를 가짐으로써 불의를 저지를 기회가 커지는 것을 방지하는 것이 목적이었다.

참주 체제에 대한 혐오는 솔론보다 푸블리콜라가 더 컸다. 누구든 권력을 독차지하려는 경우, 솔론의 법에 의해서는 유죄 선고를 받은 뒤에야 처벌받을 수 있었지만 푸블리콜라는 재판에 부치지 않고 죽일 수 있도록 허용했기 때문이다.

한편 솔론은, 상황이 그에게 절대 권력을 주었고 같은 시민들이 그에게 권력을 가져도 좋다고 했음에도 이를 거부한 것을 자랑했다. 자랑해야 마땅하고 합당한 일이기는 하지만 푸블리콜라의 경우 독재 권력을 손에 넣은 뒤에도 그것을 더 민주적으로 만들고 주어진 특권조차 쓰지 않았다는 점에서 마찬가지로 훌륭했다고 할 수 있다. 그것이 현명한 길이라는 것을 솔론은 푸블리콜라보다 먼저 알고 있었던 것 같다. 그는 민중에 대해 이렇게 말한 바 있다.

"비위를 지나치게 잘 맞추지도 않고 지나치게 억누르지도 않을 때 길잡이에게 가장 잘 복종하기 마련이다."

III.

솔론 고유의 업적이 있다면 바로 빚을 탕감해 준 일이다. 이를 통해 솔론은 시민들의 자유를 강화했다. 법 아래 평등은, 가난한 이들이 빚

272

으로 인해 그것을 빼앗긴다면 아무런 소용이 없기 때문이다. 실로, 다른 어느 장소보다 자유의 행사가 중요한 장소에서 가난한 자들은 부유한 자들의 뜻에 따라야 한다. 법정이나 나라의 관직, 공공 회의가 부유한 자들의 명령을 받고 부유한 자들을 위해 봉사하기 때문이다.

그런데 솔론의 업적이 더 큰 의미를 가지는 것은 빚의 탕감이 있은 뒤에도 보기 드물게 폭동이 뒤따르지 않았다는 점이다. 솔론은 말하자면 독하지만 강력한 약물을 시기 적절히 처방함으로써 오히려 기존에 만연하던 소란을 잠재운 것이다. 스스로의 덕과 드높은 명성으로 부채 탕감이라는 법적 조치에 따라다니는 오명과 비난을 극복했기 때문에 가능했던 일이다.

정치가로서의 일반적인 행보를 따져보자면 시작은 솔론이 더 화려했다. 그는 누구의 뒤도 따르지 않고 앞장서 나아갔고 동료도 없이 홀로 대부분의, 가장 위대한 법적 조치들을 시행했다. 그러나 끝에는 푸블리콜라가 더 운이 좋았고 부러움을 살 만했다. 솔론은 생전에 자신의 체제가 와해되는 것을 자기 눈으로 보아야 했지만 푸블리콜라의 나라 체제는 내전이 일어나기 전까지 도시의 질서를 지켰기 때문이다. 솔론은 법을 만들자마자 나무 서판에 새기고는 그것을 지킬 사람도 두지 않고 아테나이를 떠났다. 반면 푸블리콜라는 로마에 남아 집정관으로 일하고 부지런히 나랏일을 처리함으로써 자신의 나라 체제를 굳게 그리고 안정적으로 확립했다.

더 나아가 솔론은 페이시스트라토스의 계략을 미리 알고 있었음에도 그것을 막지 못하고 시초부터 그의 독재에 굴복했지만, 푸블리콜라는 오랜 시대에 걸쳐 힘을 쌓아 온 강력했던 왕권을 뒤엎고 왕을 쫓아냈다. 따라서 솔론과 동등한 덕, 동일한 목적을 가졌음에도 푸블리콜라에게는 행운과 실질적인 권력이 따라 덕을 뒷받침했다.

IV.

나아가 두 사람의 군사적 행보를 고려한다면 플라타이아의 다이마코스는 내가 말한 것과 달리,* 솔론이 메가라 사람들에 대항해 전투를 하는 시늉조차 하지 않았다고 한다. 그러나 푸블리콜라는 직접 싸우고 지휘하면서 지독하게 험난한 전투를 성공적으로 이끌었다.

더불어 정치적 활동에 대해 말하자면, 솔론은 광기를 가장하여 살라미스를 되찾을 것을 주장했지만 푸블리콜라는 그 어떤 핑계도 대지 않고 극심한 위험을 감수하면서 타르퀴니우스의 무리에 반대했고 그들의 역모를 적발했다. 그런 다음 역적들을 붙잡고 처벌하는 데 결정적인 역할을 한 후, 독재자들을 로마에서 몰아냈을 뿐만 아니라 돌아올 생각조차 하지 못하게 만들었다. 능동적이고 용기 있는 반대를 필요로 하는 상황에서 굳세고 단호하게 대처하였고, 평화로운 대화와 상냥한 설득이 필요한 상황에서도 그는 더욱 잘 대처하였다. 패배를 모르는 강력한 적 포르세나를 구슬려 로마의 동지로 만든 경우가 그러하다.

그러나 여기서 이렇게 말하는 이들도 있을 것이다. 솔론이 아테나이 사람들이 포기한 살라미스를 되찾은 반면, 푸블리콜라는 로마 사람들이 빼앗은 영토를 내주었다고. 그러나 우리는 사람의 행동을 판단할 때 그 행동을 유발한 상황을 고려해야 한다. 섬세한 정치가는 문제가 발생할 때마다 그에 알맞은 방식으로 해결하고 종종 일부를 희생함으로써

• 「솔론」, 편 VIII.

전체를 살리고, 작은 특권을 포기함으로써 더 큰 특권을 얻기도 하는 것이다.

당시 푸블리콜라도 남에게 속했던 영토를 포기함으로써 확실히 그의 것이었던 다른 모든 것을 구했고, 그 밖에도 도시를 구하려고 애를 먹은 이들을 위해 적군이 쌓아둔 물건으로 가득 찬 진영을 확보할 수 있었다. 그는 적의 왕에게 분란의 중재를 부탁함으로써 분란에서 이기고, 승리를 위해 기꺼이 내어줄 수도 있을 만한 것들을 도리어 얻었다. 로마 집정관의 덕성과 고결함에 감명받아 로마를 신뢰하게 된 포르세나가 전쟁을 멈추고, 전쟁을 지속하기 위해 쌓아 두었던 모든 물자를 로마에 넘겨준 일을 말하는 것이다.

PLUTARCH
LIVES